WIT ZAND

Kristien Hemmerechts

WIT ZAND

Uitgeverij Atlas – Amsterdam / Antwerpen

Uitgeverij Atlas maakt deel uit van Uitgeverij Contact

© 1993 Kristien Hemmerechts
Omslagontwerp: Marjo Starink
Omslagillustratie: Gerard Alsteens
Foto auteur: Klaas Koppe
Typografie: John van Wijngaarden
D/1993/0108/504

CIP-GEGEVENS KONINKLIJKE BIBLIOTHEEK, DEN HAAG
Hemmerechts, Kristien

Wit zand / Kristien Hemmerechts. - Amsterdam [etc.] : Atlas
ISBN 90-254-0275-5
NUGI 300
Trefw.: romans ; oorspronkelijk.

DEEL

I

I

Regen gutste tegen het raam van kamer veertien en sijpelde door de kieren tussen het kozijn en het glas naar binnen. Druppels bleven staan op de houten vensterbank en vormden plassen. Tegen de ochtend liep het water over de rand langs de radiator op het wijnrode kleed. De wind ging liggen

Op haar ronde veegde het kamermeisje de vensterbank droog en zag dat de verf was aangetast. Ze nam een bus uit haar emmer met poetsgerief, spoot het produkt op de vlek en wreef het in. Ze concentreerde al haar kracht op de doek in haar hand, maar kreeg de geelbruine kringen niet weg. Ze keerde zich van het raam af en trok de beddesprei recht. Haar oog viel op de lekkende kraan en ze probeerde voor de zoveelste keer of ze hem verder dicht kon draaien. Omdat het een koperen kraan was, had het lek over de jaren in het witte porselein een groen spoor getrokken, alsof, dacht Selma, Jacques zijn ochtendslijm in de wastafel had uitgespuwd. Ze nam een andere bus uit de emmer met schoonmaakspullen, spoot ermee op de spiegel en poetste hem op met een zachte, droge doek. Ze bukte zich en plukte drie pluisjes van het kleed. De kamer was al een week niet gebruikt.

'De vensterbank in veertien zal moeten worden overgeschilderd.' Selma had haar lichtblauwe nylon schort losgeknoopt en de zwarte band waarmee ze tijdens het werk haar kroeshaar bij elkaar hield, drie keer om haar pols gedraaid. Haar linkerkous slobberde rond haar enkel, ze droeg platte bruine schoe-

7

nen met veters. Jacques zat in zijn kantoor over tabellen gebogen. Er was amper plaats voor een tafel, een stoel, een dossierkast, een safe en een brits, dus bleef Selma in de deuropening staan. 'En de kraan lekt nog altijd.' Ze dacht aan het schrapende geluid waarmee Jacques iedere ochtend zijn keel vrij van slijm maakte. Jacques was een kettingroker.

'Driehonderd negenenzestig plus zevenennegentig plus…'

'Je kunt beter een nieuw raam laten plaatsen, het regent binnen.'

'Vijfentwintig procent van drieëndertigduizend achthonderd en vijf is…'

'En de wastafel…'

Hij legde zijn pen neer, keek haar aan, trok de spieren rond zijn ogen samen en ontblootte zijn tanden. 'Waf, waf. Waf, waf.' Nu kromde hij zijn vingers en klauwde naar haar. 'Waf, waf. Waf, waf.'

Selma draaide zich om. Het was tien over elf, maar sommige gasten waren nog aan het ontbijten. Het kon niet anders of ze hadden het geblaf gehoord. Jacques' hok lag naast de toog en kwam uit op de gelagkamer. Vroeger werd het gebruikt om kratten op te slaan, maar na de dood van zijn moeder had Jacques het als bureau ingericht. Het bord met de sleutels hing recht tegenover hem, en in de bolle spiegel die schuin boven zijn werktafel hing, kon hij de glazen deur in het oog houden. 'Een generaal,' zei hij, 'moet op elk ogenblik zijn troepen kunnen overschouwen.' Maar bij hun aankomst wisten gasten nooit goed tot wie ze zich moesten richten. Jacques' hok was slecht verlicht en weinig uitnodigend, en achter de toog keek Pierre strak de andere richting uit. Nu zat hij gehurkt op het houten verhoogje achter de toog. Hij was de wijnglazen aan het tellen. Selma nam een flesje limonade uit de koelkast en dronk het langzaam leeg. Waf, waf, dacht ze. Waf, waf.

Op haar kamer bladerde ze de tijdschriften door die de gasten hadden achtergelaten. De klink van de deur bewoog naar beneden.

'Ga weg! Ik heb niets voor jou!'

Langzaam bewoog de klink naar omhoog. In twee stappen was ze bij de deur en trok hem open. Hij zat er als een pad. 'Kwaak, kwaak,' zei ze en ze sloeg de deur dicht. Jacques had de sleutels en de grendels van de kamers voor het personeel verwijderd, ze kon op geen enkele manier haar kamer beveiligen voor de pad, de rat. Als ze iets van waarde had verborg ze het op een van de gastenkamers. Opnieuw trok ze de deur open.

'Je bent een rat!'

Ze zag hem niet, maar ze was zeker dat hij er nog was.

'Pipo? Waar zit je?'

De stem van Jacques.

'Hier.'

'Eten!'

De stem van de rat had van de verdieping onder de hare geklonken.

'Selma, ben je klaar?'

'Nee, zeventien en achttien nog. En jij?'

'Drieëntwintig nog. Heb je iets gevonden?'

'Nee.'

'Mag ik binnenkomen?'

Selma schoof de tijdschriften onder het bed.

'Tuurlijk.'

Louises emmer met schoonmaakspullen was geel, die van Selma rood. Bovenop legde Louise altijd haar radiootje, haar sigaretten en aansteker, en haar zware sleutelbos. Van Jacques kregen ze geen loper, ook geen loper die alleen op de kamers van hun verdieping paste. Er waren zelfs gasten die van Jacques geen sleutel kregen. Als hun gezicht hem niet aanstond, nam hij de sleutel weg zodra ze hem aan het bord hadden gehangen, en beschuldigde hen achteraf van slordigheid. Met zijn loper ontsloot hij hun kamer en legde hun uit dat ze die voortaan zouden moeten openlaten.

'Ja, maar...'

'Wie heeft de sleutel verloren?'

'We hebben hem niet verloren. Hij is verdwenen of gestolen.'

'In dit hotel wordt niet gestolen. Als u ons niet vertrouwt, kunt u waardevolle voorwerpen in de safe deponeren.'

'Het is geen kwestie van vertrouwen...'

'Meneer, mevrouw, er zijn nog hotels in Wissant. Ik heb werk.'

Er waren gasten die meteen opstapten, maar de meesten probeerden iets te regelen met Selma of Louise in ruil voor een kleinigheid, een speld, of een stuk geparfumeerde zeep, of een flesje wijn. Alle sleutels van de gastenkamers waren aan een zware, koperen kogel bevestigd waarin het nummer van de kamer was gegraveerd. Jacques droeg zijn loper aan een ketting die aan zijn broekriem was bevestigd. Er hing een echte kogel aan, een kogel van het Franse verzet die was teruggevonden in de tuin van het hotel. Jacques had er de naam van zijn moeder in laten graveren. Aan de gasten die hij vertrouwde, toonde hij de plek waar de kogel was gevonden. Sommigen mochten hem zelfs even in hun hand houden.

Louise plofte neer op Selma's bed en stak een sigaret op. Ze was een zware vrouw, die last had van spataders.

'Helemaal niets?'

'Helemaal niets.'

'Bij mij ook niet. Wanneer doe je zeventien en achttien?'

'Nu,' zei Selma en nam haar rode emmertje met poetsgerief. Ze hield de deur ostentatief open voor Louise. Selma rookte niet.

Zeventien was aan de binnenkant vergrendeld, maar net toen Selma de sleutel uit het slot wilde halen, hoorde ze een stem. De grendel werd verschoven en de deur ging op een kiertje open.

'Juffrouw, we hebben schone lakens nodig. Mijn man...'

Ze liet Selma binnen. Een oude man zat naakt met zijn rug naar de deur op de rand van het bed. De vrouw droeg een broekpak van roze synthetische stretchstof en een lichtblauwe blouse. Haar gerimpelde gezicht was zwaar opgemaakt. Selma haalde adem door haar mond. In de kamer hing een diarreelucht.

'Zal ik een dokter voor u bellen?'

'Juffrouw, we hebben schone lakens nodig.'

'Wanneer is het gebeurd?'

'Vannacht. In zijn slaap. Schone lakens, juffrouw, alstublieft.'

'Ik kan uw kamer niet schoonmaken als u er bent. U moet uw man wassen en aankleden, en u moet met hem naar beneden. U bent te laat voor het ontbijt maar u kunt koffie krijgen En u moet de lakens van het bed halen en op het einde van de gang bij het wasgoed leggen. Dit is geen ziekenhuis, mevrouw.'

'Ik zal alles doen wat u zegt, als u ons maar schone lakens bezorgt. Ik kan het bed zelf opmaken.'

'U moet alleen maar de lakens weghalen. Ik kom over een kwartiertje terug.'

Achttien was leeg. Selma maakte het bed op, stofzuigde het kleed, dweilde de douchecel en maakte de wastafel schoon. Ze viste een slipje van onder het bed en legde het op een stoel. Ze keek naar een doosje make-up, maar raakte het niet aan. Op een van de handdoeken zat een veeg lippenstift vlak boven de naam van het hotel. Selma schikte de handdoek zo op het rek dat de veeg aan het oog was onttrokken. Tenzij een toeslag werd betaald hadden de gasten maar om de drie dagen recht op een schoon stel lakens en handdoeken. Voor zeventien zou ze een uitzondering maken. De twee zagen eruit of ze thuishoorden in een rusthuis.

In de gang liep ze tegen de oude vrouw op. Selma nam de lakens niet van haar over, maar toonde haar waar de mand met wasgoed stond. 'Een momentje nog, dan kom ik bij u.' Ze nam de sleutel van veertien uit haar emmertje, glipte naar binnen en vergrendelde de deur. 'Pipo, ben je hier?' Ze zag hem niet in de douchecel, in de kast of onder het bed, maar ze had kunnen zweren dat ze hem voelde, alsof hij zich in een vlek had veranderd, en zo onder deuren en kasten doorsloop. Hij was Pipo, de rat, de pad. 'Pipo?' Ze draaide de sleutel in het slot, rolde het wijnrode kleed weg, haalde een losliggende plank uit de vloer en legde er het kettinkje bij dat ze die morgen in zestien had gevonden. Er werd op de deur geklopt.

'Bent u hier? Ik heb gedaan wat u hebt gezegd. Komt u nu?'

'Zo meteen. Ga naar uw kamer.'

Behoedzaam legde Selma de plank op zijn plaats en rolde het kleed erover. Opnieuw keek ze in de douchecel, onder het bed en in de kast, ontgrendelde de deur, glipte naar buiten en draaide de sleutel in het slot.

In zeventien zat de oude man gekleed bij het raam. Hij droeg een donkerblauwe trui met een hoge kraag en een pet, zodat ze plotseling dacht dat hij een gepensioneerde zeeman was. De vrouw stond naast hem. Ze hield een grote witte handtas vast.

'Als het nog eens gebeurt, moet hij weg.'

'Het zal niet meer gebeuren.' Ze gaf Selma een stuk van tien frank.

'En u mag niet op de kamer eten.'

Er lagen twee borden met etensresten in de wastafel.

'Ik zal ze afwassen.'

'Dat is het punt niet. U moet beneden eten in de gelagkamer of in het restaurant.'

'Het is zo duur, juffrouw, als we nooit zelf iets kunnen klaarmaken.'

'Kookt u op de kamer?'

'Nee, nee.'

Selma wees naar de witte hotelhanddoek die in de hoek bij de wastafel op de grond lag.

'Wat zit daaronder?'

'Niets, juffrouw, heus niets.'

'Neem de handdoek weg.'

'Straks.'

'Nu. Of ik doe het.'

Het was wat ze had verwacht: een gasbrandertje voor kampeerders, een aluminium steelpannetje en een doosje lucifers.

'Niet wegnemen, juffrouw, hij eet zo graag af en toe een kopje soep. De lakens.'

'Soep zegt u. Wat is dat dan op die borden?'

'Wat ravioli, juffrouw, dat kan toch geen kwaad. Mag hij hier blijven terwijl u de kamer schoonmaakt?'

'Hij wel, u niet.'

Selma schoof de stoel met de man erin opzij, zette het raam wijd open en spreidde een schoon laken uit over het bed. Haar maag keerde zich om, maar ze besloot niets te zeggen over de vlekken op de matras.

'Ze praat veel,' zei de man.

Selma keek op. Hij had de kop van iemand die veel in de open lucht had gewerkt.

'Zij heeft het gedaan.'

Selma ging verder met haar werk.

'Ze denkt dat ik niets durf te zeggen omdat ik niet goed uit de voeten kan. Kijk maar naar haar nachthemd.'

Selma vulde de wastafel met warm water. Ze zocht in haar emmer een produkt dat als afwasmiddel dienst zou kunnen doen.

'Ze heeft het in een hoek van de kast gemoffeld.'

Selma waste de borden af, schrobde de wastafel en de douchecel, schikte een schoon stel handdoeken over het rek en verliet de kamer zonder het raam te sluiten. Op de gang haalde ze diep adem. Het benieuwde haar of Jacques zou merken dat een extra stel lakens en handdoeken was gebruikt.

De ruimte achter de gelagkamer was voor het personeel ingericht met een houten schraag, een koelkast waarin de overschotjes uit de keuken werden bewaard en een gasfornuis om ze op te warmen. Verder stonden er een radio met cassetterecorder, een ligstoel, een stapel strips en wel tien verschillende asbakken. Selma kwam er zelden. Het brood in de trommel was meestal oud, de boter ranzig en de overschotjes onappetijtelijk. De ligstoel werd gemonopoliseerd door Louise en de cassetterecorder door Pierre. Er zat geen raam in het kamertje, en de ventilator was niet sterk genoeg om de sigaretterook en de kookluucht weg te zuigen. Selma at bij Fernand in de keuken. Tegen elk verbod in liet hij haar alle deksels van de pannen lichten en haar bord vullen met wat ze maar wilde. 'Selmaatje,' zei hij dan terwijl ze gulzig aan een tweede portie begon, 'weet jij hoe mensenvlees smaakt?' 'Mensenvlees smaakt naar varkensvlees, Fernand.' 'En hoe komt het dat wij dat weten?' 'Omdat sommige mensen vroeger mensenvlees aten.' 'En wie at er dan dat mensenvlees?' 'Mijn voorouders, Fernand. Ze namen iemand gevangen, bij voorkeur een missionaris met een week, vet buikje zoals het jouwe, en dan stoofden ze hem met een uitje in een grote koperen pan op een stevig houtvuur. Een beetje peper en zout, en klaar was Kees.' Fernand glunderde. Hij prikte een stukje tarbot van haar bord en bracht het naar haar mond. Het sap liep langs haar mondhoeken over haar kin. 'Binnenvettertje!' zei hij, en kneep in haar kaak. Wat Selma ook at, ze bleef mager en pezig. Fernand was klein en rond, en had een zwart ringbaardje. Hij was, naar eigen zeggen, de beste kok van Noord-Frankrijk.

2

Wat Elizabeth Appelmans tot vrijdag vijf over drie wilde dat
gebeurde, was dit. dat zij en Paul Jordens langs de kortste weg
naar Wissant zouden rijden, dat ze zich zouden melden bij de
receptie van het hotel, hun sleutel in ontvangst zouden nemen
en naar hun kamer zouden gaan. Tassen neerzetten, jassen en
laarzen afgooien, op bed vallen en zoenen. Niet de tijd nemen
om kleren uit te trekken, maar gulzig en snel tegen alle regels
van het spel. Daarna het langzaam en kunstig overdoen, en ten
slotte samen in bad. Maar er zou geen bad zijn.
'Nee, mevrouw, we hebben alleen kamers met een douche.'
Een douche en een wc en zicht op zee en een voortreffelijke
keuken, had Ida haar verzekerd, en dus had Elizabeth een kamer voor twee in *Le Bateau Guizzantois* gereserveerd. 'Wissant?' had Paul gezegd. 'Dan kunnen we onderweg in Frans-
Vlaanderen rondtoeren.' Wist Elizabeth dat er nog altijd Nederlands werd gesproken? En de moed was haar in de schoenen
gezonken want ze kon zich het hele weekend voorstellen.
Sightseeing, auto in, auto uit, koffie drinken, café in, café uit.
Het zou etenstijd zijn als ze aankwamen. Paul zou gauw een
kijkje willen nemen in het dorp, zij zou zich even opfrissen.
Het menu zou worden bestudeerd, het aperitief zou worden
gebruikt, een wit wijntje zou worden besteld, het voorgerecht
opgediend. Haar oogleden zouden loodzwaar worden, haar
hersenen zouden in haar maag zinken, er zou geen zinnig
woord meer over haar lippen komen. Hij zou nog een afzak-
kertje nemen, en zij ook, en als ze dan eindelijk naar hun kamer

gingen, zou ze door vermoeidheid worden overmand. Zondag zouden ze voor twaalf uur hun kamer moeten ontruimen, en daarna zouden ze wat wandelen of rondrijden. Ze zou zich zorgen beginnen te maken over de kinderen, ze zou haar aandacht niet meer bij Paul kunnen houden en het zou allemaal slopend en doelloos en idioot zijn. Lieve Jezus, laat er een bed staan als we klaar zijn voor bed. Dek het met zachte lakens, trek de gordijnen dicht, draai de radiator open. Met andere woorden, lieve Jezus, en ze legde haar mooiste slipje voor het weekend klaar, maak van Paul Jordens de ideale man. En ze had haar zwarte bodystocking van de waslijn gehaald en hem samen met haar jarretelles en een paar fijne kousen bij het slipje gelegd. En ze had bedacht dat haar reistas nog bij Marius op de kamer stond, en ze had hem gevonden in het stof boven op zijn kast. Hoe kwam al dat stof op de kast? Zou ze hem zelf afstoffen of zou ze het aan Lucia vragen? En laat Paul Jordens niet zijn zoals Marius. Marius die uren en uren praatte met meisjes maar nooit, nooit, zelfs niet als de meisjes het initiatief namen, nee, nooit. 'Mama, niet iedereen is zoals jij.' 'Nee, liefje, dat weet ik, je zegt het me iedere dag.' En godzijdank was niet iedere man zoals hij. Hoe zou ze het briefje voor Lucia formuleren opdat het niet als een verwijt zou klinken? Gewoon kort en zakelijk? Of omslachtig, met zinnen die de verantwoordelijkheid voor het stof op de kast bij haar legden in plaats van bij Lucia? Ze had in haar agenda op woensdag genoteerd: Lucia kast M. Ze had Pauls nummer gedraaid en gevraagd: 'Denk jij dat Marius een homo is?'

'Elizabeth, ik heb hem één keer ontmoet.'

'Een eerste indruk kan belangrijk zijn.'

'Wel, mijn eerste indruk is wat dat betreft neutraal.'

Bijna had ze hem gevraagd of ze elkaar die avond al konden zien. Langzaam, Elizabeth, langzaam, niet zoveel haast. Zou ze Ida vertellen dat ze een afspraakje had met Paul Jordens voor een weekend in Wissant?

Tot vrijdag vijf over drie. Toen had ze een man ontmoet op wie ze twee uur lang verliefd was geweest. Ze hadden afscheid genomen met de vage afspraak elkaar terug te zien. Ze was naar huis gereden, was zoals op andere dagen begonnen groenten schoon te maken, maar had haar mesje moeten neerleggen. Ze was naar de hal gelopen en had zijn brief uit haar aktentas genomen. Of hun kantoor als tussenpersoon kon optreden bij de verkoop van zijn huis? Ida had Elizabeth met de zaak belast. Nu klonken de zinnetjes heel persoonlijk en veelbetekenend. 'Bij gelegenheid had ik u graag ontmoet om nader kennis te maken en de verkoop te bespreken.' De brief was getikt op stevig, wit papier, de handtekening was niet meer dan een krabbel, met daaronder voluit zijn naam: Jakob Delhullu. Moeizaam memoriseerde ze de vreemde naam, streek er met een vingertop over als om hem te voelen, mompelde Jakob Delhullu. En ze had zich eindeloos droevig gevoeld om alles wat nu zou gaan beginnen of niet zou beginnen, want het zou beginnen of niet beginnen, volgende week, of de week daarop, en al die tijd zou ze het gevoel hebben dat haar zenuwen naakt op haar huid lagen, zo ingespannen zou ze wachten op het moment dat het begon of niet begon. Al het andere dat ze in afwachting meemaakte of hoorde zou nauwelijks tot haar doordringen, de gesprekken met haar kinderen niet, de onderhandelingen met klanten niet en zeker het weekend met Paul Jordens niet. Het gesprek met Jakob Delhullu was aanvankelijk normaal, zakelijk verlopen, maar geleidelijk aan waren ze over zichzelf begonnen te praten, en op den duur hadden ze als versteend gezeten, geen van beiden nog in staat om klanken uit hun keel te krijgen, zo zwaar hing het tussen hen.

Zij, de dochter van de tovenaar, zou haar ideale man boetseren uit klei. Ze zou hem een naam geven, Marius, Paul, Jakob of Romeo. Als een bezetene zou ze graven tot ze stuitte op de juiste kleilaag. Ze zou een kruiwagen vullen in het holst van de nacht, en de vette, rijke klei versjouwen naar haar atelier. Van zonsondergang tot zonsopgang zou ze zwoegen, kneden, boetseren tot hij er stond, trots en moedig, sexy, charmant, geestig, spitant, knap, lief, een man uit een stuk, een man zonder aarzeling, een man zonder lafheid. En dan, als hij na nachten zwoegen daar eindelijk stond, zou ze haar vader bellen klokslag middernacht. 'Papaatje, breng hem tot leven met je toverstok, toe.' Een man zonder lafheid was als een vis zonder kieuwen, een aap zonder streken, een restaurant zonder kok, een vrouw zonder listen. Ze ging voor Marius' spiegelkast staan, zag zichzelf en sprak: 'Papa met je hoge puntmuts en je wijde kapmantel aan, breng hem tot leven hier in deze kast.' Ze schoof de deur open, zag de lege pakken, hemden, broeken, jasjes. Waar was Marius' bontmuts? Hij had beloofd dat ze hem voor dit weekend mocht lenen, maar hij lag niet op zijn plaats in zijn kast. Hij lag beneden op het hoedenrek.

Tien over twee. Paul zou haar om halftwee ophalen. Ze belde haar vader.

'Papa, er was een man en nu is er geen man meer.'

'Waar ben je?'

'Thuis.' De bel ging. 'Papa, je bent echt een tovenaar. Ik bel je later.'

Was ze verliefd op Jakob Delhullu terwijl ze met Paul Jordens om twintig over twee op het kleed in de woonkamer de liefde bedreef? Ze wist het niet, maar ze voelde zich zo energiek dat ze zelf wilde rijden. Ze zette alvast haar bril op.

'Draag jij een bril?'

'Ik draag een bril, ik heb drie stifttanden, er zitten klemmetjes om mijn eierstokken en ik verf mijn haar.'

Ze haakte haar beha dicht, hij legde een strik in zijn veters. Zou ze maandag aan Ida vragen om iemand anders met de Jakob Delhullu-zaak te belasten? Haar oog viel op de vaas met rode tulpen die op de televisie stond. Wie had hem daar gezet? Kon een televisie niet ontploffen als er water over liep? Ze noteerde het adres en het telefoonnummer van *Le Bateau Guizzantois* op een kaartje, zette de tulpen op tafel en plaatste het kaartje rechtop tegen de vaas. Ze zette het antwoordapparaat aan en trok de deur achter zich dicht. Marius had opnieuw gevraagd of hij haar auto mocht lenen en omdat ze wist dat hij er eerst mee naar een carwash zou gaan, had ze hem toestemming gegeven. Paul had een oude lichtblauwe Volvo. Ze had nooit eerder met een Volvo gereden.

Over de grens zagen ze een Vlaamse Leeuw wapperen bij een café dat *In den tinnen pot* heette.

'Wat bezielt die mensen?' zei Elizabeth.

'Ze voelen zich Vlaams.'

'Voel jij je Vlaams?'

'Wat anders? Voor de Duitsers hoorde Frans-Vlaanderen bij Vlaanderen. Op hun kaarten is Wissant op zijn Vlaams geschreven met een e. Wissent.'

'De Duitsers zijn geen norm. Ben jij een oorlogsfreak?'

'Nee, maar als ik een weekend naar Wissant ga, dan wil ik wel iets weten over de streek. Ik dacht dat jij Wissant kende.'

'Nog nooit geweest.'

Wissant. Wit zand. Tussen Cap Blanc-Nez en Cap Gris-Nez. Fruits de mer, het Kanaal. Ida ging er graag naar toe.

'Het was een tip van iemand. Ik lees niet zoveel, ik vraag mensen uit. Dat gaat sneller.'

Paul grabbelde in zijn tas die op de achterbank stond, ging op zijn knieën zitten om er beter bij te kunnen, vloekte.

'Ik had een boek klaargelegd om in Wissant te lezen. Het speelt in de streek.'

'Paul, wat wil jij allemaal doen op die anderhalve dag?'

'Zo weinig mogelijk. Slapen, denk ik. Stilvallen. Verdwijnen.'

Hij sloot zijn ogen, kruiste zijn armen, en legde zijn trui als kussen tegen het portier. Elizabeth sloeg een zijweg in en parkeerde de Volvo naast een weide. Ze zette de radio af, nam haar bril van haar neus en maakte op haar beurt een nest voor zichzelf. Ze krabde met haar linkerhand op het plekje vlak onder haar rechterschouderblad, trok haar neus op en streek haar haar uit haar ogen. Omdat ze nog altijd jeuk voelde, schuurde ze heen en weer over de rugleuning.

Toen ze wakker schrok, was Paul aan het lezen. Hij had het lichtje bij de binnenspiegel aangeknipt en droeg een leesbril met een fijn, gouden montuur. Zijn boek had hij onder de voorbank teruggevonden.

'Lekker geslapen?'

Ze draaide het raampje open en wreef met haar tong over haar tanden. Ze had in haar slaap gezweet.

'Heerlijk.'

En nu reed Elizabeth langzaam, niet meer dan zestig kilometer per uur, en Paul las voor uit zijn boek dat niet in Frans-Vlaanderen speelde maar in Folkestone, maar hij had zich toch niet vergist, zei hij, want in Wissant kon je op heldere dagen met het blote oog de kust van Engeland zien. Enkele bladzijden nadat het lijk aan de voet van een verraderlijke cliff was gevonden, reden ze Wissant binnen. Was de jonge vrouw door de wind van de krijtrotsen geblazen? Was de brosse rots onder haar voeten verbrokkeld? Of ging het inderdaad om moord zoals de knappe rechercheur die toevallig in het kuststadje verbleef, vermoedde? Want waarom was de mooie Angelica die zaterdagavond niet met haar vriendinnen uitgegaan? En voor wie had ze dat sexy jurkje en die pumps aangetrokken? Paul klapte het boek dicht. Elizabeth zette de motor af. Ze stapten uit.

Ze moesten meteen aan tafel.

'Eventjes maar,' bedelde Elizabeth, 'we hebben in de auto geslapen.'

Kelners liepen jachtig af en aan, schelle stemmen galmden door de gelagkamer. Paul had zijn lichtgrijze jas over zijn arm gehangen. Hij zag er plotseling erg Brits uit.

'Mijn vrouw zou zich graag opfrissen, ze heeft het hele eind gereden.'

De kleine man die hen te woord stond, trok zijn ogen samen en ontblootte zijn tanden.

'Misschien heb ik uw kamer al aan iemand anders gegeven. Aan iemand die op tijd kwam.'

'O nee,' zei Elizabeth, 'ik dacht niet dat het op een kwartiertje aan zou komen.'

Kwart voor zeven, was haar gezegd, tenzij ze telefonisch verwittigden.

'Mevrouw, waar was u in 1944?'

'Toen was ik nog niet geboren.'

'Mevrouw, stel dat u een signaal moest geven aan de geallieerden om kwart voor zeven. En u gaf het pas om zeven uur. Dan zou u de dood van honderden, misschien zelfs duizenden soldaten op uw geweten hebben.'

'Er is toch geen vergelijking...'

'U kunt uw tas daar neerzetten, en uw jas aan de kapstok hangen.'

'Er is zelfs geen tafel voor ons vrij.'

'Dan zult u moeten wachten tot er eentje vrijkomt.'

'Wat doen we?'

'Wil jij elders een kamer zoeken?'

Een zwart meisje kwam naar hen toe en bood met uitgestoken hand aan om hun jassen weg te hangen. Ze glimlachte.

'Er komt zo een tafeltje vrij in het restaurant,' zei ze. Ze wees naar de doorgang tussen de gelagkamer en het restaurant. Behoedzaam liepen Paul en Elizabeth tussen de tafeltjes tot bij een aquarium met siervissen. Paul hield de ene helft van de zaal in het oog, Elizabeth de andere. De ramen van het restaurant waren klein en rond zodat het zwarte gat dat erachter lag eerder de zee leek dan de nacht. De muren waren versierd met portretten van getaande vissers en met borden waarop grote oranje kreeften waren geschilderd. Boven de deur naar de keuken was een visnet met kurken gedrapeerd, en de centrale verlichting was gemonteerd op een verweerd anker waarop schelpjes zich hadden vastgezet. Alleen de legerhelmen die tegenover het visnet aan de muur hingen, verstoorden de indruk dat de hotelgasten zich aan boord van een schip bevonden. Elizabeth schatte dat meer dan honderd mensen zaten te eten, maar toch was het niet warm in de zaal. Dat komt door de stenen vloer, dacht ze. Ze droeg schoenen met een dunne, leren zool.

'Kom,' zei ze gedecideerd. Haar oog was gevallen op een tafel met twee vrije plaatsen. Als de mensen die eraan zaten zouden doorschuiven, konden Paul en zij aan het uiteinde plaatsnemen. Ze trok haar gezicht in een stralende glimlach om de mensen te begroeten. Wie zou ze aanspreken, de zwaar opgemaakte vrouw met het oranjebruine gezicht, de valse wimpers en de gouden kettingen? Of de man met de dubbele kin, die niet at maar schrokte? Iemand botste tegen haar, een kelner met een blad dat hij gelukkig in evenwicht wist te houden. 'Pardon,' zei ze afwezig. En toen zag ze achter in de zaal twee mensen opstaan alsof ze uit de diepe oceaan naar boven zwommen. Een tafeltje bij een raam! De man en de vrouw treuzelden nog, maar toch ging ze op nog geen halve meter van hen staan. Ze glimlachte breed en de mensen pakten gauw hun spullen bij elkaar. Paul stond nog altijd waar ze hem had achtergelaten. Halverwege zijn borstkas was zijn lichaam weggeknipt door het aquarium. Hij leek volledig in beslag genomen door de vissen. Zou ze hem roepen? Ze zwaaide. Een kelner wees met een vragend gezicht naar zichzelf. Nee, achter hem. De kelner wees naar Paul. Ja, gebaarde Elizabeth. De kelner sprak Paul aan, wees naar Elizabeth. Voor alle duidelijkheid zwaaide ze nogmaals. Met zijn blik strak op de grond gericht liep hij naar haar.

'Ik ben uitgehongerd,' zei ze.

Hij zweeg. Zijn hele lichaam was naar binnen gekeerd, hoofd diep tussen zijn schouders, armen over zijn borst, rolgordijnen voor zijn ogen, alsof hij zichzelf ergens tussen zijn lever en maag had verschanst.

'Leuk hè, zo bij het raam.'

'Elizabeth, je hebt twee mensen omvergelopen.'

'Eén. Een kelner.'

'Twee, Elizabeth. De andere heb je niet gezien. Je hebt je zelfs niet verontschuldigd. En je hebt de mensen die hier zaten weggekeken van hun plaats.'

'Ze stonden al.'

Hij keek naar de borden, visgraten en uitgeknepen schijfjes citroen lagen op een bed van aardappelpuree.

'Ga je de hele avond mokken omdat ik tegen die kelner op

ben gelopen? Dat kan toch iedereen overkomen.'

Hij zweeg.

'Als je niets wilt zeggen, dan kunnen we net zo goed meteen naar huis.'

Ze schonk het restje water dat in de karaf zat in een van de glazen op tafel, besefte dat hij zou afkeuren dat ze uit het glas van een ander dronk, bracht het toch naar haar lippen, bedacht zich.

'Jij bent net als mijn moeder, altijd alles bederven.'

Tranen sprongen in haar ogen.

'Elizabeth.'

'Als we nu meteen vertrekken, lig je voor middernacht in je eigen bed.'

'Toe, Elizabeth, ik wou maar, ik... vergeet het. Wat wil je eten?'

Bij de koffie bracht het kleine mannetje dat hen eerder die avond vermanend had toegesproken, hun sleutel.

'Kamer veertien,' zei hij.

Elizabeth keek hoe Paul zijn kleren uittrok en keurig gevouwen op de stoel bij het raam legde. Zijn armspieren spanden zich terwijl hij de kraan van de wastafel probeerde dicht te draaien. 'Wat een vieze groene vlek,' zei hij. Twee verdiepingen hoger sloeg Selma een zwarte kapmantel over haar schouders, en verliet het hotel via de keukendeur die Fernand voor haar open had laten staan. Ze haastte zich langs het duinpad naar het spookhotel waar al jaren niemand meer logeerde, maar waar nu licht brandde achter een raam op de bovenste verdieping. Elizabeth wist niet meer met wie ze hier nu het liefst zou zijn, met Paul of met Jakob Delhullu of met haar kinderen. Ze zei: 'Het spijt me van daarnet in het restaurant. Ik had niet zo ongedurig moeten zijn.' Nat van de regen sloop Selma het spookhotel binnen, duwde een punt van haar wijde rok onder de band ervan en klom langs de touwladder naar de kamer op de eerste verdieping. Ze liep over de met meeuwenstront besmeurde marmeren vloer naar een tweede touwladder in de hoek en klom lenig en snel omhoog. 'Zal ik nog een stukje voorlezen?' vroeg Paul, en Elizabeth nestelde zich in de holte van zijn arm, duwde haar neus tussen zijn ribben en deed of ze een hap van hem nam. Had ze niet een goed tafeltje voor hen bemachtigd? Hij grinnikte. Ze beet in zijn arm en vroeg of de kraan echt niet verder dichtging. Nee, zei hij, het rubbertje is versleten. Selma knoopte haar kapmantel los en ging staan voor de man die naar haar had geseind. Stijf als een plank liet ze zich vallen. Hij ving haar op, duwde haar weg, maar ze kon op tijd haar voet plaatsen. Hij trok haar naar zich toe, legde zijn handen op haar borsten, ze veerde weg, en viel. In Folkestone ontving de knappe rechercheur een brief waarin hem werd aangeraden naar de schietbaan te komen. Hij moest alleen komen, of hij zou Angelica's lot delen. Selma lag als een lappenpop op de grond. Elizabeth haalde langzamer adem. 'Was het een valstrik?' las Paul. Hij keek op van zijn boek, zag dat Elizabeths mond openhing, fluisterde haar naam. Behoedzaam schoof hij haar naar haar kant van het bed en las stil verder. In het spookhotel liep Selma's partner in steeds kleinere cirkels rond de bundel op de grond. Hij stopte en stampte met de zware hakken van zijn laarzen. Selma keek op. Ging staan. Stampte op haar beurt. Met een ruk trok ze haar bloesje omhoog en duwde haar borsten vooruit. Pauls leesbril zakte van zijn neus, het boek gleed uit zijn hand, zijn hoofd viel op zijn borst. Selma boog haar lichaam tot een s, draaide haar voeten naar buiten, boog door haar knieën. Zweet parelde op haar voorhoofd, ze stond roerloos nu. Later holde ze zo snel ze kon naar huis. Over enkele uurtjes begon het allemaal opnieuw, de lakens, de handdoeken en de haren in de douchecel. Ze rende over het duinpad langs de half verzonken bunkers, passeerde het monumentje voor de verzetsstrijders, zag dat de meeste lichten in de gastenkamers waren gedoofd.

Elizabeth veerde overeind. Ze had durven zweren dat ze iemand naar buiten had zien glippen. Ze knipte het lampje op haar nachtkastje aan, trok de deur open, keek op de gang, zag niemand. 'Paul, er was iemand op onze kamer.' Hij sliep. Ze schoof de grendel voor de deur, nam het boek dat uit zijn handen was gegleden en legde het op de stoel bij zijn kleren. Ze probeerde of ze de kraan verder dicht kon draaien, zag Pauls bril op de deken en legde hem op zijn nachtkastje. Als Paul al lezende in slaap was gevallen, wie had dan het licht in hun kamer uitgeknipt? Ze schoof het gordijn weg en keek naar de donkere nacht. Door het getik van de druppels in de wastafel leek het of het elk ogenblik opnieuw kon gaan regenen.

Marius parkeerde de auto van zijn moeder naast een verbodsbord. De straat was breed genoeg om verkeer in beide richtingen te laten passeren, en zelfs indien de politie een sleepdienst zou oproepen, zou hij lang de stad uit zijn voor de takelwagen ter plaatse was. Hij nam een oude parkeerbon uit zijn portefeuille en schoof hem onder een van de ruitewissers. Hij controleerde of alle deuren waren vergrendeld, schopte tegen de banden en klapte de achteruitkijkspiegels dicht. Zijn moeder had pas de linkerflank opnieuw laten spuiten omdat iemand hem over de hele lengte met een scherp voorwerp had getatoeëerd. Marius gaf de donkerblauwe Audi een klopje op zijn dak en stak de straat over. Hij was zijn paraplu vergeten.

'Is Hans thuis?'

'Waar zou hij anders zijn?' De barman zette een Spa voor Marius neer en tikte met zijn wijsvinger tegen zijn voorhoofd. Marius dronk zijn glas leeg en nam de trap naast de toiletten naar de tweede verdieping. Hij klopte. En opnieuw. 'Hans!' Hij duwde de deur open. 'Hans!'

'Waarom schreeuw je zo?'

'Je antwoordt niet.'

'Wat wil je?'

Marius nam een stapel kranten van een stoel en ging zitten. 'Zou je een scriptie voor me kunnen maken?'

'Wanneer moet je hem hebben?'

'Volgende week vrijdag.'

'Drieduizend.'

'Twee.'

'Schrijf hem dan zelf.'

'Hans, je hebt het geld nodig, jongen.'

'En jij de scriptie.'

'Ik kan je geen drie beloven. Ik heb tegenslag gehad.'

'Met het volkskapitalisme? Veel geld verloren, Marius?' Hij lachte.

'Niet meer dan anderen. Ik heb Canadese dollars gekocht en dat was dom.'

'Diversifiëren, Marius, de eerste stelregel van de kapitalist. Betaal me in Canadese dollars.'

'Twee, Hans.'

'Drie.'

Een kat sprong van het bed op de tafel en begon aan brokjes te knabbelen. De voederbak stond op een wetboek. Marius moest zich beheersen om het raam niet open te gooien. Het was snikheet in de kamer.

'Denk erover na.'

'Nee. De huur van deze kamer is omhoog gegaan, en ik moet Mia altijd maar meer geld geven om boodschappen voor me te doen...'

'Hans, jongen, ik zou je tienduizend geven als ik kon, ik heb ze niet.'

'Zoek ze dan. Of schrijf je scriptie zelf.'

'We praten maandag opnieuw. Kom beneden een pint drinken.'

'Ik mag geen alcohol drinken.'

'Drink dan water, of melk, of koffie. Vooruit, Hans.'

'Betaal jij?'

'Ik betaal.'

'Dan neem ik een pannekoek.'

'Ik heb niet veel tijd.'

'Dat geeft niet. Zodra je mijn pannekoek hebt betaald, mag je verdwijnen. Ik hou niet van jou.'

Marius haalde zijn schouders op.

In de krantenwinkel tegenover de bibliotheek kocht hij *De Financieel Economische Tijd* en een telefoonkaart. Hij schoof de kaart in de gleuf van een van de nieuwe toestellen op het plein en tikte het nummer van zijn moeder gevolgd door de code van haar antwoordapparaat. Opnieuw hoorde hij Stella aan zijn moeder vragen of ze wist waar haar balletspullen waren. Ze lagen niet bij papa en ze lagen ook niet op haar kamer bij mama, maar misschien waren ze in de was? Er waren geen nieuwe boodschappen, dus tikte hij het nummer van zijn moeders kantoor en de code van het antwoordapparaat daar. Niets. Uiteraard niet. Wie zou een immobiliënkantoor bellen op een zaterdagavond tussen vijf en zeven? Hij doorzocht zijn zakken, vond het kaartje waarop zijn moeder het nummer van haar hotel had geschreven, maar besloot niet te bellen. Ze zou aan tafel zitten of misschien lag ze in bed met haar nieuwe vriend. Hij tikte het nummer van zijn vader.

'Nee, ik bel zomaar. Alles in orde met jullie? Nee, ik weet niet waar Stella's balletspullen zijn, hoe zou ik dat moeten weten? Is Stella daar? Nee, je hoeft haar niet te roepen. Ik zie haar morgen wel bij mama. Nee, ik ben niet bij oma geweest. Ik weet dat ik het had beloofd. De haag snoeien? En dat zou ik moeten doen in dit weer? Ik zeg niet dat ik me daar te goed voor voel, papa. Ik wil mijn handen wel vuil maken, maar ik wil niet worden geëlektrokuteerd! Ja, ik zal haar bellen. Doe de groetjes aan Stella.' Hij tikte het nummer van zijn oma. 'Nee oma, ik heb de hele dag in de bieb gezeten en morgen moet ik studeren. Het spijt me. Ik weet het, zo'n haag schiet snel op.' Hij had zin om te zeggen: Vraag het aan papa, maar liet haar vijf telefooneenheden lang zeuren. Hij zou in de loop van de week de haag voor haar snoeien. Met het geld dat ze hem ervoor zou geven kon hij Hans betalen. Vijf over zeven. Hij tikte het nummer van het restaurant waar hij om halfnegen met zijn vrienden had afgesproken.

'Paula, is het goed als ik nu al kom?'

'Jongen, dit is een openbare gelegenheid.'

'Heb je het druk?'

'Ik heb het altijd druk.'

'Heb je tijd om met mij een glas te drinken?'

'Marius, ik drink geen alcohol als ik werk.'

'Vruchtesap dan.'

'Een heel klein glaasje.'

Met snelle passen liep hij naar de Audi. Een politiebusje reed voorbij de rij fout geparkeerde auto's.

Hij liet de Audi achter bij het vroegere portiershuis. Het restaurant had zijn eigen parkeerterrein, maar hij liep graag over de weg die door het beukenbos en het park slingerde. Bij droog weer rustte hij even uit op een van de verweerde stenen banken of op de rand van de fontein, maar nu drupte het bos. Afgevallen bladeren kleefden tegen de zeemeermin onder de eik, en een zwarte paraplu met geknakte baleinen was tegen de zuil van een van de borstbeelden gewaaid. Nog één winter, dacht Marius, en de neus van dit beeld is helemaal weggesleten. Hij keek omhoog en zag Paula's dochters voor het raam. Ze lieten het gordijn vallen.

Paula en haar man hadden het kasteeltje met de portierswoning en de grond erbij zeventien jaar geleden gekocht voor vijf en een half miljoen frank. Ze hadden het portiershuis laten opknappen en verkocht voor vier miljoen. Met dat geld hadden ze het kasteel gerestaureerd en het restaurant ingericht. De kelder was omgebouwd tot keuken en de vertrekken op de benedenverdieping waren zaaltjes geworden voor de gasten. Het gezin woonde op de eerste en de tweede verdieping, maar de vroegere huiskapel die aan de achterzijde op de eerste verdieping lag, werd ook voor bijeenkomsten en feestjes verhuurd. Het was een sobere, strenge ruimte, met witte muren, zwartgelakte metalen meubelen en drie vensternissen. Marius kende geen gelukkiger momenten dan wanneer hij daar zat te denken aan wat hij zou doen als het kasteel van hem was. Hij besteeg de stenen trap, duwde de zware eiken deur open en liep met een brede glimlach naar de bar. Hij wist dat Paula voor hem en haar een klein glaasje vruchtesap zou hebben klaargezet.

'Een nieuw jasje?'

Paula keek hem over de rand van haar glas vragend in de ogen.

'Vind je 't mooi?'

'Heeft je mama het voor je uitgekozen?'

'Hangt je antwoord daarvan af?'

'Nee. Het is een mooi jasje.'

'Ik heb het gekozen.'

Ze zette haar glas neer. Ze had werk. Ze zou zijn vrienden naar boven sturen. Hij kuste haar hand, discreet, zoals mama het hem had geleerd. Je lippen mochten de hand niet raken. Paula was bijna zijn meter geweest. Ze had hem als baby in haar armen gehouden. 'Vond je me lief?' vroeg hij als ze daarover vertelde. 'Toen wel,' zei ze. Maar ze glimlachte.

De tafel in de vroegere huiskapel was voor dertien gedekt. Er stonden nieuwe kandelaars. Hij had Paula gevraagd om nooit zonder zijn medeweten iets aan het interieur te veranderen, maar hij zou precies dezelfde kandelaars hebben uitgekozen en ze ook op precies dezelfde plaats hebben gezet.

Hij hoorde stappen op de trap en liep naar de deur om ze voor de kelners open te houden, maar het was Philippe in het gezelschap van een blond meisje.

'Stephanie. Uit Luik. Ze loopt stage bij ons. Ik dacht dat het voor haar prettig zou zijn om een paar Vlamingen te ontmoeten.'

'Bonjour.'

'Ik spreek Nederlands. U bent Marius, de man die dit prachtig kasteel heeft ontdekt.'

'Eel praktik,' imiteerde hij haar accent. Hij voelde zich van de hand gods geslagen. 'Laat ik de mensen beneden even zeggen dat we een extra couvert nodig hebben.'

Hij haastte zich de kapel uit.

'Heb je haar gezien?'

Paula stond met een bloknoot in haar hand bij de kassa.

'Het meisje?' Ze keek hem aan. 'Je bent ontgoocheld.'

'Uitgerekend vandaag.'

'Plannen, Marius?'

'Ik heb toch altijd plannen.'

Hij blies op zijn nagels.

'Ik vind het heel moedig van haar.'

'Moedig? Ze zoekt een vent.'

'Ik zei toch dat ze heel moedig was.' Paula keek hem af-wachtend aan, maar Marius zag Ewout en Dirk binnenkomen, en liep naar hen toe.

'Philippe heeft een meisje meegebracht,' zei hij.

'Een mooi kind?'

'Ik bedoel, het is toch niet volgens afspraak.'

'Nieuwe leden kunnen na overleg met de voorzitter worden geïntroduceerd. Philippe is de voorzitter, hij heeft gewoon het reglement gevolgd.'

'Dan deugt het reglement niet.'

'Kop op, jongen. Zeg nou niet dat jij niet van vrouwelijk gezelschap houdt.'

'Er is een tijd en een plaats voor alles.' Door het raam zag hij de BMW van Serge en de Opel van Joël het parkeerterrein op rijden. 'Paula, laat jij een bord voor de dame bijzetten?'

'Kom hier, Marius.'

'Wat is er?'

Ze wilde zijn das rechttrekken, een klopje op zijn wang ge-ven, hem zeggen dat hij zich moest beheersen.

'Niets.'

Philippe boog zich naar Stephanie. Ze knikte, nam een pakje Kleenex uit haar handtas, gaf het hem. Hij wendde zich af, bette zijn voorhoofd, nam een tweede zakdoekje, snoot zijn neus. Met de twee gebruikte zakdoekjes in zijn hand stond hij in het midden van de vroegere huiskapel. Hij was sinds hij in juli zijn diploma had behaald minstens vier kilo aangekomen. Stephanie tikte zijn elleboog aan, wees naar de grote asbak bij de deur. Toen hij zijn handen vrij had, herschikte hij zijn das, hief zijn glas champagne, kuchte. 'Vrienden.' Iedereen keek naar de voorzitter. 'Het is een goede dag om een amuse-gueuler te zijn.' Hij hief zijn glas in de richting van Serge. 'Proficiat, jongen.' Serge was aangenomen als stagiair bij een van de belangrijkste advocatenpraktijken van Brussel. Hij glimlachte discreet, beantwoordde het gebaar van de voorzitter, die overging tot het volgende punt. 'Jens laat zich verontschuldigen. Hij heeft andere dringende verplichtingen.' Hij keek veelbetekenend naar Stephanie en vervolgde: 'Ik vermoed dat Jens op zaterdagavond niet door zijn verloofde kan worden gemist.' Het terrein was geëffend om Stephanie formeel te introduceren als de eerste vrouwelijke amuse-gueuler. Er werd geapplaudisseerd, Stephanie bloosde. Marius nam het woord. 'Geachte voorzitter, beste vrienden, mevrouw.' Iemand riep boe, Marius maakte een sussend gebaar. 'Ik denk dat ik in ieders naam spreek als ik zeg verheugd te zijn dat we vandaag een charmante jongedame welkom mogen heten. Toch vraag ik me af of haar aanwezigheid niet indruist tegen het huishoudelijk reglement dat destijds door onze voorzitter en mezelf met de grootst mogelijke zorg is opgesteld. Ook zonder de tekst bij de hand weet ik pertinent zeker dat er duidelijk sprake is van een genootschap van jongemannen.'

'Marius, jongen, doe niet zo flauw!'

'Stephanie, luister niet naar hem.'

'Ik wil jullie alleen maar attent maken op het reglement waar destijds iedereen zijn handtekening onder heeft geplaatst. Ik vrees dat wanneer wij vrouwen, dames, toelaten, het genootschap niet meer zijn oorspronkelijke rol zal kunnen vervullen.'

'Marius, klets niet zo!'

'Over welke rol heb je het, man?'

'Philippe, het was een schitterend idee om Stephanie mee te brengen. Stephanie, welkom!'

Er werd geklonken.

Zouden ze een voor een hun vriendinnen, verloofdes of echtgenotes meebrengen? Iemand legde een hand op zijn arm. Het was Gerard. 'Je hebt gelijk,' fluisterde hij, 'maar laten we er een andere keer over praten, als ze er niet bij is.' Marius trok zijn arm weg, keek de andere kant op. Uitgerekend vanavond, nu hij met hen over zijn plannen wilde praten. Vroeger had hij geloofd dat zij de dingen anders zouden aanpakken, maar nu begon hij te beseffen dat ze gewoon zouden herhalen wat hun ouders hadden gedaan. Ze zouden de baantjes nemen die hun ouders voor hen hadden vrijgehouden, ze zouden met de vrouwen trouwen met wie hun ouders hen in aanraking hadden gebracht, en alles zou hetzelfde blijven, en natuurlijk, waarom zouden ze iets veranderen, hun families hadden het altijd beter gehad dan wie dan ook. Hij had zin om zijn glas tegen de grond te gooien en hard weg te lopen. Of om hen allemaal weg te jagen. De kelners droegen de schotels aan. Hij dacht aan het vlees en de vis die hij naar binnen zou moeten proppen. De drank die hij naar binnen zou gieten.

'Dame, heren,' sprak de voorzitter 'Bedien u.'

Marius klemde zijn hand om de zilveren aansteker in zijn broekzak. Hij had hem van zijn oma gekregen. Ze had hem verzekerd dat hij minstens dertigduizend frank waard was. Hij had haar beloofd hem nooit te verkopen.

'Voorzitter,' zei Serge, 'ik heb uit goede bron vernomen dat wij binnenkort allemaal naar Portugal op reis kunnen gaan. Portotour, als ik me niet vergis.'

Philippe glimlachte naar Stephanie.

'De onderhandelingen zijn bijna rond, dus kan ik het wel vertellen. Ik begin hoogstwaarschijnlijk onafhankelijk van mijn vader samen met Stephanie mijn eigen reisbureau. Er zijn in Portugal grote domeinen waarop kasten van huizen staan die geen mens kan onderhouden. De regering geeft een subsidie op voorwaarde dat de eigenaars kamers ter beschikking stellen van de toerist die eens wat anders wil. Het is negenennegentig procent zeker dat Portotour de licentie voor België krijgt.'

De gouden tip. Landhuizen in Portugal. En hoe kwam Philippe aan die informatie? Via zijn vader. Contacten, relaties. Philippe zou dus met Stephanie trouwen en samen zouden ze Portotour worden. Hij kon nu wel zeggen: Jongens, ik heb nog een veel beter plan. Laten we het kapitaal bij elkaar brengen om zelf een oud landhuis te kopen, het te renoveren, te verkopen enzovoort, tot we genoeg geld hebben om voor ieder van ons een droomhuis te kopen. Maar hij gaf niet graag aan zijn vrienden toe dat hij het antwoordapparaat van zijn moeder afluisterde. Hijzelf had daar geen problemen mee omdat hij wist dat ze tientallen tips verloren had laten gaan, maar zijn vrienden zouden zich niet kunnen voorstellen dat hij inderdaad ouders had die niet beseften dat als je er vandaag de dag wilde komen, je alle mogelijke middelen moest aanwenden. In hùn tijd lag dat anders. Toen moest alles nog gaan gebeuren en lagen de kansen voor het grijpen. Portotour. Het rook verdacht veel naar middenstand. De kelners kwamen opnieuw binnen en zetten de flessen cognac op tafel. Marius vroeg een glaasje water. Er zou een dienstlift moeten komen tussen de keuken en de huiskapel. Paula liet die jongens te veel lopen.

Als een van de laatsten verliet hij het kasteel. Paula liep met hem mee naar zijn auto. Ze had een zaklantaarn bij zich die ze aan en uit knipte. Ze namen afscheid. Hij stopte de sleutel in het slot maar draaide zich bruusk om.

'Laat me hier slapen.'

'Waarom?'

'Ik wil hier slapen.'

Het was de botte manier waarop hij het vroeg.

'Ben je alleen thuis?'

Hij knikte. 'En jij ook.' Maar dat was het niet. Hij had besloten nooit meer naar het kasteel te komen. Het moest uit zijn met dromen. En omdat hij een besluit had genomen, voelde hij zich sterk en zelfzeker. Hij legde zijn arm over Paula's schouder. Ze zweeg. Als je toonde dat er met je rekening gehouden diende te worden, dan werd er ook rekening met je gehouden. Wie zich gedroeg als een kind, werd behandeld als een kind. Hij wist dat hij bij haar kon slapen. Ze spotte niet. Je moest iets willen. Iets zelf doen. Niet wachten op anderen.

34

4

Zoals in een negentiende-eeuwse roman het lot van de heldin wordt bepaald door een brief die haar niet bereikt omdat de man die hem zou bezorgen met de keukenmeid is blijven flirten, zo ook heerste stom toeval in het boek dat Paul Jordens las terwijl Elizabeth naast hem sliep. Hij had het gordijn opengetrokken, liet regelmatig zijn boek rusten om naar de grijze zee te kijken of naar Elizabeth. Paul geloofde niet in toeval. Elizabeth zou het toeval noemen dat zij elkaar hadden ontmoet, maar voor hem was hun verhouding het logische gevolg van een lange reeks bewuste, weloverwogen beslissingen. Alles wat ze sinds hun studententijd hadden gedaan, had hen naar elkaar toe gevoerd. Allebei hadden ze op hun terrein professionalisme met engagement gecombineerd. Arme Elizabeth. Ze was doodop. Het was goed dat ze dit gammele hotel had gekozen want hier waren ze er echt uit, en het hotel, dat in de vorm van een boot was gebouwd, leek op de Noordzee te dobberen. Het was een grijze dag, hij kon geen enkele reden bedenken om Elizabeth te wekken. Hij had het gevoel dat hij haar al jaren kende, en dat ze altijd samen in dit bed hadden geslapen. Hij hoorde gerammel van sleutels en emmers, vreesde dat de schoonmaakploeg hun rust zou verstoren, maar de deur bleef dicht. Nee, hij zou haar niet wekken. Hij wilde nog lang liggen tussen Elizabeth en de zee. Hij nam zijn boek en vocht tegen de verleiding om de laatste bladzijden te lezen. Hij bedwong zijn nieuwsgierigheid en las verder waar hij was gebleven.

Selma hield de sleutel klaar om hem in het slot van kamer veertien te steken, maar draaide zich abrupt om. 'Pipo!' Ze zag hem op zijn hurken tussen de linnenkast en het zuiltje met de varen. Ze knipperde met haar ogen en hij was weg. De gang was vol gele en grijze vlokken, de sleutel viel uit haar hand. Ze zocht steun tegen de deurstijl en schermde met haar arm haar ogen af. Ze moest nog drie kamers doen voor ze kon gaan slapen.

'Psss.'

'Pipo?'

'Juffrouw, mijn man...'

'Nee, ik heb uw kamer al schoongemaakt, u moet wachten tot morgen, of ik zeg alles tegen de baas.'

De vrouw droeg hetzelfde lelijke roze broekpak en dezelfde blouse als gisteren, maar ze had een zwarte pruik met dichte, kleine krulletjes opgezet. Ze zag eruit of ze een permanent had laten aanbrengen dat de kapper had vergeten uit te kammen.

'Wacht!' Ze verdween naar haar kamer en kwam terug met haar grote witte tas. Ze knipte hem open en nam er een witte portemonnee uit. 'Hoeveel?'

Selma schudde haar hoofd.

'U moet hier weg, u en uw man.'

De portemonnee werd ook opengeknipt. Een briefje van vijftig kwam te voorschijn. En nog een. Selma greep ernaar, maar de vrouw drukte het geld tegen zich aan.

'Vijftig nu, en vijftig als u werkelijk bent gekomen.'

'Vanmiddag,' zei Selma. 'Nu kan ik niet.'

'En u brengt schone handdoeken mee?'

Opnieuw duizelde het Selma.

'Vijftig frank en uw bordje met NIET STOREN. Dan kom ik vanmiddag met schone lakens en handdoeken.'

Selma hing het bordje aan de klink van kamer veertien. Daarna haalde ze de bordjes van achttien en negentien en hing ze aan dertien en twaalf. Ze knoopte haar schort los, zette haar emmertje met poetsspullen in de linnenkast, deed de kast op slot en sloop naar boven. Pipo lag als een hond voor de deur van Louises kamer. Selma geloofde geen seconde dat hij sliep, maar wat hij ook aan Jacques zou vertellen, ze had een waterdicht alibi: ze kon de kamers niet schoonmaken want de gasten wilden niet gestoord worden. Ze ging op haar bed liggen en de kamer begon te draaien. Ze sloot haar ogen maar nu tolde het bed. Ze stond op, strompelde naar de wastafel en kokhalsde. Omdat ze niets meer had gegeten sinds ze gistermiddag bij Fernand in de keuken was gaan bedelen, spuwde ze alleen slijm en maagzuur in de wasbak uit.

Pipo draaide zich op zijn buik en sloop tot bij de kamer van zijn zus. Het was vannacht opnieuw gebeurd. Hij had gedroomd dat hij in een plas water viel en toen hij wakker werd was zijn bed nat. Nu kon alleen Selma hem behoeden voor Louises hysterische woede als ze het vuile beddegoed zou zien. Ze zou bij Jacques haar verontwaardiging uitschreeuwen en met ontslag dreigen indien Jacques Pipo geen lesje leerde. Om van haar gezeur af te zijn zou Jacques naar Pipo op zoek gaan, hem bij zijn oor naar het laken sleuren en hem dwingen schuld te bekennen.

Hij hoorde zijn zus kotsen en fluisterde haar naam. Met beide handen duwde hij tegen de deur, maar die gaf geen millimeter mee. Het kokhalzen hield op. Voorzichtig greep hij naar de klink. Langzaam bewoog hij onder het gewicht van zijn hand. Door de kier zag hij zijn zus op bed liggen. Hij duwde de deur verder open, liet de klink los, schrok van het lawaai. Hij stapte naar binnen. Haar lippen bewogen, maar hij hoorde niet wat ze zei. 'Selma?' Haar lippen gingen van elkaar. Nu zei ze het duidelijk verstaanbaar: 'Ga weg.' 'Smerige neger,' gilde hij, en hij holde zo snel hij kon de kamer uit en de trappen af. Ik zeg aan papa dat ze op bed ligt, dacht hij. Papa zal razend zijn omdat ze niet aan het schoonmaken is. Hij zal haar door de gangen sleuren en haar dwingen de vloer met haar tong schoon te likken. Hij zal... Hij zag de bordjes met NIET STOREN op de eerste verdieping. Hij aarzelde, nam ze alle drie weg, stopte ze onder zijn trui en holde verder de trappen af. Hij duwde de kelderdeur open en rende naar beneden. Hijgend stond hij in de donkere, vochtige ruimte. Hij legde de bordjes op de grond en nam zijn zaklantaarn uit het buideltje dat hij onder zijn trui droeg. De zaklantaarn zag eruit als een pen. Als je de knop achteraan indrukte, ging het lampje op de kop van de dop branden. Pipo had hem uit de tas van een jongen genomen die met een dikke winterjas aan en een warme wollen das om op de stoep van het hotel had staan wachten terwijl zijn ouders afrekenden. De tas was niet dichtgeritst en de penzaklantaarn stak uitdagend tussen de truien en hemden omhoog. Pipo knipte het lichtje aan, nam de sleutel die achter een losse steen in de muur lag en opende de metalen deur waarvan iedereen dacht dat de sleutel al jaren zoek was.

'Hij wordt te groot,' brieste Louise. 'Ik weiger het bed aan te raken. Hij moet het zelf doen. Ga hem halen.'

De gasten keken van hun ontbijt op naar de furieuze vrouw die op enkele meters van hen tekeerging.

'Ik weet niet waar hij is,' zei Jacques.

'Ik weet niet waar hij is. Ik weet niet waar hij is. Hij zit in de kelder, dat is waar hij is. Ik ben het zat. Hij slaapt altijd in mijn kamers. Selma wil niet dat hij in een van haar kamers slaapt, en de brits die je voor hem op de overloop naar de derde verdieping hebt gezet, vindt hij te hard. Ik heb genoeg van jou en jouw kinderen.'

Ze knoopte haar schort los.

'Ga hem halen, Jacques, of ik stap op.'

Dat hij zich vanwege die jongen zo moest laten vernederen! Hij liep naar de kelderdeur en trok hem open.

'Pipo!'

Er kwam geen antwoord.

'Hij is er niet.'

'Hij is er wel. Natuurlijk antwoordt hij niet. Als je niet naar beneden durft, dan zul je zelf moeten schoonmaken.'

Jacques slikte. Dacht aan zijn grootvader die zich tijdens de oorlog dagenlang in de kelder had verstopt.

'Durf heeft er niets mee te maken, Louise. De kelder is een

plaats voor laffe mensen. Zeg aan Selma dat ze Pipo's bed ver-
schoont. Zeg dat ik gezegd heb dat ze het moet doen. Als het
nog één keer gebeurt, zal hij altijd op zijn brits moeten slapen.'

In de kelder sloeg de zware metalen deur achter Pipo dicht.
Zoals altijd wanneer hij hier stond, overviel hem de aandrang
om te plassen. Hij sloot zijn ogen, hoorde Louises schelle stem,
zag haar door de gangen stormen met een besmeurd laken dat
achter haar opbolde. 'Als ik hem vind, bega ik een ongeluk!'
Hij rilde. Dit was het vochtigste gedeelte van de kelder. Druppels ploften gestadig op de betonnen vloer en de voegen tussen
de bakstenen waren groen uitgeslagen. Hij schuifelde tot bij
het schap tegen de muur, nam een doosje lucifers uit zijn buideltje en ontstak de kaarsen in de kandelaars. Ze brandden met
een dikke donkergele vlam die neerwaarts neigde, zich op-
richtte, weer zwol, en opnieuw naar beneden werd gedrukt.
Zwarte rookslierten walmden op naar de vijf dunne roestige
buizen die over de muur van de kelder liepen. De buizen doken
door een gat in het plafond de kelder in, maakten een hoek van
negentig graden en gingen in een rechte lijn op de metalen deur
af. Een van hen takte af naar een stopcontact dat met witte
schimmelstippen was bedrukt. Pipo kon verlamd van angst
voor het stopcontact staan, zich afvragend of de elektriciteit,
waarvan hij wist dat die in het doosje zat, er op eigen kracht uit
kon springen, en of het verlengstukken waren van deze buizen
waarin op de bovenverdiepingen de leidingen liepen. – 'Af-
blijven!' Selma geeft hem een tik op zijn handen, Jacques duwt
hem weg, Louise schreeuwt dat ze gek van hem wordt. Hij zit
te dicht bij het stopcontact, hij heeft een stekker in zijn mond
gestoken, een draad om zijn pols gewonden. 'Laat ik je dat
nooit meer zien doen!'
    Pipo knielde bij een kleine houten lessenaar zonder poten,
sloeg het blad open en legde de bordjes met NIET STOREN bij
zijn bezittingen. Hij nam Louises pakje Gauloises uit zijn buideltje, stak een sigaret op en ging in zijn beste tuinstoel zitten.
Uit de zitting van de andere was pastelblauwe en -groene ka-

pok gesprongen alsof iemand met de verkeerde kleuren een sneeuwtapijt had proberen te imiteren. Hij kuchte, maar dwong zichzelf een tweede trek te nemen. De sigaret lichtte rood op in de kelder.

'Denk je dat we nog ontbijt krijgen?'
'Ik betwijfel het,' zei Paul.
Ingelijst aan de muur hing het huisreglement van *Le Bateau Guizzantois*. Het ontbijt werd geserveerd van zeven tot elf uur. Het was twintig over elf. Elizabeth richtte zich op en liet zich met een smak weer op de matras vallen. De veren jankten.
'Hoe is het met je boek?'
'Spannend. Minder doorzichtig dan ik dacht.'
'Is die Peter dan niet de moordenaar?'
'Dacht jij dat het Peter was? Gek, ik dacht...'
Er werd geklopt. Paul sloeg een handdoek om, schoof de grendel opzij en opende de deur op een kiertje. Een kleine, oudere vrouw met geblondeerd haar vroeg met geagiteerde stem of hij het zwarte meisje had gezien dat de lakens verschoonde. Ze had haar geld gegeven, veel geld om hun kamer schoon te maken, en nu was ze verdwenen. Ze had hun bordje met NIET STOREN meegenomen, en hun geld. Het was een dievegge.
'Het spijt me, wij hebben nog niemand gezien vandaag. Wilt u een glaasje water?'
Nee, ze wilde het meisje dat de kamers deed.
'Paul, wat is er?'
'Niets. Blijf liggen, toe.'

De lunch werd al geserveerd toen Paul en Elizabeth eindelijk beneden kwamen. Ze vroegen de rekening en merkten dat Jacques hen voor twee nachten liet betalen.
'Maar we vertrekken vanmiddag,' zei Elizabeth.
'Mevrouw, het interesseert me niet wanneer u vertrekt. Wij verhuren de kamers tot elf uur. Wie langer blijft, betaalt voor de volgende nacht.'

Hij wees op het reglement dat ook hier ingelijst aan de muur hing.

'Maar dat wisten wij niet.'

'Mevrouw, het reglement hangt in alle kamers. U kunt van mij niet verwachten dat ik het voor elke gast afzonderlijk luid-op ga staan voorlezen.'

'Het reglement, het reglement. Volgens het reglement zou er warm water moeten zijn en er was helemaal geen warm water. Wij gaan naar huis om ons te wassen.'

Elizabeth zag hoe de hotelbaas zijn neus en bovenlip optrok en zijn op elkaar geklemde tanden ontblootte.

'Mevrouw, was uw kamer verwarmd?'

'Ja, die was verwarmd. Natuurlijk was die verwarmd.'

'U kunt niet alles hebben in het leven, mevrouw. U moet leren kiezen: óf centrale verwarming óf warm water. Het interesseert me niet of u vanavond hier slaapt of niet, maar u zult toch voor de kamer moeten betalen. Kijk mevrouw, een hotel kan alleen maar functioneren als het werkschema strikt wordt gevolgd. Als uw kamer niet bijtijds wordt ontruimd, kan hij niet worden schoongemaakt en kunnen we hem dus ook niet aan de volgende gasten verhuren. Of wilt u werkelijk dat we andere gasten in uw lakens laten slapen?'

'Ik moet gaan zitten, Paul,' zei Elizabeth. 'Regel jij het met die man, maar ik wens geen woord meer met hem te wisselen. Het spijt me.'

Het meisje dat hen gisteren in het restaurant had geholpen kwam de gelagkamer binnen. Haar nylon schort hing open en haar grijze wollen kousen slobberden om haar enkels. Elizabeth wilde opnieuw haar hulp vragen maar de hotelbaas riep haar bij zich.

'Selma, heb jij kamer veertien schoongemaakt?'

'Nee.'

'Waarom niet?'

'Er hing een bordje met NIET STOREN.'

'Jij veronderstelde dus dat ze nog een nacht zouden blijven?'

'Ja.'

'Dank je, Selma.'

'Een momentje,' zei Paul. 'Elizabeth?' Hij ging tegenover haar aan het tafeltje zitten. Ze keek naar buiten. 'Er is een vergissing in het spel. Normaal zou de schoonmaakploeg ons gewekt hebben, maar blijkbaar dacht het meisje dat wij niet gestoord wensten te worden. Ik heb dat bordje niet opgehangen en jij ook niet, maar misschien heeft die vreemde vrouw het gedaan die daarnet kwam aankloppen. We kunnen toch een extra dag blijven. We hebben nog helemaal niets gezien van Wissant.'

Ze draaide haar gezicht naar hem, maar hield haar ogen gesloten.

'Paul, ik weet niet wat jij morgen moet doen, maar ik heb afspraken, en mijn kinderen verwachten me vanavond, en ik wil hier ook geen minuut langer blijven bij die afschuwelijke man. Wat zei dat meisje?'

'Niets. Alleen dat ze onze kamer niet had schoongemaakt omdat ze dacht dat we nog sliepen. Blijkbaar hing er een bordje met NIET STOREN. Laten we rustig een kop koffie drinken en dan beslissen wat we doen.'

'Ik wil naar huis, Paul. Jij kunt hier blijven, maar ik wil de kinderen zien. Ik heb hun gezegd dat ik zeker om zeven uur thuis zou zijn, en dat we een pizza zouden gaan eten, en, breng me naar een station of zo, ik wil naar huis.'

'Elizabeth, hoe oud zijn je kinderen?'

'Het heeft niets met hun leeftijd te maken. Ik heb met hen afgesproken, dat is alles.'

'Huil niet.'

'Ik huil niet,' zei ze.

Ze huilde.

'Elizabeth, als je niet oververmoeid was, zou je niet zo reageren. Stella en Marius kunnen toch bij hun vader eten.'

'Jij kunt dit niet begrijpen. Jij hebt geen kinderen!'

Ze holde de gelagkamer uit naar boven. Het meisje had de dekens van het bed gehaald en was de lakens aan het recht-trekken.

'Pardon,' zei Elizabeth, 'ik wilde mijn tas pakken.'

Het meisje ging verder met haar werk. Elizabeth raapte gehaast een paar kousen op en mompelde dat ze later wel terug zou komen.

Die zondagmiddag liep Paul alleen langs het strand van Wissant terwijl Elizabeth met zijn auto naar huis reed. Hij wist niet waarom hij zo graag wilde blijven en zij wist niet waarom ze absoluut weg wilde. Ze begreep niet hoe hij kon blijven in een hotel waarvan de baas zo grof was, en hij begreep niet hoe ze kon wegrijden zonder een stap op het strand te hebben gezet. Maar Elizabeth wilde bij haar kinderen zijn, en misschien ook bij Jakob Delhullu. Onderweg begon ze opnieuw te huilen. Het ene ogenblik dacht ze dat ze ongesteld zou worden, het andere dat het de menopauze was, dan weer besloot ze dat ze dus echt verliefd was op die Jakob, of misschien miste ze gewoon haar kinderen. Ik voel me, dacht ze, alsof er iets vreselijks is gebeurd.

5

Waar Paul ook was, hij zocht altijd eerst het water op. Soms
was het niet meer dan een beekje met een modderige bedding,
soms was het een machtige rivier of, zoals hier, de zee. Waar
geen water was, bleef hij nooit lang. Op een strand liep hij uren
dezelfde kant op en kon zich er nauwelijks toe brengen rechtsomkeert te maken. Meer dan eens had hij met een tram of een
taxi moeten terugkeren. Hij wist niet wat hij voelde, en of hij
iets voelde als hij langs het water liep. Misschien verlangde hij
naar de euforie die hem als kind had overvallen toen hij aan de
hand van zijn moeder het laatste duin had beklommen en plotseling het onmetelijke strand had gezien met daarachter de on-
metelijkheid in het kwadraat, de zee. Hij had haar hand los-
gelaten en was het duin afgehold. Zijn voeten waren in het
witte zand weggezakt, hij was gevallen en naar beneden gerold.

Het strand was niet geruimd. Bunkers lagen schots en scheef
over de gehele breedte verspreid. De ene lag op zijn rug, de
flank van een andere was weggezakt in het zand, bij een derde
wees de ingang naar de hemel. Paul klauterde erop, gluurde in
de donkere holte en rook pis. Zou er geen geld zijn om de
logge mastodonten uit te graven? Hij sprong eraf, betastte met
zijn handen het beton, beeldde zich in dat hij de angst kon ruiken van de jongens die gedwongen waren geweest in de bunkers te wonen. Aan de rand van het strand was een boothuisje
gebouwd dat wellicht bij de villa verder in de duinen hoorde.

Hij rilde. Een kille wind joeg de regen over het strand. Druppels vielen van de rand van zijn zuidwester op zijn neus en kin. Hij had rubberlaarzen moeten aantrekken, en een van die wollen hemdjes die Maja destijds voor hem kocht. Alleen het besef dat als hij terugkeerde de regen zijn gezicht zou ranselen, deed hem doorlopen.

Met Maja had hij op zondag verre wandelingen gemaakt, maar soms waren ze te lui geweest om het huis uit te gaan. Hij bloosde haast als hij zich hun lange herfstmiddagen herinnerde wanneer ze overvallen door wulpse inertie alleen in beweging waren gekomen om een pot verse thee te zetten, en alleen hadden gesproken om elkaar attent te maken op een interessant artikel in de krant. 'Ik heb kanker,' had ze op een dag gezegd. Ze hield op haar schoot een schaal met fruit dat ze in de tuin had geplukt. Ze haalde een mesje in de keuken, schilde het fruit, sneed het in stukjes, bood het hem aan. Het licht viel prachtig op haar langzaam grijzer wordende haar.

Als Elizabeth niet hals over kop was weggereden, zaten ze nu gezellig in een café waar misschien een houtvuur zou branden. Hij begon te beseffen dat hij niet moest hopen met haar het leven te kunnen hervatten dat hij met Maja had geleid. Hij schopte tegen een bunker, sloeg de randen van zijn zuidwester naar beneden en liep tegen de regen en de wind in naar het hotel terug.

'Waar kan ik een telefoonkaart kopen?'

'Op zondagmiddag? Nergens.'

'U verkoopt er geen?'

De hotelbaas legde zijn pen neer.

'Sorry,' zei Paul, 'ik dacht dat u misschien... ik heb drie cellen gezien in Wissant en alle drie werken ze met telefoonkaarten. Ik zou echt dringend naar huis moeten bellen.'

'Ziet u het bord TABAC?'

'Ja,' zei Paul. Hij keek gehoorzaam in de richting die de man met zijn wijsvinger aangaf. Regendruppels liepen over het raam en vervormden de letters van het uithangbord.

'Morgen om acht uur gaat die winkel open en kunt u, als u tenminste uit bed bent, zoveel telefoonkaarten kopen als u wilt.'

'Maar ik zou vandaag moeten bellen.'

'U bent even onredelijk als uw vrouw. U denkt dat u, omdat u betaalt voor uw kamer, als een kleine dictator bevelen kunt uitdelen. Dit hotel telt vierentwintig kamers. Er kunnen hier achtenveertig mensen logeren. Kunt u zich voorstellen wat er gebeurt als die alle achtenveertig hun wet gaan voorschrijven? Ik redeneer zo: de mensen komen hier naar toe om zich te ontspannen. Als u telefoon had op uw kamer, dan kon u net zo goed thuisblijven. Waar is uw vrouw?'

'Naar huis. Ze wilde bij haar kinderen zijn. Ze is niet echt mijn vrouw, ik bedoel, haar kinderen zijn mijn kinderen niet. We kennen elkaar nog niet lang.'

'En waar is uw echte vrouw? Weggelopen?'

'Nee, gestorven.'

'Waarom bent u niet met uw vriendin vertrokken? Als u een vrouw wilt houden, moet u haar niet laten gaan.' Hij blies lucht door zijn neusgaten. 'Als u haar tenminste wilt houden.' Hij lachte. Het was een zuinige lach. Zijn mondhoeken gingen omhoog, maar de uitdrukking in zijn ogen veranderde niet.

Paul haalde zijn schouders op. Vroeger zou hij gereageerd hebben zoals Elizabeth, maar nu wist hij hoe probleemloos hij kon worden gemist. Zelfs als hij geen berichtje achter zou laten op de fax of op het antwoordapparaat, dan nog zou men rond elf uur wel in de gaten hebben dat hij niet kwam. Iedereen wachtte op het moment dat hij zo hard zou gaan werken als hij vroeger had gedaan, maar hij wist dat die gedrevenheid nooit zou terugkeren, zoals hij wist dat Maja niet ziek zou zijn geworden als hij vaker was thuisgebleven. Maar zijn schoonmaakster zou maandag komen in plaats van dinsdag. Als hij haar niet verwittigde, stond ze voor een gesloten deur. Hij had haar nummer niet bij zich, maar hij kon de buren bellen en hen vragen een briefje voor haar op de deur te hangen met de boodschap dat ze bij hen de sleutel van zijn huis kon krijgen. De schoonmaakster kwam nooit vóór halfnegen. Als hij de buren morgen om acht uur belde, was het vroeg genoeg. De hotelbaas had gelijk. De schuur stond niet in brand.

'Regent het hier vaak?'

'Ja. Kunt u zich voorstellen wat dat was voor de soldaten? Bent u ooit in een bunker geweest?'

Paul schudde zijn hoofd. Hij had jaren geleden zijn moeder beloofd nooit in een bunker te spelen. Daar gebeurden dingen die het daglicht schuwden, beweerde ze.

'Ze bleven er natuurlijk niet lang. Zal ik u iets vertellen? Ik beschouw mezelf als een moedig man, maar ik denk niet dat ik het had uitgehouden. Waar was u in de oorlog?'

'In de buik van mijn moeder.'

'Wanneer bent u geboren?'

'1944.'

'Aangenaam. Jacques Perrin. 7 augustus 1944.'

Zijn mondhoeken trokken omhoog.

'Paul Jordens. 18 december 1944.'

De twee mannen schudden elkaar de hand.

'Hoe lang blijft u?'

'Tot morgen. Als het opklaart, wil ik eerst een wandeling maken in de duinen. Woont er nog iemand in de villa met het rode dak?'

'Het spookhotel? Nee, niemand in Wissant wil daar een stap zetten.' Hij boog zich naar Paul. 'De nazi's hebben daar gezeten. Vóór de oorlog was het een hotel. Mijn moeder was bevriend met de uitbaters. Als zij vol zaten, stuurden ze mensen hiernaar toe, en omgekeerd. Het scheelde geen haar of de nazi's hadden hier hun hoofdkwartier gevestigd.'

Hij keek of de bedreiging nog altijd actueel was. Een man en een vrouw kwamen het hotel binnen. Ze droegen groene regenjassen en gele plastic regenkappen. 'Do you speak English?' vroegen ze met een zwaar Nederlands accent, en tot Pauls stomme verbazing antwoordde Jacques in het Engels en kwam hij zelfs uit zijn hok om de jongen die achter de toog een krant stond te lezen de opdracht te geven de bagage van de twee gasten naar boven te dragen. 'Alstublieft,' zei hij, en hij overhandigde hun sleutel met een buiging.

'Ze hebben ons bevrijd,' zei hij tegen Paul. 'Dat vergeet ik niet.'

'Het zijn Nederlanders.'

'Ze spreken Engels, dat volstaat voor mij. Hebt u tijd?'

'Ja.'

'Ik heb rubberlaarzen voor u en een langere regenjas. Als Pierre beneden komt, vraag ik hem om voor de receptie te zorgen, en dan zal ik u iets laten zien. Welke schoenmaat hebt u?'

'Vijfenveertig.'

Opnieuw de zuinige lach.

'Net als ik.'

De twee mannen verlieten het hotel langs de achterdeur. Op een asfalten pleintje stond een witte jeep geparkeerd. Ondanks de regen zag hij eruit alsof hij net was schoongemaakt.

'Geen legerjeep,' zei Jacques, 'maar je kunt er de woestijn mee in. Soms rijd ik ermee in de duinen, maar dat mag niet. Het is beschermd gebied. Spergebied. Vroeger op bevel van de Duitsers, nu op bevel van de groene jongens. U vraagt zich misschien af waarom een man als ik een hotel openhoudt?' Hij toeterde. 'Ik heb mijn moeder beloofd dat ik het hotel nooit zou verkopen. Kijk!' Hij viste zijn sleutelbos uit zijn broekzak en liet Paul de kogel zien waarin haar naam was gegraveerd. 'Als ik morgen tijd heb, toon ik u waar ik die kogel heb gevonden. Hebt u kinderen?'

'Nee.'

'Geluksvogel. Kinderen eten zoveel. En ze moeten voortdurend nieuwe kleren hebben en schoolspullen en schoenen en zwempakken... Zo meteen zult u zien wat ik zou doen als ik niet door de belofte aan mijn moeder was gebonden en als ik met mijn hobby geld kon verdienen. Kunt u bij de tas op de achterbank?'

Met zijn ene hand hield hij het stuur vast, met de andere gespte hij het slot van de tas open. De regen viel met emmers uit de lucht. Er was geen hond op straat. Jacques duwde Paul een heupfles in zijn hand.

'Hadden die jongens maar whisky gehad. Flessen met water is het enige dat we hebben gevonden.'

'Waar?'

'Nog even geduld.'

Paul nam een slok en gaf de fles aan Jacques. Hij had het gevoel dat hij Elizabeth verried door deze sfeer van jongens onder mekaar, maar wist niet hoe hij eraan kon ontsnappen. Jammer voor Jacques, dacht hij, dat hij zo klein was.

'Rookt u?'

'Nee, dank u. Ik probeer ermee op te houden.'

'Kent u deze streek?'

'Nee.'

De jeep vulde zich met rook, de heupfles ging heen en weer tussen de mannen, Wissant lag erbij alsof alle inwoners voor een vreemde bezetter op de vlucht waren geslagen. Paul vroeg zich af of het tijdens de oorlog ook zoveel had geregend, en of het weer überhaupt een rol had gespeeld. Ze reden in de richting van Boulogne. Telkens als ze een auto met een Britse nummerplaat passeerden, toeterde Jacques enthousiast. Een tiental kilometer buiten Wissant parkeerde hij de jeep bij een bunker die, anders dan de bunkers op het strand, niet was weggezakt. Er lag een berg aarde naast. De twee mannen namen een slok whisky en liepen over een houten loopbrug de bunker in. Jacques knipte een zaklantaarn aan.

'Hier woonden ze. Er zit nog een verdieping in de grond, maar die staat onder water. Hij was net zo scheef weggezakt als de bunkers op het strand, en hij zat vol slijk. Ik heb hem moeten kopen. Je zou verwachten dat ze blij waren dat iemand in zo'n ding geïnteresseerd is en geld wil investeren om het op te knappen, maar nee, het was eigendom van de Republiek. En luister goed, ik mocht het kopen op voorwaarde dat ik het opknapte, terwijl de Republiek niets met haar bunkers doet.'

'Wat gaat u ermee doen?'

'Het wordt een museum. Mensen vergeten zo snel. In Engeland zijn er veel clubs van mensen die zich met de oorlog bezighouden, maar hier... In Parijs kennen ze ons niet. Mitterrand houdt niet van beton maar van glas. Met een oorlog die voorbij is verdien je geen geld.' Hij richtte zijn zaklantaarn op een stapel groene flessen in een hoek. 'Drinkbaar,' zei hij. 'Ik heb het persoonlijk getest. Maar u verkiest ongetwijfeld dit.' Hij bood hem opnieuw de whisky aan. 'Vroeger haatte ik alle Duitsers, maar sinds ik die flessen heb gevonden, zijn het plotseling mensen voor me geworden.'

'Hoeveel zit er in zo'n fles?'

'Vijfenzeventig centiliter. Water was strikt gerantsoeneerd. Ze moeten dorst hebben gehad. Wat ik niet kan verdragen, is dat de mensen hierheen komen zonder zich vragen te stellen over de geschiedenis van de streek. Ze beseffen niet hoeveel hier is geleden. Ze zouden niet zitten eten en drinken als de geallieerden niet bereid waren geweest hun leven voor hen op te offeren. Mijn vader is voor hen gestorven.' Hij bracht de fles naar zijn mond. 'Ze hebben hem neergeschoten, afgemaakt als een hond.'

'Wie?'

'Pétains gespuis. Hij was een van de Engelse jongens die zich vrijwillig hadden gemeld om boven Frankrijk te worden gedropt. Hij landde zo ongeveer voor de voeten van mijn moeder. Haar vader wilde hem niet in huis, maar mijn moeder deed altijd waar ze zin in had. Zij zorgde voor het huishouden, en als hij eten wilde hebben, moest hij zijn mond houden. Nog een slok?'

'Ja.'

'Hebt u het koud?'

'Ja.'

'Je kunt zeggen wat je wil van die Duitse jongens, maar ze hadden lef.'

Hij stak een sigaret op.

'Mijn moeder heeft hem gevonden. Er wonen in Wissant nog altijd mensen van wie mijn moeder pertinent zeker wist dat ze bij de moord waren betrokken, maar ze kon het niet bewijzen. Na de oorlog was iedereen natuurlijk plotseling lid van het verzet geweest.'

'Hoe heette hij?'

'Barnes. Brian Barnes.'

'Dus wordt dit het Brian Barnes Museum?'

'Nee. Het wordt *Le musée du Bateau Guizzantois.*' Hij lachte. 'Zaken gaan vóór alles. Kom, laten we gaan kijken wat Pierre heeft aangericht.'

'Wanneer denkt u dat het museum af is?'

'Ik weet het niet. De kelder loopt steeds weer vol. Ik weet niet hoe de Duitsers dat oplosten. Voor hij is leeggepompt, kunnen we niet beginnen.'

In de jeep schopte Paul de laarzen uit die Jacques hem had geleend en warmde zijn voeten in zijn handen.

'Als ik hier links afsla, komen we bij het spookhotel,' zei Jacques, maar hij reed rechtdoor. 'Verdomme. Het is donker en de buitenverlichting brandt niet. Wedden dat ze in de keuken zitten te kaarten?' Met snelle passen liep hij naar binnen. Plotseling draaide hij zich om. 'Als u wilt, kunt u bellen. Er staat een toestel in mijn kantoor. Het eten wordt geserveerd vanaf halfzeven. Vraag de tong. Dat is Fernands specialiteit.'

Paul wilde op zijn kamer andere sokken aantrekken, maar hij kreeg de deur moeilijk open. Pas toen hij er met zijn volle gewicht tegen duwde, gaf hij mee. Het kleed, waar de deur anders over schoof, lag er in golven achter. Was het meisje zijn kamer voor een tweede maal komen stofzuigen? Op het bed lag een borstel die niet van hem was. Vast van Elizabeth, dacht hij, en hij legde hem bij zijn toiletspullen. Het was zes uur. Elizabeth zou nu zeker thuis zijn.

Jacques was niet in zijn kantoor en Paul ging zitten wachten op een hoek van de mosgroene metalen tafel. Achter zich hoorde hij iets bewegen. Hij draaide zich om en zag in de hoek tussen de muur en een grijze dossierkast een magere jongen die hem met grote ogen aankeek.

'Dag,' zei Paul. De jongen zweeg. 'Ik ben Paul. Hoe heet jij?' De jongen bleef zwijgen. 'Ik wacht op de baas van dit hotel. Hij had gezegd dat ik zijn telefoon mocht gebruiken.'

De jongen dook in elkaar. Paul keek om. Jacques stond in de deuropening. Hij wilde van de tafel af, maar er was geen plaats voor hem om te staan.

'Wat doet u hier?'

'Ik mocht uw telefoon gebruiken.'

'Mijn telefoon, ja, niet mijn hele kantoor!'

Hij bleef de deuropening blokkeren. Paul zat gevangen.

'Als u daar blijft staan, kan ik niet weg.'

'Dat zijn mijn laarzen.'

'Ik wilde u vragen of ik ze tot morgen mocht houden.'

'Wat bent u van plan?' Zijn ogen vernauwden zich. 'Gaat u rond het spookhotel sluipen?'

'Als ik uw zaklantaarn mag lenen.'

'Mijn laarzen, mijn zaklantaarn, mijn regenjas, mijn telefoon... nog iets anders?'

'Als u even een stapje opzijgaat, dan kan ik van de tafel af.'

Jacques grolde, maar liet Paul gaan.

'Ik kom straks bellen,' zei Paul luid. Hij ging aan de bar zitten en bestelde een whisky. Plotseling hoorde hij Jacques' korte bevel: 'Eruit!' en zag meteen de iele jongen wegrennen.

'IJs?' vroeg de barman.

'Graag,' zei Paul.

Het zwarte meisje gaf hem een tafeltje bij het aquarium. Telkens als hij van zijn bord opkeek, zag hij de vissen rusteloos heen en weer zwemmen. Toen ze zijn koffie bracht, zei ze dat ze al zijn spullen naar kamer vijftien had verhuisd.

'Waarom?'

'Het regent binnen in veertien.'

'Daar heb ik niets van gemerkt.'

'Vannacht gaat het nog harder regenen en dan regent het binnen. Al uw spullen staan op vijftien. Hier is de sleutel.' Ze stak haar hand uit. 'Uw sleutel, a.u.b.'

Tegen zijn zin gaf Paul zijn sleutel af. Hij had graag de nacht doorgebracht in het bed waar hij zo vredig met Elizabeth had geslapen, maar hij wilde niet opnieuw ruzie maken. Toen hij naar zijn kamer ging, riep Jacques hem in zijn kantoor. Er stond een zaklantaarn naast de telefoon.

'De beste die er te krijgen is,' zei hij.

'Legermateriaal?'

'Uiteraard. Amerikaans. Ze blijven onklopbaar.'

De zaklantaarn was in een dikke laag mosterdgroene rubber verpakt die meegaf in Pauls hand. De knopjes waren van hetzelfde materiaal gemaakt, maar waren zwart. Paul knipte de lamp aan. De straal viel op een gedetailleerde kaart die boven een brits aan de muur hing. Er waren rode, zwarte, gele en blauwe spelden in geprikt.

'De bunkers,' zei Jacques. 'Ik heb ze allemaal geïnspecteerd voor ik besloot welke ik wilde.' Hij schoof het toestel naar Paul. 'Voor België moet u 19.32. draaien.'

'Ik dacht dat u vond dat...'

'19.32 En hou het kort.'

Bij Elizabeth kreeg hij het antwoordapparaat aan de lijn. Hij legde neer, maar draaide haar nummer opnieuw. 'Met Paul,' zei hij. 'Ik hoop dat je veilig thuis bent gekomen. Ik zou je graag morgenavond zien, als dat kan. Het is zondagavond nu, en ik weet nog niet hoe en wanneer ik thuis kom. Misschien bel ik je op kantoor. Tot morgen.' Hij draaide het nummer van zijn buren en kreeg hun jongste aan de lijn. Haar ouders zouden over een halfuurtje thuis zijn, zei ze. Ze waren gaan bowlen.

'Natuurlijk,' zei Paul, 'Zondagavond.'

Toen Maja pas dood was, hadden ze hem vaak uitgenodigd. Bowlen interesseerde hem niet, maar hij was altijd met hen meegegaan omdat als hij terug thuis was er drie uur voorbij waren en hij drie streepjes kon zetten op het papier waarop hij de tijd bijhield. Een uur later mocht de hele zondag worden weggestreept. Halfelf. Hij zou een douche nemen, wat lezen tot de buren terug waren, en dan op stap gaan. Zijn sleutel draaide niet in het slot en hij herinnerde zich dat hij niet meer in kamer veertien lag. Het meisje had alle spullen keurig op het bed gelegd, maar de borstel die hij daarnet had gevonden was weg. Hij trok de gordijnen dicht, draaide de warmwaterkraan open en kleedde zich uit. Zoals hij had verwacht begon na enkele minuten warm water uit de kraan te lopen. Elizabeth had zoals altijd geen geduld gehad.

Na de douche trok hij al zijn kleren over elkaar aan, stopte de zaklantaarn in de jaszak van Jacques' regenjas en ging naar beneden. Jacques was niet in zijn kantoor en er brandde ook geen licht. 'Ik mocht bellen,' zei hij tegen de man achter de toog en draaide het nummer van zijn buren op het ouderwetse bakelieten toestel. Toen hij met hen had afgesproken, draaide hij ook nog het nummer van Elizabeth. 'Ik hou van je,' zei hij in haar antwoordapparaat. Het was twintig over elf en hij besloot eerst nog een whisky te drinken. Omdat Jacques de villa in de duinen een spookhotel had genoemd, leek het hem passend om zijn tocht om twaalf uur te beginnen.

6

Marius opende zijn ogen en zag Stella's balletspullen door Paula's logeerkamer dansen. Het was een blauwe nylon zak die werd dichtgesnoerd met een zwart touw waarin aan beide uiteinden een knoop was gelegd om rafelen te voorkomen. Voorbij de knoop was het touw een kwastje waarmee Stella hem kietelde, bij voorkeur onder zijn neus, of waarop ze met overgave zoog alsof het een geheime, verslavende substantie afscheidde. Als hij aan zijn zus dacht, zag hij het blauwe, vormeloze ding dat ze overal met zich mee zeulde zoals een kind zijn lievelingsbeer, maar dat ze dan plotseling van zich af stootte of gewoon vergat. 'Stella, waar zijn je balletspullen? Marius, heb jij Stella's balletspullen gezien?' 'Nee, ik heb Stella's balletspullen niet gezien.' Maar de vraag gonsde door het huis, het gezeur viel niet te negeren. Nu werd naar de telefoon gegrepen en de vraag drong andere huizen binnen. Boeken en kranten werden neergelegd, het vuur onder kookpannen gedoofd, iedereen reageerde op de oproep, alleen Stella bleef onverstoorbaar. 'Stella, waar heb je ze voor het laatst gezien? Stella, zou je niet helpen zoeken?' 'Ik zoek toch.' 'Nee Stella, dít is zoeken.' Hij greep haar bij de pols, trok haar op de grond, dwong haar onder haar bed te kijken, in een lade, achter een kast. 'Je doet me pijn!' 'Kijk dan godverdomme!' 'Marius, doe je zus geen pijn!'

De naden van de zak gaapten, want al had Stella een boekentas en een sporttas en een logeertas, deze vod was haar fetisj waar haar schatten in werden gepropt: een cassette met een opname van een hoorspel dat zij met haar vriendinnen had geschreven en geregisseerd; een sleutelhanger met een groene pluchen gorilla wiens ogen rood oplichtten als je aan zijn rechterarm trok; een schelp waarin iets leefde toen ze hem had opgeraapt; een zakspiegeltje met op de rug een foto van Madonna. Verder zat er een trui in voor na het dansen, een handdoek om zweet weg te wissen, een haarborstel, zalfjes, beenwarmers. Als Stella haar balletpak uit de zak trok, werd de hele rotzooi mee uitgespuwd. Iedereen die ooit met Stella te maken had gehad, had meegezocht naar een oplossing voor het probleem. Er was aan een ruimere tas gedacht, of aan een tas in een opvallende, schreeuwende kleur. Op een gegeven moment waren er meerdere tassen in omloop, maar de ene na de andere raakte zoek. Alleen de blauwe nylon zak herrees telkens opnieuw uit het stof onder een kast, een bed of een bank.

Marius knipperde met zijn ogen en het beeld verdween. Hij zuchtte. Als Stella zijn dochter was geweest, zou er vandaag nog een punt achter dat ballet worden gezet. 'Maar ze is je dochter niet, Marius.' Kreupel had het haar gemaakt. Van een ballerina zou je verwachten dat ze als een vogeltje door het huis fladderde, maar Stella's voeten waren soms zo toegetakeld dat ze zich alleen nog van de ene voet op de andere kon laten vallen. Als hij het niet meer kon aanzien nam hij haar in zijn armen, droeg haar naar de badkamer en gaf haar een bad. Als haar voeten een kwartier hadden geweekt, vijlde hij het eelt eraf en masseerde ze met amandelolie. Twee balletlessen later waren ze weer kapot. 'Nee mama, ze is mijn dochter niet,' zei hij luid, en hij gooide de donsdeken van zich af.

De logeerkamer was zo nadrukkelijk vrouwelijk dat hij zich afvroeg of er een mannelijke tegenhanger was en waarom Paula hem die niet had aangeboden. Op een grenehouten ladenkast stond een collectie lege parfumflesjes en op het nachtkastje lag een bloknoot roze briefpapier. De gordijnen, het laken en de kussenslopen waren van roze katoen gemaakt, en in de werveling van pasteltinten op de hoes van het dekbed dook hetzelfde roze op. Het tapijt was godzijdank wit, maar de wol was zo dik en zacht dat het onmiskenbaar voor verwende, luie voetjes was gemaakt. Thuis, bij zijn vader zowel als bij zijn moeder, hoorde hij dag en nacht het verkeer razen, maar hier was het onnatuurlijk stil. Zou Paula de tweeling weg hebben gestuurd? Een vogel wipte heen en weer op de vensterbank. Marius trok het raam open en hij vloog weg. Regen drupte van kroonlijsten en vensterbanken, wind wervelde tussen de bomen en droeg de laatste bladeren mee. De lucht was schoongeblazen op enkele witte slierten na, maar boven de kale kruinen van het bos staken nieuwe donkere wolken de kop op. Hij sloot het raam en het was muisstil.

Op het plankje boven de wastafel lag een tandenborstel voor hem klaar. Hij scheurde de plastic verpakking weg, kneep een slangetje tandpasta uit de minuscule tube en poetste langdurig zijn tanden. Hij liet zijn onderbroek zakken, legde zijn lul op de rand van de roze wastafel, pletste er water op en wreef hem zorgvuldig in met het stukje roze zeep. Hij ontblootte zijn eikel en liet de zeep schuimen. Hij trok de luxueuze badjas aan die aan de deur hing en voelde zich een prins. Zou Paula naakt slapen? Hij trok zijn onderbroek uit, gooide hem op de stapel kleren naast het bed en ging op zoek naar haar kamer. Gisteravond was hij met haar meegelopen omdat 'een heer een dame tot bij de deur vergezelt', maar toen hij met zwier een kniebuiging wilde maken, had hij zich gestoten aan een eikehouten kist. Een tinnen schotel was met veel kabaal op de tegels tussen de muur en de loper gekletterd.

Hij klopte zacht, ze antwoordde niet. Hij hield zijn hand klaar om opnieuw te kloppen, maar bedacht zich. Niet aarzelen, Marius. Gewoon doen. Hij duwde de deur open. Hij had zich van kamer vergist! De tweeling sliep dicht tegen elkaar in een breed bed. Verder waren van alle meubelstukken twee exemplaren in de kamer aanwezig: twee kasten, twee kaptafels, twee spiegels, twee leunstoelen en twee kapstokken, maar de tweeling zelf was tot één versmolten. Hun blonde haren staken boven het dekbed uit en waren zodanig verstrengeld dat het leek of hun hoofden alleen met een kam van elkaar zouden kunnen worden gescheiden. Marius liet de prinsesjes slapen en sloop naar de kamer van hun moeder.

Ze zat rechtop in bed met een leesbril op het puntje van haar neus en een groot gekartonneerd schrift op haar knieën. Hij trok de deur achter zich dicht en liep op het bed af. Satijn, dacht hij, die lakens zijn van satijn, en haar nachthemd ook.

'Lekker geslapen?'

'Moet je nu al weg?'

Hij schudde zijn hoofd.

'Wat doe je?'

'Facturen controleren. Zondag is facturendag. Zal ik het ontbijt laten brengen?'

Hij schudde zijn hoofd.

'Wat wil je, Marius?'

Hij ging op het bed zitten.

'Ik dacht dat de tweeling weg was.'

'Waar zouden ze volgens jou moeten zijn?'

'Ik weet het niet. Uit logeren misschien.'

Hij zag dat haar tepels twee punten drukten in de roomkleurige satijnen stof.

'Heb jij hen gevoed?'

Ze knikte.

'Ben jij niet gezoogd?'

'Ik weet het niet.'

'Heb je het je moeder nooit gevraagd?'

Hij schudde zijn hoofd, keek gefascineerd hoe de punten in het satijn scherper werden. Zonder naar haar gezicht te kijken boog hij zich naar haar toe en opende geconcentreerd de drie bovenste knoopjes van haar nachthemd. Ze had veel zwaardere borsten dan zijn moeder. Hij keek op. In haar gezicht had ze geen enkele sproet, maar op haar borsten telde hij een, twee, drie... negen sproeten op de linkerborst, en negen op de rechter, sommige niet meer dan een stip, andere zo groot als een vlek, een hele hofhouding van pages, kameniersters, gezelschapsdames voor hare majesteit de linkertepel en hare majesteit de rechtertepel. Hij boog zich dichter naar haar toe, kneep de ene tepel zacht tussen zijn wijs- en middelvinger, zoog voorzichtig op de andere. Een hand graaide in zijn haar en trok hem dichter naar haar toe. Hij kneep harder en zoog gulziger. Ver weg hoorde hij gekreun. Zijn vingers lieten de tepel los, kropen omhoog naar de hals, voelden bloed kloppen, gleden over haar kin naar haar lippen. Ze drongen in de mondholte, trokken zich terug, gleden opnieuw naar binnen. Heen en weer gingen ze als golven op het strand. Zijn lippen lieten de tepel los en gingen zijn vingers achterna over hals en kin, maar toen hij haar met zijn tong wilde binnendringen, duwde ze hem weg.

'Dus toch niet voor mijn huis of mijn dochters.'

'Wat zeg je?'

'Ik dacht altijd dat je voor mijn huis kwam, of voor mijn dochters. Zoek je hier een moeder met wie je mag vrijen?'

'Waarom doe je dit?'

'Is het omdat je niet weet of je gezoogd bent?'

'Paula, waarom doe je dit?'

'Wat?'

'Me wegduwen. Afkammen.'

'Ik ben realistisch.'

'Moeders kreunen niet als ze hun kind zogen.'

Ze zweeg. Haar handen zochten de knoopjes van haar nachthemd, maar hij duwde ze weg.

'Wat wil je, Marius? Wat wil je echt?'

'Ik wil dat je me serieus neemt. Oudere mensen doen altijd zo superieur. Wij maken geen kans want zij weten het allemaal beter.'

'Zo is dat.'

'Op een dag zal je niet meer met me spotten, Paula.' Zijn stem klonk belachelijk hoog. 'Dan zul jij bij mij aankloppen en zal ik facturen doornemen.' Hij wist dat hij zich aanstelde maar kon zich niet beheersen. Ze probeerde op de staan, maar hij hield haar tegen.

'Heb je littekens?'

'Littekens?'

'Van de zwangerschap. De bevalling. Zijn ze met een keizersnee gehaald?'

'Marius, alsjeblieft!'

'Je buik.'

'Ik heb geen littekens, Marius.'

'Ik wil je buik zien.'

Hij nam het schrift van haar schoot, sloeg het dekbed weg. Haar borsten gingen sneller op en neer, ze was net zo opgewonden als hij.

'De meisjes,' zei ze.

'Ze slapen. Trek dat uit.'

Ze schortte haar nachthemd verder op maar trok het niet uit. Hij dacht: Zo moet het dus. Je moet bevelen geven. Hij greep haar linkerborst en kneep hard. Hij beet in de rechter, liet plotseling los en begroef zijn hoofd in haar buik. Aarzelend gleden zijn handen over de binnenkant van haar dijen. Hij voelde haar krulletjes en liet zijn vinger over haar lippen glijden. Ze was vochtig en zacht en diep. Daar dus waren de prinsesjes uit gekomen. Zijn vinger stootte in haar. Ze kreunde. Hij stootte harder. Wie had ooit beweerd dat je met een vrouw teder moest zijn? Zijn hoofd lag lekker in haar satijnen schoot. Hij wilde haar niet zien, hij wilde haar horen, ruiken, voelen. Plotseling sloot haar hand zich om zijn pas gewassen lul. Hij sidderde alsof een elektrische schok door zijn lijf werd gejaagd, en ontlaadde zich met een luide schreeuw. 'De tweeling,' siste ze, en ze sloeg haar vrije hand voor zijn mond. Ineens zag hij hen als een Siamese tweeling en moest hij de aandrang onderdrukken om naar hun kamer terug te keren en zich er met zijn eigen ogen van te vergewissen dat ze twee autonome lichamen hadden. Had hij hen niet altijd samen bij het raam gezien?

'Waarom?' vroeg hij.

'Waarom wat?'

'Heb je me niet in jou laten komen.'

Hij ging naast haar liggen en schoof zijn benen onder het dekbed.

'Ik moet opstaan, Marius, en ik wil niet dat de meisjes jou straks in mijn bed vinden.'

Opnieuw zag hij ze aan elkaar gekluisterd, mankend en strompelend zoals deelnemers aan een estafette, bij wie door middel van een touw was bewerkstelligd wat in zijn visioen bij Paula's dochters door de natuur was geregeld. Ze duwden zich elk met het eigen been af en gooiden dan het gemeenschappelijke voorwaarts. Bij iedere stap slingerden hun lichamen vervaarlijk van links naar rechts. Hield Paula hen daarom voor de buitenwereld verborgen?

'Je antwoordt niet op mijn vraag.'

'Je moet niet zoveel vragen stellen.'

'Bedoel je dat ik het zal begrijpen als ik zo oud ben als jij?'

'Zoiets, ja.'

Als een hond volgde hij haar naar de badkamer die annex aan de slaapkamer lag. Nu zou hij toch nog haar buik kunnen zien. In de deuropening draaide ze zich om.

'Wat wil je, Marius?'

'We kunnen toch gezellig samen in bad?'

Hij legde zijn handen op haar schouders, maar durfde haar niet te zoenen. In plaats van hem te promoveren tot de status van minnaar, leek het gebeurde haar superieure rol te hebben bevestigd.

'Marius, ik ga graag alleen in bad.'

Ze deed de deur dicht.

'Ik ga nog een beetje slapen!' riep hij, maar hij wist niet of ze hem hoorde boven het lawaai van het water dat uit de kranen stroomde. In bed draaide hij zich op zijn buik, en dacht aan Paula's borsten en tepels en dijen. Hij bewoog heen en weer over het laken, genoot behaagziek van de herinnering aan zijn verovering. De juiste mensen uitkiezen, Marius. Geen tijd verliezen met de Philippen en de Stephanies van deze wereld. Hij rolde met zijn tong over zijn verhemelte, beeldde zich in dat hij op Paula's tepel zoog. Ze had hem lekker gevonden, dat kon ze niet ontkennen, ze wilde meer, en hij zou haar meer geven op zijn voorwaarden. Eerst moest ze hem tonen wat de uitbraak

61

van het driebenige monster had aangericht, dan pas zou hij haar verwennen. Hij zou haar laten smeken, kreunen, jammeren, bedelen... Hij dempte zijn schreeuw in het roze kussen. Ik ben een leeuw die brult in de nacht, dacht hij. Hij trok drie ragfijne zakdoekjes uit de doos die zijn gastvrouw op zijn nachtkastje had klaargezet, en veegde het laken schoon. Lichtgroene en lichtgele pluisjes bleven in het roze katoen haken. Hoewel hij er niet aan twijfelde dat Paula een meisje had om de bedden te verschonen, was hij er zeker van dat ze zijn bed zou inspecteren. Misschien zou ze haar gezicht in de lakens drukken in de hoop hem te ruiken. Je minnaar is een man! riep hij, en hij viel uitgeput in een diepe slaap.

De wind stak op, wolken werden over het bos naar het kasteel gejaagd, een bliksemschicht zigzagde boven de toren. Donderkoppen botsten tegen elkaar, regen zeeg neer op het leien dak, Marius sliep. Hij hoorde het onweer niet, en hij hoorde de meisjes niet die de deur van zijn kamer openduwden en tot bij zijn bed slopen. Ze staken hun tong naar hem uit en glimlachten. Melissa nam de karaf met water van de tafel en zette hem op de gang. Sandrina bukte zich bij de wastafel en draaide het kraantje van de watertoevoer dicht. Melissa spreidde de kleren van de indringer uit en haalde een flesje azijn uit de zak van haar kamerjas. Sandrina ging tegenover haar staan, nam het flesje aan en besprenkelde zorgvuldig alle kledingstukken. Melissa nam de azijn van haar zus over en gaf haar de olie om over de kleren te gooien. Olie en azijn verdwenen in Melissa's zakken, en de zusjes gingen aan weerskanten van het bed staan. Sandrina maakte haar zakken leeg, en reikte haar zus de peper en het zout. Melissa maalde peperbolletjes fijn boven zijn haar en legde behoedzaam enkele korrels zout tussen zijn lippen. Een laatste bliksemschicht schoot boven het kasteel de hoogte in, en abrupt hield de regen op. De meisjes staken hun tong uit en likten obsceen hun lippen. Ze bliezen hun slachtoffer een kusje toe en trokken de deur van de logeerkamer achter zich dicht.

Kort voor de middag werd Marius wakker en rook dat er in de keukens van het restaurant werd gekookt. Zijn mond was kurkdroog. Hij gooide het dekbed van zich af, stak zijn hoofd onder de kraan en ving drie druppels op. Hij wreef met zijn tong over zijn lippen en proefde het zout dat de wraakgodinnen tussen zijn lippen hadden gelegd. Drinken, dacht hij, ik moet drinken. Aan het einde van de gang was een wc, maar die spoelde niet door en uit de kraan van het wasbakje kwam ook al geen druppel. Voorbij de wc verbreedde de gang zich tot een overloop die was ingericht met een tafel, een bank, een kleerkast en een ficus. De poten van de tafel waren gesneden in de vorm van lotusbladeren, en het blad was van grijs gestippeld marmer. In een fruitschaal lagen drie vergeelde ficusblaadjes. Het meubilair stond op de overloop zoals het in een museum had kunnen staan. Marius trok een blaadje van de ficus, scheurde het in tweeën, likte de vochtige rand en gooide het in de schaal. Hij tastte met zijn vinger in het schoteltje onder de bloempot maar voelde geen druppel water. Verdomme, Paula! Hij klopte op haar deur, kreeg geen antwoord, duwde de klink naar beneden, maar de kamer was op slot. Als een dronkelap die door zijn vrouw de toegang tot de echtelijke woning wordt ontzegd, begon hij op de deur te bonken. Was ze bang dat hij er met het zilver vandoor zou gaan? Hij keerde op zijn schreden terug, maar ook de logeerkamer was nu op slot. Hij voelde zich een kind dat is ontsnapt uit de school waar het voor het eerst heen is gebracht en dat na een lange zwerftocht zijn ouderlijk huis heeft teruggevonden om daar te ontdekken dat er niemand op hem wacht. Hij werd buitengesloten, maar het was te laat. Hij had zijn handtekening achtergelaten, niet op haar lichaam maar in ieder geval wel op haar lakens. Hij zou beneden aan een tafeltje in het restaurant gaan zitten en haar bevelen hem te bedienen. Hij zou luid in zijn handen klappen en haar vragen op te schieten. Hij zou het beste en het duurste eisen. Hij trok de band van zijn broek naar voren en streek de plooien uit zijn hemd. Maar, wat zag hij eruit! Zijn hemd, zijn das, zijn broek en zijn jasje zaten vol vieze vlekken. Hij zat in de val, bestierf het van schaamte en dorst. Toch scheidde zijn lichaam water af. Tranen van woede sprongen in zijn ogen en hij moest dringend plassen. In de woestijn drinken mensen hun eigen pis, bedacht hij, maar het dampende vocht dat in Paula's perzikroze toiletpot klaterde zou alleen maar diepere groeven in zijn tong en kaken trekken. Wat moest hij doen? Plotseling stond hem haarscherp de metalen brandladder voor ogen die tussen de vele ramen van het kasteel zigzag over de achtergevel slingerde. Als het hem eindelijk een beetje meezat, kon hij er via het raam naast de huiskapel bij.

De kapel was gesloten maar op het raam zat godzijdank geen slot. Achter een gordijn van zware grijze stof lagen de woonkamers waar hij, dwaas, gehoopt had te ontbijten met Paula en haar dochters. Behoedzaam lichtte hij het gordijn op en zag een glanzend witte polyester deur zonder klink of knop. In de muur naast de stijl was een metalen plaatje met drukknoppen gemetseld. Alleen wie de code kende, kon naar binnen en misschien tikte Paula iedere week een andere code in. Hij liet het gordijn vallen, opende het raam en hees zich op de vensterbank. Wilde hij langs de brandladder uit het kasteel ontsnappen, dan moest hij eerst op de vensterbank van een verder raam stappen. Voetje voor voetje schuifelde hij naar de rand van de arduinsteen. Niet naar beneden kijken, dacht hij, niet aarzelen, gewoon doen. Hij schatte dat het anderhalve meter was tot bij de volgende vensterbank, en zes meter tot de begane grond. Hij had geen keuze. Hij deed een stap naar rechts, voelde de steen onder zijn ene voet en trok meteen de andere bij. Hij draaide zich om, ging zitten en wipte op zijn achterste naar het uiteinde van de vensterbank. Hij hoorde stemmen. Drie mannen in zwarte pakken leunden tegen de muur en rookten een sigaret. Het waren Paula's obers. Een van hen liet al na enkele trekken zijn sigaret in een plas sissen en gooide de peuk in de container met afval.

'Wacht op ons!'
'Kom nu, anders merkt ze het.'

'We zijn haar slaven niet.'

Maar ook de andere twee gooiden hun sigaretten in de container.

Als ik me laat vallen, dacht Marius, kom ik bij haar afval terecht. Hij hees zich overeind, draaide zich om, ging op de uiterste rand van de vensterbank staan en sprong naar de brandladder. Gulzig likte hij de druppels van het metaal. Hij was gered. Sleutels, dacht hij. Wat als de heksen de sleutel van de Audi uit zijn broekzak hadden gehaald en geruild voor een van een auto die op een autokerkhof stond te roesten? Maar het was de sleutel van de Audi. Met drie sporten tegelijk ging hij de ladder af, sprong op het asfalt tussen de container en de muur. Hij trok zijn hoofd tussen zijn schouders en liep gebukt weg van het kasteel. Takken zwiepten in zijn gezicht, maar hij drong het bos verder binnen. Hij wilde onder geen beding dat Paula hem zag, maar de bomen hadden al hun bladeren verloren en boden weinig bescherming. Pas bij de fontein kwam hij op adem. Hij legde zijn hand in de plas die op de bodem was blijven staan en stak zijn natte vingers in zijn mond. Tussen de bomen zag hij de blauwe glinstering van de Audi. Hij sloot zijn hand om de sleutel in zijn broekzak en strompelde verder. De banden waren niet stukgesneden, en niemand had in de verf gekrast. De benzinetank was niet leeggelopen en de sleutel draaide in het slot. Hij liet zijn voorhoofd tegen het stuur rusten en sloot zijn ogen. Hij haalde diep adem en rook het parfum van zijn moeder. Als hij vijf, zes jaar geleden met zulke vuile kleren was thuisgekomen, zou ze ze lachend van zijn bezwete lijf hebben gepeld en gelukkig zijn geweest met het bewijs van zijn mannelijkheid. Zonen moesten onder het slijk van het voetballen thuiskomen. Nu kon hij beter naar zijn vader gaan die niet zou merken hoe zijn zoon erbij liep. Hij zou een bad nemen en een joggingpak van hem aantrekken 'omdat dat zo lekker zat'. De kleren zou hij weggooien, of naar zijn oma brengen. Hij opende zijn ogen en zag een eindje zwart touw als een slangetje onder de bank vandaan kruipen. Stella's balletzak! Hij trok de blauwe nylon zak onder de bank uit, drukte hem lachend tegen zich aan en gaf hem een smakkende zoen. Hij duwde een cassette in de recorder en reed met gierende banden weg.

In het raam van het eerste café dat hij passeerde brandden een blauwe en een rode tl-buis, en toen ook het tweede en het derde café een bordeel bleken te zijn, bedacht hij dat het mogelijk moest zijn om er koffie of water te krijgen. Bij het vierde café stopte hij. Op een zondagmiddag om kwart over een sliepen de meisjes vast. Witte verf schilferde van de ramen en de deur, en de rode tl-buis floepte aan en uit. 'Meisje gevraagd' stond op een met de hand geschreven briefje dat op ooghoogte tegen het glas in de deur was geplakt. Hoe ging je een bordeel binnen? Hij duwde de deur open en stond voor een tweede keer die dag voor een gordijn. Hij schoof het opzij en stapte een donkere ruimte in. 'Hallo?' Hij greep achter zich en schoof het gordijn verder open. In het licht dat door het glas in de deur naar binnen viel, zag hij dat het café was ingericht als een saloon. Boven de bar hing een zadel en rond de tafel stonden boomstronken. Een man in een verschoten beige suède pak verscheen plotseling achter de bar alsof hij als een schietschijf uit de grond was gefloept. Zijn pak was met witte en rode kralen versierd en om zijn hals droeg hij kettingen waaraan tanden en andere trofeeën bungelden.

'We zijn gesloten.'

'Hebt u een glaasje water voor me?'

'We hebben geen water.'

'Of koffie?'

'Ook geen koffie.'

De man kruiste zijn armen zoals een chief in een indianenboek.

'Het enige dat je hier kunt krijgen is whisky.'

'Lest whisky de dorst?'

'Wat dacht je?'

'Ik geloof dat ik niet genoeg geld bij me heb voor whisky.'

'Hoeveel heb je?'

'Tweehonderd.'

De man nam een fles van het schap, schroefde de dop eraf en stak hem naar Marius uit.

'Vuurwater?'

De man negeerde zijn grapje.

'Drink.'

Hij dronk.

'Een schone werktafel, Elizabeth, is het begin van een succesvolle carrière.'

Elizabeth liet haar vingertoppen over het dashbord van Pauls auto glijden die eruitzag of hij nieuw was. Geen stof, geen kruimels, geen yoghurtpotjes, geen parkeertickets, geen drankblikjes. Geen kinderen ook. Stella ontbeet meestal in de auto onderweg naar school. Als Elizabeth bruusk moest remmen, vloog haar thee over de rand van haar beker. Haar boterham liet ze na drie happen liggen. 'Voor de muizen,' zei ze, alsof de auto van haar moeder inderdaad een stal was. Vreemd toch dat Paul zomaar een dag vrij kon nemen. Bij Ida zou dat niet lukken. Sinds ze in Amerika cursussen management volgde, deed ze daar erg moeilijk over. Snipperdagen noemde ze een typische vrouwenkwaal. Het moest wel erg lang geleden zijn dat ze in *Le Bateau Guizzantois* had gelogeerd. Zou ze er iets mee bedoelen dat ze haar uitgerekend dit hotel had aanbevolen? Daar ben jij op je plaats, Elizabeth Appelmans, in een oude, vervallen, tochtige krocht met een tirannieke hotelbaas.

Ze volgde de wegwijzer naar de autoweg. Hoe zou Paul thuis komen? Met een bus? Of een trein? Of te voet? Hij was het type om een voettocht te ondernemen. Te voet door Frans-Vlaanderen. Om de blijde boodschap te verkondigen. Juicht, juicht! Jullie spreken Frans, jullie gaan naar Franse scholen, jullie betalen belastingen aan de Franse staat, jullie rijden op Franse wegen, jullie worden in Franse ziekenhuizen verzorgd, maar eigenlijk zijn jullie Vlamingen. Ik ben bitter, dacht ze plotseling. Ze had niet met Paul naar Wissant mogen gaan. Een vergissing, kon gebeuren en gedane zaken namen geen keer. Zou hij een ex zijn van Ida? Die had hen op een feestje bij haar thuis aan elkaar voorgesteld. Ze zag voor zich hoe Ida het lijstje met genodigden had opgesteld. Mannetje en vrouwtje, Elizabeth Appelmans en Paul Jordens. Want die Elizabeth deed maar moeilijk de laatste tijd, als ze een vriend had, werd ze vast rustiger. Wel, ze zou Pauls auto terugbezorgen en zich misschien excuseren voor haar impulsieve gedrag, en wie weet belde hij haar ooit nog eens op. En ze zou vooral haar mond houden tegen Ida, want ondanks de cursussen management kon Ida totaal onverwachts de vertrouwelijke toon van weleer herstellen, maar als ze dan alles wist, brak ze het gesprek abrupt af en verdween naar haar burcht. Ida zelf liet geen woord over haar privé leven los. Op het feestje waar ze Elizabeth aan Paul had voorgesteld, was er een aantal mannen die bij haar leken te horen, maar het was volstrekt onduidelijk wie de uitverkorene was.

Hoe ze haar hadden uitgewuifd toen ze de eerste keer naar Amerika vertrok! Eliane en Sonia hadden een pluchen beer voor haar meegebracht, Heleen had de kurk van een fles champagne laten knallen, en Elizabeth had haar een walkman gegeven en een cassette met haar lievelingsliedjes. Het was of ze naar Hollywood vertrok. Stella was toen nog jong genoeg om een uitstap naar de luchthaven spannend te vinden, en Marius had ze meegelokt met de belofte dat ze achteraf samen uit eten zouden gaan. Was het toen dat er politie voor Marius was geweest? Het was in ieder geval nadat ze met de kinderen uit eten was gegaan en ze een heerlijke middag hadden gehad. Plotseling stonden die mannen daar met hun zware leren laarzen en riemen, hun pistolen en walkie-talkies. Of ze met de vader van Marius Dubois konden spreken? Nee, die woonde hier niet, maar wat deden ze in haar huis? Ze wilden Marius' kamer doorzoeken en hadden daartoe de toestemming van het gezinshoofd nodig. En wat gebeurde er als ze die toestemming niet kregen? Dan keerden ze terug met een huiszoekingsbevel van de procureur. Konden ze met het gezinshoofd spreken? Daar spraken ze mee. Waarom wilden ze de kamer van haar zoon doorzoeken? Dat moest ze misschien aan hem vragen. Ze had naar Marius gekeken, hij had geknikt. 'Wijs hun de weg, Marius.' Ze was beneden aan de trap blijven staan. Uit hun walkie-talkies snauwden jachtige oproepen en korte bevelen. Nog geen vijf minuten later kwamen ze de trap af. 'En?' 'In orde. Bedankt.' Dagen was ze bang geweest, maar ze had zich er niet toe kunnen brengen Marius te vragen waarom de agenten zijn kamer hadden doorzocht.

Bij de oprit naar de autoweg stond een politiebusje. Ze remde hoewel ze niet meer dan zestig reed. Haar lippen tintelden of ze uren had gezoend en nog lang niet was uitgezoend. Paul maakte haar onrustig. Hij was een sterke man met het soort erectie dat ze in gedachten vergeleek met een boom – krachtige wortels tussen zijn benen, een stevige stam opwaarts en een lieflijke kruin, die zij likte met het puntje van haar tong. Het lijkt wel, had hij met gêne gezegd, of je me helemaal naar binnen wilt slokken. Ze zou hem overgave moeten leren, maar ook timing en geduld. Een goed minnaar kon een vrouw langdurig laten klaarkomen tot ze uitgeput smeekte om het alsjeblieft te laten ophouden. Zou Paul verliefd zijn op haar? Hoe heette die Amerikaan die in een boek had beweerd dat de duur van het vrouwelijk orgasme in principe onbeperkt was en die tijdens een promotietournee bij wijze van demonstratie zijn echtgenote urenlang had gestimuleerd? Misschien moest ze dat boek voor Paul kopen. Ze zou zeggen: Je mag altijd komen oefenen bij mij. Elizabeth, je bent een onverbeterlijke flirt. Ze wou dat ze wist aan wie hij haar deed denken. Als ze het wist, dan zou ze misschien begrijpen waarom hij haar zo op de zenuwen kon werken en waarom ze zo volslagen irrationeel reageerde. Het kon dat ze hem onbewust met iemand anders verwarde, en dat ze zich aan hem ergerde om karaktertrekken van die ander, terwijl de gelijkenis tussen hen zich misschien beperkte tot iets doms als de manier waarop ze allebei met hun sleutels speelden. Hij had iets van de politieagent die maanden na de huiszoeking bij hen was blijven langskomen en die het haar volstrekt onmogelijk had gemaakt om het voorval te vergeten. Een formuliertje moest worden ingevuld, een documentje getekend, of hij was gewoon in de buurt. Ze had liters koffie voor hem gezet en geluisterd naar verhalen over andere politieagenten die het op hem hadden gemunt. Wist ze dat zij de enige was die hem begreep? Ze durfde niet anders dan vriendelijk en gastvrij voor hem te zijn uit angst dat hij iets tegen Marius zou ondernemen. 'Maakt u zich geen zorgen over die affaire met uw zoon, Armand regelt dat wel.' Zo heette hij. Armand Leroy. Strafblad of geen strafblad, kwam het daarop neer? En wie kreeg dat strafblad dan? Marius moest toen nog eenentwintig worden. De taakverdeling bij de politie was geregeld volgens een strak hiërarchisch systeem, maar Armand kende een ingang, als ze elkaar nog iets beter kenden zou hij ook dat uit de doeken doen. Elizabeth zag zich haar verdere leven koffie schenken voor Armand, luisteren naar Armand, knikken naar Armand. Toen veertien dagen voorbijgingen zonder Armand, raakte ze in paniek, maar Marius werd niet gearresteerd. Misschien had Armand Leroy zelf moeilijkheden gekregen, want hij dook niet meer op. Ze was vast van plan geweest om met Raf over het incident te praten, maar ze wilde wachten tot hij haar erover belde. Toen een telefoontje van hem uitbleef en Marius haar zei dat de politie zijn kamer bij zijn vader niet had doorzocht, had ze gezegd: 'Dan zullen we papa niet nodeloos ongerust maken.' Wie beschermde ze? Raf of Marius of zichzelf? Ze had altijd geheimpjes gehad met de kinderen. Een slecht rapport, zwemspullen verloren, kauwgom aan de onderkant van het tafelblad gekleefd, gevochten met een vriendje... Huil maar eens goed uit, mama zegt niets tegen papa. Ze trok hen op haar schoot, knuffelde hen, bezegelde het geheimpje met een zoen. En zo hadden ze nog een stuk of wat geheimpjes. Marius vertelt niet aan papa wie op bezoek is geweest terwijl papa op reis was. Papa hoeft niet te weten dat mama gisteren een beetje dronken was. Geheimpjes, geheimpjes. Marius kon zwijgen, maar nu zweeg hij zo hard dat ze nauwelijks meer iets van hem wist. Ze was van Raf gescheiden om geen geheimpjes meer te hoeven hebben. Maar het was niet opgehouden. Het hield nooit op.

'Hou je nog van me?' Frans' dwingende kijk-naar-mij-en-naar-niemand-anders-blik. Alleen hij en zij mochten bestaan. Door de rest geen blik te gunnen verdween het. Wat had ze geantwoord? Iets ontwijkends. 'Als ik je zie, hou ik van je.' Of: 'Ik ben blij dat je bestaat.' Ze hadden een tijdje tegen elkaar gestaan en moesten afscheid nemen. Die troosteloosheid. 'Wanneer zie ik je?' Nu, wilde ze zeggen. Je ziet me nu, en het betekent niets. Maar hij was een lastig kind dat ze alleen kon paaien met een nieuwe doelloze afspraak. 'Ik voel me even ellendig als jij,' zei hij. Maar als ze elkaar niet zagen, voelde hij zich nog ellendiger. In het begin had ze weleens dingen gezegd als: 'Hoe kun je zeggen dat je van me houdt? Je bent er nooit als ik je nodig heb. Je neemt geen enkel risico voor mij.' Na een tijd had ze die pathetiek achterwege gelaten. Nu luisterde ze naar hem zoals ze naar haar kinderen luisterde. To indulge, dacht ze, in het Engels heet dit 'to indulge'. Op een dag, wist ze, zou ze gewoon niet naar hem toe gaan. Ze zou thuis zitten kijken hoe de wijzers verspronген. Ze zou zich afvragen of hij zelfmoord zou plegen. De laatste keer had ze hem meegenomen naar het houten bruggetje waar haar vader haar voor het eerst had doen geloven dat hij kon toveren. Hoe oud was ze toen? Zes? Zeven? 'Als ik het zeg, zal het water wijken,' had haar vader gezegd. 'Hoe? Wanneer?' Samen hadden ze op de brug gewacht. Het tij was gekeerd. 'Nu,' had haar vader gezegd. Hij had zijn armen boven het water uitgestrekt. De beek begon leeg te lopen. 'Jouw papa kan toveren!' Hij had haar hoog opgetild en boven het water laten bengelen. Onder haar had het laatste water geultjes in het slib getrokken. 'Laat me niet vallen!' Armen om zijn hals, zoenen. Ze was zijn lieve, lieve schat.

Ze had Frans meegenomen naar de brug om hem het toverkunstje te laten zien. Ze had hem iets over zichzelf willen vragen. Of hij dacht dat ze daarom zoveel van mannen verwachtte. Of het kon dat ze onbewust altijd op zoek was naar die tovenaar. Maar het mirakel van de leeglopende beek liet hem koud. Hij stond wat te schudden met zijn kop. Hij zat helemaal opgesloten. Hij wilde horen dat ze van hem hield. Ze dacht: Als ik hem niet zijn zin geef, beslist hij dat hij ziek is. En ja hoor, plompverloren zei hij het: 'Ik heb een longontsteking.' Ze had het uitgeschaterd, maar hij registreerde het niet. 'Een longontsteking,' herhaalde hij boos. Zou hij ook zijn vrouw volledig opeisen? En kon het dat zij perfect op de hoogte was van hun verhouding, maar hem liet begaan om een paar uur van zijn gezeur verlost te zijn? Als kind moest hij ontzettend verwend zijn geweest. Of juist niet. Geef me aandacht, geef me aandacht, een heel leven lang. Brullen in je wieg, kreunen op je sterfbed. Vier miljard mensen waren er. Vier miljard keer dezelfde kreet. Hij was met zijn schoen over de planken van het bruggetje begonnen te wrijven, als een circuspaard dat met zijn hoef het antwoord stampt op het rekensommetje van zijn dresseur. 'Winter,' zei hij bars. 'Winter? Het is volop herfst.' Ze wees naar de schitterende herfstkleuren. 'Winter,' stampte hij opnieuw. 'Kijk, daar en daar. Dode aarde.' Hij spuwde de woorden uit. Moest ze hem nu zeggen, ja, het is winter, en ik hou van jou? 'Kijk,' had ze gezegd, 'de beek. Al het water is weg.' Zag hij het? Wat later had ze hem zijn zin gegeven. Ik hou van jou. Verzorg je goed. Ga naar een dokter. Donderdag zes uur? Ik zal er zijn. Wat had ze die donderdag gedaan? Televisie gekeken? Gekookt voor de kinderen? Haar vader gebeld? Pappie, er staat een man op me te wachten ergens op een perron en ik ben er niet. Tover je hem weg? Plotseling wist ze aan wie Paul haar deed denken. Niet aan Frans die zo boos had staan stampen op de brug, en ook niet aan de politieagent met zijn ingangen. Paul deed haar denken aan haar broer! Dat nuchtere, dat praktische, dat rationele. Nooit had hij willen meedoen met de tovenaar. Hij had zelfs nooit willen meegaan naar de toverbrug.

Ze zette de verwarming hoger en draaide het raampje een

beetje open. Regen sloeg naar binnen, maar ze vond de druppels op haar armen en gezicht lekker. Honderdendrie kilometer tot Brussel met tachtig per uur, rond vijf uur zou ze thuis zijn. Wie zou er op het antwoordapparaat staan? Sommige mensen beweerden dat mensen die van elkaar hielden in een vorig leven elkaars broertje of zusje waren geweest. Er waren hypnotiseurs die je tot in de middeleeuwen of verder konden terugvoeren door je al je vorige levens achterwaarts te laten beleven, tot je jezelf op straat zag spelen met je geliefde die je broer of zus bleek te zijn. Misschien zou op dezelfde manier blijken, dacht Elizabeth die op de rem ging staan want van de rechter rijbaan schoot een auto voor de hare, dat mensen die nu broer en zus waren, in vorige levens niets met elkaar te maken hadden gehad, of sterker nog, elkaars aartsvijanden waren geweest. Wie weet was zij Anna Boleyn en haar broer de beul die haar had onthoofd. Nee, dat mocht ze niet denken. Haar broer was een goeie jongen die altijd raad wist. Ze zou hem straks bellen en hem vragen of hij een loodgieter kende die tijd had voor kleine klussen. De wastafel in de badkamer raakte keer op keer verstopt, en ze was bang dat als ze er nog meer ontstoppingsmiddel in goot, de leidingen zelf zouden worden aangetast. Zou Paul het soort man zijn aan wie je die dingen maar even hoefde te signaleren en een halfuur later stond hij daar met het nodige gereedschap? Zelf had ze dat type alleen nog maar in komische televisieprogramma's gezien. Zo mevrouwtje, dat is dan weer geregeld. Likkebaardend want mevrouwtjes kamerjas hangt wel erg ver open. Had Stella de restjes verf waarmee ze de stoelen op haar kamer had geschilderd in de wastafel uitgegoten? Of zat de afvoer vol haar? Stella, wil je alsjeblieft je haar niet boven de wastafel borstelen? Mama, ik kan het niet helpen dat ik zoveel haar heb. Nee liefje, natuurlijk niet, maar je kunt het in de keuken borstelen of in de tuin. Misschien was Stella in een vorig leven haar moeder geweest. Had zij achter háár aan gehold. Elizabeth, wil je alsjeblieft je kamer opruimen! Elizabeth, wat doen jouw vuile sokken op tafel? Wie weet was er op aarde maar een honderdtal mensen, en wanneer die in elke denkbare relatie tegenover elkaar hadden gestaan was het afgelopen. Ze werden allemaal uitgenodigd zonder lichaam, louter als geest, en mochten een beetje napraten. Goh, was jij toen mijn vader!? Je was wel een klotige vader, en als minnaar deugde je ook niet, maar je was een aardige zus. En toen haalde God diep adem, zoog hen allen naar binnen en het was uit. En vlak voor ze verdwenen, mochten ze het eindelijk weten: Jullie twee zijn broer en zus. En jullie twee man en vrouw. En jij bent haar grootmoeder. En jou heb ik geschapen als zijn dochter. Wie het geraden had tijdens een van zijn levens, kon een symbolische hoge borst opzetten, en dan was het werkelijk gedaan. Frans zou zeggen: Wij zijn man en vrouw, dat weet je toch. Het maakt niet uit of je het leuk vindt of niet. Ooit had hij gezegd: Jij bent wie ik zou zijn als ik een vrouw was. Zou God die variant op zijn spel kennen? Zoek degene die je zou zijn als je je eigen zus was. Of broer. Of minnaar. Vertrek nu. Je hebt tien jaar tijd.

Het spel dat nu werd gespeeld heette blokrijden. Iedereen moest verplicht tachtig per uur rijden in de hoop dat op die manier geen files zouden ontstaan, alleen was het nog enerverender dan file rijden. Elizabeth zat geklemd tussen auto's die allemaal keurig tachtig kilometer per uur reden. De ruitewissers schoten jachtig heen en weer. Ze tuurde naar de twee rode lichten voor haar. Het jeukte onder haar rechterschouderblad en ze begon over de rugleuning te schuren. In de verte zag ze de neonverlichting van een benzinestation.

Zoals vaak gebeurde ging het alarm toen ze het winkeltje bij het benzinestation binnenliep. Ze bleef staan waar ze stond en keek hulpeloos naar de vrouw aan de kassa.

'Uw tas.'

'Ik kan toch onmogelijk iets hebben gestolen. Ik kom van buiten.'

De vrouw bleef bot naar haar tas wijzen. Meestal zei Elizabeth met een glimlach dat het haar pacemaker was, en werd geloofd of niet geloofd. Ze wist absoluut niet of alarmsyste-

75

men op een pacemaker reageerden, maar nog minder wist ze hoe het kwam dat ze zelden voorbij een alarmsysteem kon lopen zonder dat rode lampjes gingen flikkeren en beep-geluiden alle ogen afkeurend op haar richtten. Nee, ze had geen metalen brilledoos, en nee, haar sleutels waren het ook niet, maar haar antwoordapparaat deed vaak ook vreemd, en misschien, zei ze soms, kwam ze wel van een andere planeet en werkte haar uitstraling ontregelend. Aardige winkelbedienden zeiden dan: Trek het u niet aan, mevrouw, die alarmsystemen deugen niet. Als u wist hoe dikwijls onschuldige klanten in verlegenheid worden gebracht. De kassierster in deze winkel deed geen enkele poging om haar gerust te stellen.

'Wat is dit?'

'Een sleutelhanger.'

'Waar hebt u die gekocht?'

'Dat weet ik niet. Ik heb hem van mijn dochter gekregen.'

Het was het type dat graag eens lekker in de handtas van een ander graaide. Straks gooide ze haar tampons en condooms op de toonbank.

'Ik wilde alleen maar een fles water kopen.'

De vrouw duwde de tas naar haar toe zonder haar aan te kijken.

'Mijn sleutels alstublieft.'

De vrouw kwakte ze boven op haar tas.

'Ik haal dat water wel even voor u.'

Ze sloot de kassa af en hees haar zware kont van het krukje. 'Spa of Vittel?'

'Spa. Rood.'

'Negenenvijftig frank.'

'Dat is dan precies twintig frank meer dan in de supermarkt,' zei Elizabeth met een glimlach. Ze liep de winkel uit en bracht het alarm opnieuw op gang. Zonder om te kijken liep ze naar het restaurant.

'Weet u tot hoe laat het blokrijden duurt?' vroeg ze aan de jongen die haar bestelling opnam.

'Nee mevrouw. Zolang het zo druk is, veronderstel ik. Wat had mevrouw willen eten?'

76

'Niets. Een kop koffie graag. En een pakje sigaretten.'

'Daarvoor moet u in de winkel zijn, mevrouw.'

'Als ik u het geld geef, kunt u ze dan voor me gaan halen?'

'Ik mag hier niet weg, mevrouw.'

'Hoe oud bent u?'

'Twintig, mevrouw.'

Eén sigaretje, had ze gedacht. Eén sigaretje en dan het pakje aan de kelner geven. Iemand had een tijdschrift op haar tafeltje laten liggen. Ze sloeg het open en zag een foto van een vrouw en een kaalgeschoren meisje op een bank buiten de afdeling radiografie. Het meisje droeg een wijde witte schort, de moeder hield een pop op haar schoot. Hoe zou u zich voelen? stond boven de hoofden van dit verloren stel. Onderaan was het rekeningnummer van het Belgische Werk voor Kankerpreventie afgedrukt. Automatisch reikte Elizabeth met haar linkerhand naar het plekje onder haar rechterschouderblad en begon te krabben.

8

Een scherp voorwerp sneed in Pauls enkel, zijn voet schoot uit zijn laars en hij viel voorover op het harde natte zand. Hij greep zijn enkel, stak zijn vinger door de winkelhaak in zijn sok en masseerde zijn huid. Was hij over prikkeldraad uit 1940 gestruikeld? Boven zijn hoofd dreven wolken jachtig heen en weer. De sterkte van het maanlicht wisselde voortdurend. Wat deed hij hier? Hij trok zijn kous beter aan en kroop naar zijn laars. Aan de voorkant was de voet van het been gesneden. Wat moest hij in hemelsnaam tegen Jacques zeggen? Met zijn gapende laars strompelde hij verder. Als hij klom, rukte koude wind aan zijn lijf, in de duinpannen was het warmer maar ook donkerder. Af en toe bleef hij staan om het zand uit zijn rechterlaars te schudden en zich ervan te vergewissen dat hij in de richting van het spookhotel liep. Geen enkele keer knipte hij Jacques' zaklantaarn aan.

Het wolkendek schoof open, blauw maanlicht viel op de duinen, hij zag zijn moeder zitten in het witte zand. Ze had een rood sjaaltje om haar haar gebonden en droeg haar rode bikini. Naast haar stond de grote picknicktas met lekkers. Hij trok zijn laars uit, klemde zijn rechtervoet achter zijn linkerkuit, en klopte het zand eruit. Zijn moeder sloeg haar armen om haar knieën en lachte naar hem. Hij grinnikte en ging zitten om de laars aan te trekken. Omdat geen mens hem zag, zwaaide hij naar haar. Ze zat in het witte zand als een pin-up en tikte op het plekje naast haar. 'Kom erbij, jongen, het is hier lekker warm.' Maar hij had nooit bij haar in de duinen willen zitten, hij wilde altijd naar het water. Als hij terugkwam met een emmertje vol schelpen of garnalen, lag ze te lezen of te slapen. Zijn vader had die rode bikini altijd te klein gevonden, maar ze droeg hem omdat het in de duinen zo heet werd, niet om een toevallige voorbijganger te verleiden. Nooit in al die zomermaanden aan zee had hij haar in iemands gezelschap gezien. Als zijn vader tijdens het weekend uit de stad overkwam, bleven zijn ouders in de grote witte villa die ze ieder jaar huurden. Zijn vader hield niet van het strand, zijn moeder niet van het zeewater en hij niet van de windstilte in de duinen. Waarom waren ze niet met vakantie naar de bergen gegaan?

De mensen zijn slecht, zei zijn moeder hem vaak. Oma ook? Nee, oma niet. En opa? Nee, opa niet. En papa? Natuurlijk niet. En tante Gerda? En tante Hilde? En meester Jans? Een eindeloze litanie waaruit bleek dat niemand die ze kenden slecht was. Wie was dan wel slecht? Als hij groot was, zou ze het hem vertellen. Intussen moest hij weten dat je de mensen beter niet kon vertrouwen. Waarom niet? Dat zou ze hem vertellen als hij groot was. Kon hij oma vertrouwen? Ja, hij kon oma vertrouwen. En opa? En papa? En meester Jans? Op het strand speelde hij nooit met andere kinderen. Hoe kon hij weten of hij ze kon vertrouwen? Zijn moeder vroeg nooit waarom hij geen vriendjes had. Soms zei ze: 'Je moet trots zijn op wie je bent. Wij hadden gelijk.' Wie waren wij? Oma? Ja, oma. En opa? En papa? En meester Jans? Nee, niet meester Jans. Ze las altijd Duitse boeken en wilde dat hij Duits zou gaan studeren. Duitsers hebben discipline, zei ze. Het was waar. Er was discipline nodig om een gordel van bunkers aan te leggen, mensen te terroriseren, huizen in beslag te nemen.

Hij stond op de top van een duin. In het maanlicht fluoresceerde het schuim van de golven. Het spookhotel was zwart afgetekend. Een van de ramen op de hoogste verdieping weerkaatste het maanlicht zodat het leek of er licht brandde. Hij kon niet zien hoeveel duinen hij nog tot aan het spookhotel op en af zou moeten lopen.

Het huis van zijn grootouders had in spergebied gestaan.

Het was niet in beslag genomen omdat de gedisciplineerde, stijlvolle Duitsers er welkome gasten waren. Na de oorlog hadden ze allemaal in de gevangenis gezeten. Oma? Ja. Opa? Ja. Tante Gerda? Ja. Tante Hilde? Ja. Papa? Ja. Maar mama niet. Mama had het leven geschonken aan een flinke zoon. Hij had zijn moeder van de gevangenis gered. Jaren later werd opa begraven met een Vlaamse Leeuwevlag over de kist, een strijd-lied dat door trillende stemmen werd gezongen, en heilige be-loftes dat de strijd nooit zou worden opgegeven. Die dag oor-deelden zijn ouders dat hij oud genoeg was om te vernemen welk onrecht zijn familie was aangedaan, en om plechtig te beloven het nooit te vergeten of te vergeven. Hun tijd zou ko-men en gerechtigheid zou geschieden. Het huis in de West-vlaamse polders zou steen voor steen opnieuw worden opge-bouwd. Wat was er dan mee gebeurd? had hij verschrikt ge-vraagd. Ze hadden het platgebrand. Wie? Degenen die op tijd hadden ingezien uit welke hoek de wind woei.

Paul was overeenkomstig de wens van zijn moeder Duits gaan studeren, en toen zijn ouders het eindelijk durfden, had hij samen met hen, zijn oma en zijn tantes een van de officieren opgezocht die tijdens de oorlog bij hen hadden gelogeerd. Hij was met de zoon van de officier de stad in getrokken terwijl de oudere generatie herinneringen ophaalde. Of hij ook een fas-cist was? wilde de jongen weten. Nee, natuurlijk niet. Waarom was hij dan meegekomen? Het was zijn familie. De jongen had minachtend door zijn neusgaten geblazen.

Discipline schud je niet van je af. Paul wilde geen Duits meer studeren, maar had toch keurig al zijn examens gehaald. Aan zijn verbouwereerde ouders legde hij uit dat hoewel hij ge-slaagd was, hij zich voor een andere studierichting zou in-schrijven. Hij liet zijn haar tot over zijn oren groeien en werd lid van de communistische partij. Hoe kon hij zijn eigen volk zo verraden?

Hij had lang geleden afgeleerd om mensen over het oor-logsverleden van zijn familie in vertrouwen te nemen. Of ze luisterden niet, óf ze begrepen je verkeerd, óf ze misbruikten je vertrouwen. Zijn moeder was opgelucht geweest toen hij met Maja trouwde. Hij was dus toch een van hen. Maja droeg haar haar in lange blonde vlechten. Ze had een bleke huid en lichtblauwe ogen. Ze stond vroeg op, hield van wandelen, en nodigde regelmatig haar schoonfamilie uit. Hij hield van de regelmaat van zijn leven met haar, maar was hij daarom een van hen? Had Maja hem dan niet over haar grootvader verteld? vroeg zijn moeder. Had ze hem niet dat gedicht voor de Führer laten lezen dat hij had geschreven? Zijn moeder fluisterde het gevaarlijke woord Führer. En had Maja hem nooit dat mooie artikel van hem laten lezen over de rol van de vrouw in het Vlaamse gezin? 'Mama, Maja en ik leven nu. Wij willen niets met die bladzijden uit de geschiedenis te maken hebben.' 'Maar jongen, het is toch geen toeval dat jij en Maja elkaar hebben gevonden? Jullie hebben precies dezelfde achtergrond.' 'Mama, wat ons verbindt is een gedeelde afkeer van die achtergrond.' Het had niet veel gescheeld of ze hadden de strijdliederen waarmee ze de begrafenis van zijn vader luister hadden bijgezet, ook tijdens hun bruiloftsfeest aangeheven.

'Loop waar je wilt, jongen, je kunt je verleden niet ontvluchten.'

Daar zat zijn moeder in het maanlicht op de duinflank. Haar zoon was op weg naar het vroegere nazihoofdkwartier. Ze lachte.

Maja had hij op den duur ook ontgoocheld. Ze was wel blij dat hij goed verdiende met echtscheidingen en schadeclaims, maar waar was de geëngageerde jongen gebleven op wie ze verliefd was geworden? Kon hij echt geen tijd meer vrijmaken voor pro deo-zaken of voor de rechtswinkel? Hij probeerde haar uit te leggen hoe groot de concurrentie was en hoeveel hij wel moest verdienen om zijn secretaresse te betalen, maar zij schudde haar hoofd. Hij voelde zich een kat die krampachtig indruk trachtte te maken op zijn baas met dode muizen en vogels, maar daar alleen voor werd afgestraft. Maja werkte halve dagen in een bloemenkwekerij voor een hongerloon. Verder had ze haar tuin, haar clubje vrouwen met wie ze planten uitwisselde, en hem, met wie ze lange wandelingen maakte en bij wie ze uren stil kon zitten lezen. Hij gaf haar geld, zij gaf hem rust. Moreel was zij superieur aan hem. Hoe bij hen beiden die overtuiging was ontstaan, was hem volstrekt onduidelijk.

Wolken schoven voor de maan, maar het licht op de bovenste verdieping van het spookhotel verdween niet. Wie ontmoette wie? Overal aan de Noordzee stonden verlaten huizen waar ouders angstvallig hun kinderen vandaan probeerden te houden. Er lagen glasscherven, vloeren konden het begeven, deuren kwamen uit op een gapend gat. Kinderen konden zich geen spannender speeltuin dromen, en vrijers die geen geld hadden voor een hotelkamer, vonden er privacy. In zijn verbeelding zag hij twee schimmen bij het raam verschijnen en in het maanlicht elkaar omhelzen. De jongen was iets groter dan het meisje, en zij had lang zwart krullend haar. Zouden ze een oude sprei hebben meegebracht, of lagen ze op zijn jas? Als hij en zijn moeder vroeger stelletjes uit zo'n huis zagen sluipen, of als ze in de duinen over hen struikelden, dan zei ze: 'Jongen, ik hoop dat je me niet zult ontgoochelen.' Het vreemde was dat hij perfect wist wat ze bedoelde. Hij was nooit met anderen spelletjes gaan spelen in bunkers of leegstaande huizen. Hij was zuiver en rein geweest, ook toen hij getrouwd was. Hij had Maja gerespecteerd. Hij dacht aan de manier waarop Elizabeth haar vingers in zijn mond duwde en hij tot zijn eigen ontreddering gulzig begon te zuigen. Ze gaf hem zin om snel en hard te lopen, om samen onder de douche te staan, om crème fraîche op haar te spuiten en haar schoon te likken. Nee, hij zou haar nooit respecteren. Hij zou baldadig zijn met haar.

Hij daalde de laatste duinflank af. De ingang van het spookhotel en de ramen op de benedenverdieping waren dichtgespijkerd, maar ergens moest een plank losliggen. Waarom liet men zo'n hotel verkrotten? Wilde niemand het kopen vanwege die nazi-geschiedenis? Hij kende de praatjes over lijken die in muren waren gemetseld, en over de slachtoffers van wie de ziel geen rust vond eer hun beul was gestraft. Hij klopte zachtjes op de planken die voor de ramen waren gespijkerd, maar ontdekte niet welke los zat. Plotseling klapten enkele ramen verder de planken open. Iemand kroop naar buiten en liep recht in zijn armen. Het was het meisje dat in het hotel werkte! Ze snakte naar adem, vloekte en liep weg. Waar was haar minnaar? Of had hij zich vergist en had ze een andere reden om hier 's nachts rond te sluipen? Hij kroop naar binnen en knipte Jacques' zaklantaarn aan. Het hotel was gebouwd in de stijl die hij kende van de villa's aan de Belgische kust, maar het was smerig en in slechte staat. Misschien was het eigendom van de gemeente, die opgelucht zou zijn als iemand het wilde kopen en opknappen, zoals Jacques met de bunker had gedaan. Stel dat hij die iemand was. Hij zou iets moeten huren in Wissant en rustig de boel beginnen op te ruimen. Hij kende genoeg mensen die graag voor de verandering handarbeid deden en een weekend zouden komen helpen. Zodra een kamer in orde was kon hij hier logeren, hij had niet veel nodig. Wat was het meisje komen doen, een zwart meisje in een nazi-hoofdkwartier? Hij richtte zijn zaklantaarn op de schouw en liet zijn vrije hand over het marmer glijden. Hij hoorde stappen maar nog voor hij zich kon omdraaien, zat hij gevangen in een stevige greep.

'Wie hebben we hier? Een witte jongen die graag zwarte jongens en meisjes begluurt. Draai je om.'

'Als je me loslaat.'

'Draai je om.'

Paul voelde de adem van de zwarte jongen op zijn gezicht. 'Ik dacht... ik wist niet... ik wilde gewoon...'

Hij werd in zijn kruis gegrepen. De jongen voelde hoe opgewonden hij was en lachte.

'Jij houdt dus werkelijk van zwarte jongens.'

Paul schudde zijn hoofd maar het gezicht bleef lachen en kwam dichter bij het zijne. 'Mama zou veel verdriet hebben als haar flinke jongen met die kinderen omging. Het zijn gemene kinderen.' Ze had hem weggetrokken van de bunker. Hij had zelfs niet durven te kijken. De hand van de zwarte jongen kneedde zijn kruis, lippen werden op de zijne gedrukt. 'Als je anderen respecteert, Paul, dan respecteer je ook jezelf. Vergeet nooit dat je lichaam de tempel van je ziel is.' Hij drukte de jongen tegen zich aan. De andere duwde hem weg, lachte luid, zoende hem opnieuw en zei vrolijk: 'De uitgang is daar!'

Paul zag de jongen over een pad tussen de duinen weglopen maar kon hem niet bijhouden. Hij knipte Jacques' zaklantaarn aan om het spoor niet bijster te raken.

Er brandde geen licht meer beneden en de glazen deur naar de gelagkamer was op slot. Paul trok zijn laarzen uit en ging op kousevoeten naar boven. Alle gasten leken in een diepe slaap verzonken. Hij bestudeerde zijn lippen in de spiegel en poetste zijn tanden. Hij zei: 'Mama, ik heb een zwarte jongen gekust.' Hij kroop in bed. Zijn hart bonkte nog altijd. Er werd geklopt. Het was het meisje. Ze droeg haar lichtblauwe schort. Of ze hem ergens mee van dienst kon zijn.

'Nee, dank je.'

'Waar is uw vrouw?'

'Naar huis.'

'Wanneer gaat u naar huis?'

'Morgen.'

'Komt u terug?'

'Ik weet het niet. Misschien wel.'

Toen ze weg was, dacht hij aan alles wat hij had kunnen zeggen om haar gerust te stellen. Hoe heet je? Waarom breng je geen thee voor ons beiden? Je hebt het vast ook nodig. Als hij breed vaderlijk zou glimlachen, zou ze weten dat het goed was. Misschien had ze hem met Jacques zien praten en was ze bang dat hij haar zou verraden. Zou ze hier zijn geboren?

Er werd opnieuw geklopt. Of hij een jongen van een jaar of tien had gezien. Hij hing altijd rond op een van de kamers. Nee, zei hij, maar hij was de hele avond weggeweest. Ze beet op haar lip.

'Voor ik vertrok heb ik een jongetje gezien bij de receptie. Jacques joeg hem weg.'

Bleef ze staan in de hoop dat hij iets over daarnet zou zeggen? Of maakte ze zich echt zorgen over dat jongetje?

'Is de keuken open?'

'Nee, maar ik weet waar de sleutel ligt. Hebt u honger?'

'Ik heb trek in warme melk of thee.'

'Ik ook. En ik heb honger. Ik heb altijd honger als ik...'

'Tuurlijk.'

Hij sloeg de dekens weg en trok zijn kleren aan. Hij legde zijn vinger op zijn lippen.

'Ik geloof dat we de enigen zijn die niet slapen. Hoe heet jij?'

'Selma.'

'Ik heet Paul.'

Ze keek lachend naar zijn hand vooraleer ze hem onwennig schudde.

De fornuizen en aanrechten in de keuken waren schoon, maar er stonden stapels afwas. Ze gaf hem een koperen pannetje, een fles melk en een pot honing.

'Kijk,' zei ze. Ze trok een kast open en nam een kom vanillepudding. 'Fernand weet dat ik 's nachts honger heb. Fernand is onze kok.' Ze ging op de houten tafel zitten en schrokte de pudding naar binnen. 'Ik kan zoveel eten als ik wil. Ik word nooit dik.' Haar benen bungelden, ze propte haar wangen vol met pudding. 'Ook een lepeltje?'

'Nee, dank je.'

Ze zou wel begrijpen dat hij haar niet zou verraden. En misschien zou zij hem in verdediging nemen tegen de zwarte jongen. Ze zou zeggen: 'Het is een heel aardige man, hij was gewoon van slag door jou. En jij bent begonnen te zoenen. Hij heeft gewoon teruggezoend.'

'Honing?'

'Twee lepels.'

'Wil je dat we op zoek gaan naar het jongetje?'

'Hij duikt wel op.'

'Moet je voor hem zorgen?'

'Beetje.'

'Hoe laat moet je morgen opstaan?'

'Zeven. Ik slaap 's middags. En morgenavond zijn we gesloten. Om twaalf uur gaan we dicht. Iedereen moet om elf uur zijn kamer uit. U ook.'

85

Ze sprong van de tafel en waste het melkpannetje om. Plotseling keek ze op.

'Ssst.'

'Wat is er?'

'Hij is hier.'

'Wie?'

'Pipo. Voel je hem niet?'

Paul volgde haar. De jongen die hij in Jacques' kantoor had gezien, lag opgerold in een rieten mand. Zijn duim stak in zijn mond.

'Laat hem. Hij doet het om aandacht te krijgen. Fernands hond sliep hier vroeger.'

'Waar is de hond?'

'Weg. Zelfs honden lopen weg van Pipo.'

Ze geeuwde.

'Als u wilt, kunt u hem naar zijn bed dragen. Ik durf te wedden dat hij wakker is, maar we zullen zijn spel meespelen. Kent u dat verhaal van het jongetje dat opgroeide met een hond als moeder? Hij blafte in plaats van te spreken, en zijn nagels waren tot klauwen uitgegroeid. Pipo had zo'n hondjongetje kunnen worden maar de hond wilde hem niet. Trouwens, hij was al te oud. Je moet bij de geboorte beginnen. Vindt u het niet gek dat je van een mens een hond kunt maken, maar van een hond geen mens?'

Paul bukte zich en tilde het kind uit de mand.

'Boe,' fluisterde Selma. 'Je hebt weer voor veel herrie gezorgd. En wie is door Louise uit haar bed gezet, en wie heeft jouw viezigheid mogen opruimen? Is hij nat?'

'Nat?'

'Heeft hij in zijn broek geplast?'

'Ik denk het niet. Zijn er boven dekens voor hem?'

'Tuurlijk.'

Paul hield zijn vingers onder de neusgaten van de jongen. Zijn gezichtje was zo wit dat hij even bang was. Wat deed hij hier en waarom moest Selma voor hem zorgen?

'Fernand had een Ierse setter. Prachtige beesten maar ze lopen altijd weg. Ik ga zo goed slapen met die melk. Is hij niet te zwaar?'

'Nee.'

Hij is te licht, dacht Paul. Tien jaar, had ze gezegd, maar hij woog niet meer dan een kleuter.

'Leg hem maar hier,' zei ze alsof hij haar koffers naar boven had gedragen.

'Slaapt hij op de overloop?'

'Meestal niet. Maar ik kan nu niet meer uitzoeken welke kamer vrij is. Welterusten, Paul.' Ze giechelde. 'Paul,' herhaalde ze.

'Welterusten, Selma.'

Hij trok opnieuw zijn kleren uit en kroop in bed. Hij wilde Elizabeth alles vertellen zonder een detail over te slaan. Hij wilde naakt voor haar staan en zeggen: Kijk, dit ben ik. Dit denk ik. Dit voel ik. Dit doe ik. Wil je me zo? Toen Maja ziek werd, ben ik veel dossiers gaan verwaarlozen. Mijn partner heeft het werk van me overgenomen, maar ik verschuil me nog altijd achter Maja's ziekte en dood om niet meer te werken. Ik heb geen zin meer om te werken. Ik wil al het geld opmaken dat ik van mijn ouders heb geërfd, en daarna zie ik wel. Wil je een man die geen zin heeft om te werken?

Hij nam zijn boek, las drie zinnen en viel in slaap. Rond halfvijf schrok hij wakker. Hagel sloeg tegen de ruiten. Hij trok de gordijnen verder dicht, legde zijn boek weg en knipte het licht uit. Hij sliep onrustig en had het gevoel dat iemand bij zijn bed naar hem stond te kijken. Hij had het koud maar kon zichzelf niet dwingen wakker te worden om een extra deken op bed te leggen.

87

DEEL

II

I

'Het was een ballerina,' zei Elizabeth.

'Hoe weet je dat?'

'Omdat ze het in de mis hebben gezegd. Heb jij dan helemaal niet geluisterd?'

'Ik had het koud.'

Stella begon naar adem te snakken als een vrouw in barensnood. Het klonk of ze stikte.

'Stella, adem door je neus.'

'Ik voel me misselijk.'

'Adem langzamer, Stella, of ik trek een zak over je hoofd. Als hier iemand het recht heeft om te hyperventileren, ben ik het.'

Ze kermde. 'Ik ga dood. Ik ben veel te jong om dood te gaan.' Ze wreef in haar handen en over haar armen. 'Mijn handen tintelen zo. Al het bloed trekt eruit weg.'

'Stella, hou op met die aanstellerij.'

'Als ik huil is het aanstellerij, als jij huilt is het verdriet!'

'Ik wil je alleen vragen om de dingen niet moeilijker te maken dan ze al zijn. Dus geen hyperventilatie, alsjeblieft. Ik meen het van die zak. Adem uit, niet in.'

'Ik wil naar papa. Papa roept niet als ik hyperventileer.'

'Ga dan naar papa.'

'Mag ik naar school gaan?'

'Ga naar school. Ga naar papa. Doe wat je wilt. Ik heb geen kinderen. Ik heb nooit kinderen gehad.'

'Wat wil je dat ik doe?'

'Niets. Niemand hoeft met mij rekening te houden. Kom op maar. Hyperventileer. Adem in. Ik zal het raam openzetten.'

Stella keek haar moeder met angstige ogen aan en rende de kamer uit. Elizabeth liet zich in een stoel vallen en legde haar hoofd op de tafel. Ze had nooit naar Wissant mogen gaan. De hele tijd in dat verdomde hotel had ze een voorgevoel gehad. Toen ze thuiskwam, was ze meteen naar haar antwoordapparaat gehold en had Rafs boodschap gehoord. 'Elizabeth, Marius ligt in het ziekenhuis. Het is niet ernstig, toch niet...' En daar was het afgebroken. Het was om gek te worden, dat antwoordapparaat brak altijd af als er iets belangrijks werd gezegd. Bij Raf had niemand opgenomen, dus had ze de politie gebeld. Ja, ze wisten waar Marius Dubois lag. Ze was ijskoud geworden van de wortels van haar haar tot in de toppen van haar tenen. Ze wisten waar Marius Dubois lag. Ze had Marius nooit haar auto mogen geven, ze had hem moeten zeggen dat er openbaar vervoer bestond en dat hij niet te goed was om te fietsen. Ze had zelf naar de carwash moeten gaan, het was haar gemakzucht die de oorzaak was van alles. Raf gaf Marius nooit zijn auto en Raf had gelijk. Ze was zo snel ze kon naar het ziekenhuis gereden en de hele tijd had ze moeten denken aan die middag toen de politie Marius' kamer had doorzocht en zij hem niet had gevraagd wat hij in hemelsnaam had uitgespookt en er ook niet met Raf over had gepraat. Dezelfde zin hamerde almaar in haar kop: Als ze niet met Paul naar Wissant was gegaan, dan had ze Marius haar auto niet gegeven en dan had hij dat meisje niet doodgereden. Zeventien was ze. Een veelbelovende ballerina. Op het bidprentje stond een foto. Het zat in haar handtas, maar waar was haar handtas? Had ze hem in de kerk laten staan? Ze waren met Stella's sleutel binnengekomen. Dat moest er nog bij komen. Ze nam haar hoofd tussen haar handen omdat ze bang was dat het anders zou barsten, en liep langzaam naar buiten. Stella zat in de auto te huilen. Ze hield iets in haar handen, Elizabeth kon niet zien wat. Ach, ze was ook nog een kind, en ze was dol op haar broer. Ze klopte op het raampje.

'Laat me erin.'

Stella schudde koppig van nee.

'Stella, luister naar je mama.'

'Je bent boos.'

'Wat heb je daar?'

'Een foto.'

'Van wie?'

'Ik weet het niet. Vast iemand die dood is.'

Ze draaide het raampje open. Elizabeth trok het knopje naar boven en stapte in.

'Waar heb je die foto gevonden?'

'In het dashboardkastje.'

'Je mag niet in de papieren van iemand anders snuffelen.'

'Ken jij haar?'

'Nee.' Maar ze dacht dat Stella het bij het rechte eind had. Het was waarschijnlijk een foto van Pauls overleden vrouw.

'Hoe komt het dat wij met deze auto mogen rijden?'

'Dat weet ik niet. Omdat we een auto nodig hebben, denk ik. Leg die foto mooi terug en stap uit. Je mag niet zoveel huilen. Je bent te jong voor zoveel verdriet. En je krijgt er rode vlekken van in je gezicht. Ssst. Niet opnieuw beginnen.'

'Ik kan het niet helpen als ik hyperventileer.'

'Dat weet ik, liefje. Stil nou, rustig.'

'Wanneer komt Marius naar huis?'

'Binnenkort. Zijn reflexen zijn niet echt goed en daarom houden ze hem even.'

'Is het gevaarlijk?'

'Ik denk het niet. Maar het kan wijzen op een hersenletsel.'

'Mama, waarom ben jij naar die begrafenis gegaan?'

'Ik had het gevoel dat ik moest gaan.' Ze wreef met haar hand over haar lippen alsof ze iets wilde wegvegen.

'Heb jij ooit een lijk gezien?'

'Ja. Jij toch ook. Je bent mee geweest om afscheid van oma te nemen.'

'Dat was anders.'

'Ik vind het hier erg koud, Stella.'

'Mama, misschien gaat Marius vrijuit. Papa zegt dat er remsporen waren, dus heeft hij haar wel gezien. En haar vriendin die naast haar fietste, zei dat ze plotseling uitweek voor een dode kat of een rat. Dan was het toch zijn schuld niet. Hij kon dat niet voorzien.'

'Stella, hij was dronken.'

'Hij was niet dronken. Hij was geïntoxiceerd, zegt papa. Dat is niet hetzelfde.'

'Eén komma vier, Stella. Dat is nul komma zes meer dan wettelijk is toegestaan. Marius drinkt normaal niet, dus is hij sneller dronken. Als hij op tijd had kunnen remmen of uitwijken, dan leefde zij nog.'

'Maar hij is uitgeweken. Hij is tegen een boom gereden om haar te ontwijken. Hij had zelf dood kunnen zijn.'

'Dit heeft geen zin, Stella. Kom, ik bevries. Staat mijn handtas hier?'

'Op de achterbank. Krijgen we een nieuwe auto van de verzekeringsmaatschappij?'

'Dat betwijfel ik. Als je in beschonken toestand een ongeluk veroorzaakt, krijg je geen geld toe maar moet je betalen. Denk je dat die ouders het hierbij zullen laten? Voor Marius begint het pas. Hij heeft onvrijwillig verwondingen toegebracht met de dood tot gevolg.'

'Ik heb hoofdpijn.'

'Ik ook. Kijk, zo zag ze eruit.'

'Echt een ballerina, vind je niet, met haar haar zo naar achteren getrokken.'

'Ja, ze schijnt erg goed geweest te zijn.' Elizabeth wreef met haar vingertoppen over het doodsprentje. 'Ik kom hier nooit overheen,' zei ze.

Paul had haar precies uitgelegd wat er zou gebeuren. Eén komma vier was niet dramatisch veel, maar Marius had hoe dan ook een advocaat nodig. Hij kon niet voor hem optreden maar zijn partner wel. Had ze een goede relatie met haar verzekeringsmaatschappij? Als die een schadevergoeding aan de familie van het slachtoffer moest uitbetalen, dan stond het de maatschappij vrij om het uitbetaalde bedrag al dan niet op Marius te verhalen. Maar dan moesten ze eerst wachten op de uitspraak van de rechter, en het kon erg lang duren eer de zaak voorkwam. Wat hij nu kon doen, als ze dat wilde, was contact opnemen met de procureur en hem vragen of Marius zijn rijbewijs vervroegd terugkreeg.

'En waarom zou hij in hemelsnaam zijn rijbewijs vervroegd moeten terugkrijgen?'

Ze had Paul uitgescholden. Ze had hem gezegd dat hij geen inlevingsvermogen had.

'Hoe kan jij nog maar beginnen te beseffen wat dit voor mij of die moeder betekent? Jij hebt geen kinderen.' En toen had ze het eruit gegooid: 'Als ik niet met jou naar Wissant was gegaan, was het niet gebeurd.'

Hij had haar gezegd dat ze over haar toeren was. Hij had haar zijn auto aangeboden.

'Heb je een auto nodig?'

'Natuurlijk heb ik een auto nodig. Ik moet naar het ziekenhuis, naar de verzekeringsmaatschappij, naar de rijkswacht...'

'Hou mijn auto dan. Ik heb hem niet nodig.'

Speelde hij voor Jezus Christus? Sla me op mijn linkerwang en ik bied je mijn rechter?

'Als je me nodig hebt, kun je me bellen in *Le Bateau Guizzantois*. Je hebt toch het nummer?'

'Wat?'

'Ik ga terug. Maar mijn partner is op de hoogte van de zaak. Je mag hem altijd bellen.'

'Hoe lang blijf je weg?'

'Dat weet ik niet.'

'Wat ga je daar doen?'

'Ik weet het nog niet. Maar bel me als er iets is.'

Ze had zich moeten beheersen om niet met haar vuisten op zijn borst te hameren. Ze had zich vreselijk in de steek gelaten gevoeld.

'Waar heb je pijn?'

'In mijn nek. En boven mijn ogen. Of juister, achter mijn ogen.'

'Mijn schouders doen pijn. En ik voel me misselijk. Zullen we een lexothan nemen?'

'Wat is lexothan?'

'Een kalmeermiddel. Paul heeft het me gegeven. Hij heeft het gekregen toen zijn vrouw is gestorven.'

'Is zijn vrouw gestorven?'

'Ja.'

'Waaraan?'

'Kanker, denk ik.'

'Lang geleden?'

'Dat weet ik niet. Wat denk je? Elk een halve? Voor één keer?'

'Raak je eraan verslaafd?'

'Toch niet na een halfje, Stella.'

Maar morgen wilde ze klaarwakker zijn. Geen geheimpjes meer. Ze wilde alles weten. Hoe kwam het dat Marius tegen zijn gewoonte had gedronken? Was er iets gebeurd op de vergadering met zijn amuse-gueulers? Waarom had de politie drie jaar geleden zijn kamer doorzocht? Wie was het meisje dat hij had overreden? Waar ging ze naar school? Waar woonde ze? Wie waren haar vrienden? Misschien zou ooit de dag komen dat ze bij de moeder zou kunnen aanbellen om vergiffenis te vragen. Als ze samen zouden kunnen huilen, zouden ze later misschien kunnen praten. Ze slikte een halve lexothan en gaf Stella de andere helft.

'Wil je bij me slapen?'

'Ben je niet meer boos?'

'Ik ben niet boos, ik ben nooit boos geweest. Waarom denk jij altijd dat ik boos ben als ik gewoon in de war ben, of verdriet heb? Kijk eens op mijn rug. Zie je daar iets? Onder mijn rechterschouderblad? Het jeukt zo.'

'Nee, ik zie niets.'

'Heb je gehoord dat ze voor Marius hebben gebeden?'

'Nee.'

'Moge de Heer voor zijn voorspoedig herstel zorgen en hem kracht geven, of zoiets. Die mensen zijn heiligen. Kom, we gaan slapen.'

Ze zette het antwoordapparaat aan.

2

In de hal van het huis waar hij meer dan de helft van zijn leven had gewoond, draaide Bert Appelmans het nummer van zijn dochter. De telefoon hing aan de muur precies zoals in het Welse pension van zijn tante waar hij tijdens de oorlog had gelogeerd. Het was een ouderwets bakelieten toestel en hij had geld moeten betalen om het te mogen houden. De telefoon rinkelde vier keer, toen hield het op.

'Lizzie?'

'Dit is het automatische antwoordapparaat van Elizabeth Appelmans en Marius en Stella Dubois. Wij zijn...'

Hij legde neer. In plaats van een boodschap in te spreken ging hij liever een briefje bij haar in de bus stoppen. Dikwijls bleek ze dan toch thuis te zijn. Waarom had ze hem niet verteld dat Marius in het ziekenhuis lag? Hij had het vernomen van haar ex-schoonmoeder, die het wist van een buurvrouw van wie de dochter werkte in het ziekenhuis waar Marius werd verpleegd. Ze had Raf gebeld, maar die had niets willen loslaten. Wist hij meer? Nee, maar hij zou dadelijk Elizabeth bellen.

Hij knipte het licht onder de trap aan en ging naar de kelder. Er waren nog maar twee eieren, maar hij kon ook een rode kool nemen of wat spruitjes, al hield ze daar niet zo van. Hij had tegenslag gehad met zijn groenten. De wortels waren niet dikker geworden dan zijn pink, en de kolen niet groter dan rapen. Alleen voor selder was het een goed jaar geweest, maar Elizabeth kocht diepvriessoep en had geen selderij nodig. Op zijn werkbank lag het eierrek dat hij haar voor Kerstmis wilde geven. De eivormige rug was af, maar de eierhouders moesten nog worden gepolijst en vastgehecht. Hij grabbelde in de kist met spruitjes, deed een handvol in een oude broodzak en legde er de eieren bovenop.

In de keuken hield hij het potje zwarte schoensmeer onder de kraan en wreef met een doek over de verharde klomp tot hij vond dat de doek zwart genoeg was gekleurd om er zijn schoenen mee schoon te maken. Hij poetste ze met de oude kleerborstel en zette ze klaar bij de voordeur. Boven op zijn slaapkamer speldde hij een schone boord op zijn hemd en veegde met een vochtig washandje zijn pak schoon.

Elizabeth herinnerde zich meteen waarom ze een slaappil had genomen. Haar tong was droog en ze had gezweet. Ze voelde zich geen zier beter. Hoe moest ze in hemelsnaam voortleven? 'Wat wil je,' had Raf in het ziekenhuis tegen haar gezegd, 'met alles wat die jongen heeft gezien.' 'Wat bedoel je?' Ze stonden bij het bed van hun zoon. Hij sliep onrustig, sloeg zijn hoofd heen en weer. Was hij over het ongeluk aan het dromen? 'Raf, als je zoiets zegt, moet je ook zeggen wat je bedoelt.' 'Ik bedoel, drinken. Het is een mirakel dat hij er niet eerder mee is begonnen.' 'Jij drinkt net zoveel als ik.' 'Dronk, Elizabeth.' 'Dus is het allemaal mijn schuld. Zeg het dan. Wees een man en zeg het.' 'Je maakt hem wakker met je geschreeuw.' 'Zeg het. Het is eerlijker dat je het zegt dan dat je het insinueert.' Dat gesloten gezicht. Stilte als ultieme afwijzing. Het vergde haar opperste zelfbeheersing om dat masker niet met lange scherpe nagels aan te vallen. Ik haat hem, dacht ze. Ik ben niet weggelopen van hem, maar van de haat die ik voor hem voelde. Haat was een ijsklomp waarin je tevergeefs hakte. Het was de giftige punt van een vlijmscherp mes. Hij had zich niet verwaardigd haar verder iets te zeggen, maar ze wist precies wat hij had gedacht. Dat zij altijd haar zin had gekregen van haar vader-tovenaar. Dat ze wegliep als ze haar zin niet kreeg. Dat ze de kinderen ook altijd hun zin had gegeven. Dat daar in het ziekenhuisbed lag wat zij had gekweekt. En niet alleen de drank, Elizabeth, maar die stoet van minnaars. Denk je dat zo'n kind daar niet door wordt getekend?

Ze was met hem getrouwd omdat ze weg wilde van de haat die ze voor haar moeder voelde, maar het was niet opgehouden, er was alleen nieuwe haat bij gekomen. Soms dacht ze dat als ze wist waarom ze haatte, ze zou weten wie ze was. Misschien was haat belangrijker dan liefde, en mocht je er niet van weglopen. Maar dan had ze Raf vermoord. Raf en haar moeder. Ze verlangde naar het moment dat ze hem in zijn gezicht zou kunnen spuwen en hem zou kunnen zeggen: Ik haat je. Ik vind je lelijk, idioot en dom. Ik haat je ogen, je armen, je vingers, je haar, je tenen, je nagels, je lul. Ze verlangde naar gerechtigheid. Ze wilde dat God vanuit de wolken tot de mensheid zou spreken en zeggen: Zie daar een man die een vrouw het leven op zo'n subtiele wijze zuur heeft gemaakt dat niemand het zag. Elizabeth treft geen schuld. Maar zelfs haar vader-tovenaar had geen partij gekozen. Hij had geweigerd de banden met Rafs familie te verbreken. Iedereen was zo fair geweest, en dus had ze haar haat moeten inslikken tot ze dacht te stikken. Ze was met Raf getrouwd omdat hij haar niet zei dat ze mooi was. Ze had gedacht dat dat betekende dat hij van haar hield zoals ze was. Maar hij had blijkbaar niets dan kritiek op wie ze was. Domme, domme Elizabeth.

Stella zat haar voeten te inspecteren. Over twee jaar zou ze zo oud zijn als het meisje was geworden dat Marius had overreden.

'Mama?'

'Ja.'

'Ben je wakker?'

'Ja.'

'Wanneer komt Marius naar huis?'

'Dat weet ik niet.'

'Waarom gaan we hem niet bezoeken?'

'Dat weet ik niet.'

'Gaat papa hem bezoeken?'

'Dat weet ik niet.'

Stella zuchtte. Ze ging op de plankenvloer zitten en vouwde zich dubbel als een lappenpop. Ze ging liggen en vormde een kaars. Elizabeth was altijd bang dat ze haar nek zou breken als ze dat deed, zo hoog hief ze haar lichaam. Hoe lang zou Stella treuren? En hoe lang zou ze verdragen dat haar moeder treurde? De tijd heelde niet. De tijd verhevigde alles. De betekenis van mislukkingen en vergissingen bleek pas na jaren. En er kwam geen nieuwe kans. Stella ging bij het raam staan en legde haar been loodrecht omhoog tegen de stijl. 'Het wordt donker,' zei ze, en plotseling had Elizabeth het gevoel dat ze een toneelstuk opvoerden, en dat de toeschouwers wisten dat: 'het wordt donker', betekende: ik verveel me. Zij en Stella zaten opgesloten in een keuken of een slaapkamer, en ze wachtten op een man en verveelden zich tot hij kwam. Maar Stella verveelde zich godzijdank nooit en ze wachtten niet op een man. Wat was haar tekst? 'Wil je iets eten?' 'Denk je dat het nog zin heeft om op te staan?' Er werd gebeld.

'Ik ga wel,' zei Stella.

Af en doek, dacht Elizabeth.

'Mama, het is opa.'

Hoeveel bedrijven nog?

'Ik kom zo. Schenk een borrel voor hem in.'

Ze zou voortaan praten en handelen alsof ze op een podium stond. Als ze het niet meer uithield zou ze zeggen: Mama gaat af. En dan moesten de anderen maar iets improviseren zonder haar. Vijf acteurs op zoek naar een mama, bijvoorbeeld. Zou haar vader eieren brengen? Of een eierrek voor Sinterklaas? Wat heerlijk, papa, ik zat net in bed te denken hoe leuk het zou zijn als jij mij een eierrek bracht. Ik heb er pas tien of twintig! Ze lachte luid, maar het was geen lachen. Ze stapte uit bed en holde in haar lange witte nachthemd de trappen af. Ik ben Lady MacBeth, dacht ze. Ze duwde de deur open, riep: 'Papa, Marius heeft een meisje doodgereden!' en viel snikkend in zijn armen.

3

Pipo knoopte een eindje katoendraad rond een kruimel en liet hem zakken in het aquarium met de helgekleurde vissen. Drie ervan waren van hem. Louise had ze uit Rijsel meegebracht, maar hij had ze niet in een aparte kom mogen houden omdat ze warm water nodig hadden. Een dikke grijze draad lag op de kiezeltjes en kroop over de rand van de waterbak naar het stopcontact in de muur. Als hij de stekker eruit trok, gingen alle vissen dood. Je mocht nooit met water bij elektriciteit komen, maar toch lag die draad met elektriciteit op de bodem van het aquarium. 'Jullie zijn allemaal van mij,' zei Pipo. Hij nam een glas en probeerde een maanvisje te vangen, maar telkens glipte het er op het laatste nippertje uit.

'Wat doe je?'

Hij liet het glas vallen, sprong van de stoel en trok zijn hoofd tussen zijn schouders om de klap op te vangen. Fernand had hem bij zijn kraag, maar sloeg hem niet.

'Wil je een visje? In de keuken zijn er veel meer vissen dan hier. Zeewolf, kabeljauw, rog, forel, tong, kreeft. Waarom kom je geen kreeft vangen? De bak zit vol.' Pipo bukte zich, maar Fernand had hem stevig vast.

In de keuken dobberden de grote donkerbruine dieren in een bak die veel kleiner was dan het aquarium in het restaurant. Ze leken naar iets te willen grijpen alsof ze niet beseften dat hun scharen met ijzerdraad waren dichtgemaakt. Pipo rilde. Met zijn vrije hand nam de kok een kreeft uit de bak en hield hem voor het gezicht van de jongen.

'Hij kan je niets doen. Raak hem aan.'

De jongen schudde zijn hoofd.

'Doe het. Anders zeg ik aan je vader dat je alweer niet naar school bent gegaan.'

De antennes van het dier gingen heen en weer. Pipo slikte.

'Weet je wat er gebeurt met jongetjes die niet naar school gaan? Die worden in een grote tank vol levende kreeften gegooid waarvan de scharen niet zijn dichtgebonden!'

Hij bracht de kreeft dichter bij het bleke gezichtje. De jongen sloeg het dier uit de hand van de kok, rukte zich los en holde naar de kelder. Hijgend tastte hij naar de steen waarachter hij de sleutel van de metalen deur bewaarde. Zijn voet stootte tegen iets zachts. Hij bukte zich maar durfde niet te voelen. Hij knipte zijn zaklantaarn aan en begon zacht te kermen. Het was de zwarte kater die iedere morgen bij Fernand eten kwam bedelen. Met zijn ogen op het lijkje gericht liep hij achterwaarts de trap op. Pas in de gang draaide hij zich om en rende naar boven. Hij gooide zich tegen de deur van de eerste kamer, maar die was op slot. In twaalf lag iemand op bed te slapen, dertien was ook op slot, maar in veertien was de kust veilig. Sidderend verstopte hij zich onder het bed. Selma moest de kater uit de kelder halen. Hij zou zeggen: Als je het niet doet, zeg ik aan papa dat hier dikke pakken stof onder het bed liggen. Ze moest de kater uit de kelder halen en in de bak met kreeften gooien. Fernand had hem vergiftigd en het lijk in de kelder gelegd om hem te pesten! De kater kwam nooit in de kelder. Hij kwam zelfs niet in de keuken. Hij miauwde tot Fernand hem wat afval toegooide, en verdween dan meteen.

De deur ging open. Een man en een vrouw gingen op het bed zitten. De vrouw ging staan, rommelde in haar tas, doorzocht haar zakken, liep naar de wastafel, en ging weer op het bed zitten. De man ging staan, doorzocht de tas en zijn zakken, en ging zitten. Pipo verstond geen woord van wat ze zeiden. Plotseling stonden ze allebei op en gingen weg. Hij draaide zich op zijn buik en legde zijn hoofd op zijn armen. Het stof kriebelde in zijn neus. Als later het hotel van hem zou zijn, zouden er geen mensen meer mogen komen. Er zouden alleen vissen mogen wonen, en honden en katten en misschien een geit.

'Ik weet niet waar hij is,' zei Jacques. 'Waarom zou ik moeten weten waar hij is?'

Een rijzige man in een donkerblauwe overjas keek hulpeloos van de kleine hotelhouder naar het zwarte meisje. Hij kuchte. 'Wij maken ons grote zorgen over Michel. Pipo, zoals u zegt. Zijn moeder...'

De ogen van de kleine man vernauwden zich. 'Grrr...' zei hij.

De rijzige man zette een stap achteruit en stootte zijn hoofd aan het bord met sleutels. 'Mijn moeder heeft zijn moeder goed gekend,' zei hij, terwijl hij met zijn hand over zijn achterhoofd wreef. Selma keek naar zijn lange fijne vingers waaraan geen trouwring zat. Hij moest nieuw zijn. Toen zij naar school ging, had ze hem nooit gezien. Een idealist, dacht ze. Zij had dagen en dagen gespijbeld zonder dat er ooit een haan naar kraaide.

'Hoe heet u?' Ze keek de man recht in de ogen en glimlachte. Hij kleurde.

'Selma!'

'Papa, ik vraag gewoon hoe meneer heet.'

Ze noemde hem anders nooit meer 'papa', maar ze had kleren aan van haar vriend Thierry en voelde zich onbevreesd zoals hij.

'Mauroy,' zei de rijzige man. 'Jean-Luc Mauroy.' Hij stak zijn hand uit.

'Wat ben jij trouwens van plan?' zei Jacques.

'Je hebt me toch geld gegeven voor gordijnstof. Ik kan meerijden naar Calais met de vrouw van de Tabac.'

Ze trok de mouw van Thierry's trui omhoog en schudde de gemanicuurde hand.

'Selma,' zei ze. 'Selma Perrin. Pipo zit waarschijnlijk in de kelder.'

Ze wilde gaan zonder Jacques een verdere blik te gunnen, maar de uitgang werd haar versperd door het echtpaar van kamer veertien. Jacques had hun sleutel weggenomen, wist ze. Hij had een hekel aan Nederlanders die probeerden Frans te spreken.

'Excuseer,' begon de Nederlander, die nog groter was dan Jean-Luc Mauroy, 'maar...'

'Ziet u niet dat ik bezig ben!' blafte Jacques.

'Het is uw plicht ervoor te zorgen dat uw zoon naar school gaat,' zei Mauroy.

'Werkt Mademoiselle Dujardin nog op school?' vroeg Selma.

'Ja.' Mauroy knipperde geagiteerd met zijn ogen.

'Waarom kijkt u niet in de kelder? Andere kinderen zitten op zolder maar wij hebben geen zolder, dus zit Pipo altijd in de kelder. Of kom tegen zes uur. Dan eet hij.' Selma liep naar buiten en Mauroy volgde haar. 'In welke klas geeft u les?'

'Ik ben het schoolhoofd,' zei hij. 'Ik sta niet voor de klas. Volgende keer stuur ik de politie.'

Door de glazen deur zag Selma dat Jacques in gesprek was met het Nederlandse echtpaar. Die waren vast op Engels over geschakeld.

Het schoolhoofd liep met snelle passen de straat uit. De panden van zijn blauwe overjas wapperden. Net een zwaluw-staart, dacht Selma, en ze stak de straat over.

'Gezellig,' zei de vrouw van de Tabac toen ze de weg naar Calais insloegen. 'Samen op stap. Kon Jacques je missen?'

'Tuurlijk.'

'Moet je niet werken vanmiddag?'

'Nee hoor.'

'Zijn dat kleren van Jacques?'

'Nee.'

'Van wie dan wel?'

'Van mij.'

Selma keek door het zijraampje.

'Ik heb een leuke jurk hangen die me niet meer past sinds de geboorte van de baby. Als je wilt mag je hem hebben. Hij is zo goed als nieuw.'

'Ik draag geen jurken. Ben je alweer zwanger?'

'Nee, waarom denk je dat?'

'Zomaar,' zei Selma, en ze liet haar ogen op de buik van de vrouw rusten. De vrouw van de Tabac was vier jaar ouder dan zij. Ze was in de Tabac geboren en was getrouwd met een man die de Tabac van haar vader had overgenomen. Geboren en gestorven in een Tabac.

'Ken jij het nieuwe schoolhoofd?'

'Nee, maar mijn man wel.'

'Is hij getrouwd?'

'Verloofd. Ken jij hem?'

'Vaag. Kun je wat sneller rijden?'

In Calais spraken ze af dat ze elkaar om vier uur in hun gebruikelijke café zouden treffen. De vrouw nam een plak chocola uit haar tas, brak een reep af, propte hem in haar mond en bood ook Selma een reep aan. Zolang als Selma haar kende, had ze altijd snoepgoed bij zich gehad.

'Hoeveel chocola uit jullie winkel zou ik al gegeten hebben?' zei ze, plotseling lachend.

'Neem een reep voor onderweg. Sorry dat we maar zo kort kunnen blijven.'

'Geeft niet,' zei Selma. Ze brak een stuk van de tweede reep tussen haar tanden af. In de oorlog, zei Jacques, zouden de mensen voor chocolade een moord hebben begaan. Ze wachtte tot de vrouw in de winkelstraat was verdwenen, stak het plein over en liep in de richting van de haven. Hoewel ze haast had, keek ze regelmatig over haar schouder. Ze sloeg een smal straatje in en bleef stokstijf staan. Wat deed Thierry hier? Ze wilde zijn naam roepen en naar hem toe lopen, maar toen besefte ze dat hij bij de juwelier naar buiten was gekomen en dat het zou zijn alsof ze hem had bespioneerd en betrapt. Ze bleef hem nakijken tot hij de straat uit was. Ze haalde haar schouders op. Hij gaf dus niet alles wat hij vond aan haar om te verkopen. Dat hoefde natuurlijk ook niet.

Ze duwde de deur van de juwelierszaak open en stapte op haar beurt naar binnen. De oude vrouw zat zoals altijd bij de straalkachel. Ze droeg haar kemelsharen overjas, haar zwarte wollen muts en groene handschoenen zonder vingers. Alleen voor wie iets kwam kopen, schuifelde ze van de kachel naar de toonbank.

'Wat heb je,' vroeg ze zonder op te kijken.

Over en tussen haar gehandschoende vingers lag een zware gouden ketting. Als ze die daarnet van Thierry had gekocht, had hij nu veel geld. Selma haalde drie kettinkjes, een oorbel en een dasspeld uit haar binnenzak. De vrouw liet de zware ketting tussen haar vingers glijden alsof ze Selma wilde laten beseffen hoe nietig haar aanbod was. Ze keek naar het goud in de palm van Selma's hand, en zweeg. De zware ketting gleed door haar vingers als een rozenkrans. Omdat de vrouw niets zei, liep Selma naar de toonbank, nam de loep uit de lade en reikte hem haar aan.

'Vierhonderd,' zei de oude na een lange stilte.

Selma wist dat het geen zin had om over het bedrag te onderhandelen. Gedwee draaide ze zich om zodat de vrouw het geld kon nemen dat ze in een tasje onder haar rokken droeg. Nog iemand die zou sterven op de plaats waar ze was geboren, dacht ze.

Twintig voor vier. Als ze zich niet haastte, zou de bank gesloten zijn. Ze zou honderd frank houden als zakgeld en de rest op haar rekening laten zetten.

'Hoeveel staat erop?'

'Elfhonderd tweeënvijftig.'

'Met of zonder deze driehonderd?'

'Met.'

Als ze erg goedkope gordijnstof kocht, kon ze misschien veertig of vijftig frank van het bedrag dat Jacques haar had gegeven op haar rekening laten zetten. Het was toch maar voor de keuken. Over een jaar zou ze misschien genoeg hebben voor een ticket naar Guadeloupe.

Ze ging een patisserie binnen en bestelde een chocoladetaart. Een jongetje van een jaar of tien kwam naast haar staan en keek met grote ogen van het kleurrijke snoepgoed in de trommels naar de twee muntstukken in zijn hand. Ze moest plotseling aan Pipo denken.

'En geeft u me ook nog tweehonderdvijftig gram van die bonbons.'

Ze zou ze vannacht bij zijn hoofdkussen leggen. Arme Pipo. Misschien moest ze hem meenemen naar Guadeloupe. Zo ging het altijd. Zodra ze langer dan een uur weg was uit het hotel, maakte ze zich zorgen over hem, en als ze weer thuis was, had ze maar één gedachte: laat hij alsjeblieft uit mijn buurt blijven. Maar in minder dan geen tijd stond hij daar met zijn eeuwige gezeur en gezanik en geklit. Kon ze dit, kon ze dat. Had ze dit, had ze dat. Een bloedzuiger was het. Ze zuchtte. Als ze in Guadeloupe was, kon ze misschien geld voor hem opzij leggen en het hem sturen op zijn achttiende verjaardag. Zij wilde nooit kinderen. Hoe zou Jacques zich redden als ze weg was? Hij zou Louise moeten vragen om meer te doen, maar ze zou haar eisen stellen. Ze zou een nieuwe stofzuiger willen, en een boenmachine, en iemand die de ramen kwam lappen, en vooral een eigen kamer voor Pipo met een bed waarvan niet zij de lakens zou moeten wassen en verschonen. Ze grinnikte bij de gedachte aan de manier waarop die twee elkaar het leven zuur zouden maken.

Iets over vier en het begon al te schemeren. Ze rilde. Ze had trek in een grote kop café crème en liep met snelle passen naar het café waar ze met de vrouw van de Tabac had afgesproken, maar drie jongens versperden haar de weg. Ze droegen laarzen met sporen en hun bierbuik hing over de band van hun zwarte leren broek. Het was weer zover.

'Jij moet hier niet zijn,' zei de woordvoerder.

Ze probeerde langs hen heen te lopen, maar de dikste van de drie gaf haar een waarschuwende tik.

'Je vergist je.'

'Ik heb een afspraak.' Ze wist dat het zaak was om hen niet aan te kijken en zeker niet haar stem te verheffen.

'Niemand heeft hier met jou afgesproken.'

'Mag ik dan gewoon aan mijn vriendin zeggen dat ik er ben?'

'Niemand wacht op jou. Jij hebt geen vriendinnen. En nu weg voor we heel boos worden.'

Als ze in hun gezicht spuwde, zouden ze haar in elkaar slaan. Ze wilden natuurlijk niets liever. Wat moest ze doen? Ze ging op een muurtje zitten en luisterde naar het gebons in haar hoofd en haar borstkas.

'Niet zo dichtbij!'

Als een zombie liet ze zich van het muurtje glijden en ging verderop zitten. Eindelijk stapten de drie het café binnen. Ze vervloekte zichzelf omdat ze hen niet durfde te volgen. Ze was al zo dikwijls in het café geweest, ze zou er veilig zijn, maar toch durfde ze niet. Ze kon alleen maar wachten tot haar vriendin buiten zou komen kijken waar ze bleef. Had ze Thierry daarnet maar geroepen! Hij zou die papzakken tot moes hebben geslagen.

'Selma! Waarom wacht je buiten? Kom, we gaan gauw koffie drinken.'

'Laten we thuis koffie drinken. Ik heb een taart.'

'Thuis? Zoals je wilt. Ik heb veel te veel geld uitgegeven. Heb jij stof gevonden?' Op haar hoge hakjes rende ze naar haar auto. 'Heb jij het ook zo koud?' Ze gooide haar tassen en pakjes op de achterbank. 'Laat je taart zien. Chocoladetaart! Wacht, dit moet je zien. Is het niet schattig? In de zomer zal ze het kunnen dragen.' Ze gespte zich in. 'Selma, we gaan flink zijn. We snoepen niet tot thuis. Kom je volgende week mee naar Parijs?'

'Parijs?'

'Ja. We kunnen bij mijn tante logeren. Als je wilt vraag ik aan Jacques of je mee mag. Ben je ooit al in Parijs geweest?'

'Lang geleden.'

Toen Pipo's mama pas weg was, waren ze haar met hun drieën gaan zoeken. Ze herinnerde zich alleen straten en auto's en regen en cafés waar Pipo en zij op Jacques hadden moeten wachten. Ze hadden in de auto geslapen. Als ze naar Guadeloupe vertrok, zou ze misschien in Parijs moeten overnachten.

'Zijn hotels duur in Parijs?'

'Alles is duur in Parijs. Zonder mijn tante zou ik er nooit naar toe gaan.'

De vrouw parkeerde voor de Tabac. Nog voor ze iets had kunnen zeggen over koffie, duwde Selma de chocoladetaart in haar handen. 'Neem jij hem. Bedankt voor de lift.' Ze sloeg het portier met een klap dicht.

Jacques zat in zijn hok over tabellen gebogen.

'Heb je stof gekocht?'

'Nee.'

Hij stak zijn hand uit en ze legde het geld erin. De sleutel van veertien hing op zijn plaats aan het bord. Hoe hadden die twee Jacques weten te paaien?

'Wat wilden die Nederlanders?' vroeg ze.

'Sinterklaas vieren. Straks gaan ze met pepernoten en snoepgoed strooien.'

'En dat mag van jou?'

'Waarom niet?'

Familie van hen moest aan de landing in Normandië hebben deelgenomen.

'Wat zijn pepernoten?'

Hij legde zijn pen neer en keek haar dreigend aan.

'Sorry.' Ze ging de trap op, maar bedacht zich. Ze trok de kelderdeur open en riep zijn naam. Er kwam geen antwoord, maar dat betekende natuurlijk niets. Laat hij alsjeblieft niet als een hond voor mijn deur liggen, dacht ze, ik wil gewoon eventjes op bed rusten. Ze liep voorbij kamer veertien en berekende hoeveel maanden ze nodig had gehad om die vierhonderd frank bij elkaar te krijgen. Als iemand nou eens een goedgevulde portefeuille liet liggen, of een kostbare ring. Zou Thierry haar meer geld willen geven? Of dat schoolhoofd, wie weet?

Van Jacques kon ze onmogelijk meer zakgeld verwachten. De brandweer had hem een lange lijst gegeven met werk dat dringend moest worden uitgevoerd om de brandveiligheid van het hotel te verbeteren. Drie maanden had hij gekregen, waarvan er bijna twee voorbij waren, en hij was zelfs nog niet begonnen. Ze sloot haar ogen en zag opnieuw de gezichten van de drie klootzakken. Ze zou met Thierry alle cafés van Calais afzoeken tot ze hen vond. Ze zouden zich Selma Perrin nog lang herinneren.

In kamer veertien kroop Pipo onder het bed van het Nederlandse echtpaar vandaan. Hij moest plassen. Soms droomde hij 's nachts van de druppende kraan in veertien en werd dan nat wakker. Louise zei dat als je in het leger in je bed plaste, ze je piemel afhakten en je lieten doodbloeden. Toen hij klaar was, bukte hij zich om met een stukje wc-papier de druppeltjes weg te vegen die naast de pot op de grond waren gespat, en zag een gouden doosje tussen de muur en de wc-borstel. Vast uit iemands broekzak gevallen, dacht hij, en hij sloot het in de palm van zijn linkerhand. Hij ritste zijn broek dicht en spoelde door. Louise vond dat een verkwisting als je alleen had geplast, maar omdat alle gasten het deden, had hij geen keuze. Louise zei dat ze ook allemaal iedere dag onder de douche gingen, en dat zij dan hun haren uit de afvoer moest peuteren. Hij nam twee sigaartjes uit het kistje dat op het nachtkastje stond en een handvol bonbons uit het zakje ernaast. Hij opende de deur op een kiertje, liet zich op zijn buik vallen en keek naar buiten. De gang was leeg. Hij glipte de kamer uit en liet de deur achter zich in het slot vallen.

In de kelder stak hij een sigaartje op en blies de rook uit op de vacht van de dode kater. 'Ik ben niet bang,' zei hij. 'Daarnet was ik ook niet bang. Ik moest alleen even weg om dit op te halen.' Hij opende de palm van zijn hand en keek in de gloed die de sigaar verspreidde naar het gouden doosje. Toen hoorde hij de stem van zijn vader.

'Pipo! Eten.'

'Jij mag hier blijven,' fluisterde hij. 'Ik moet weg maar ik kom terug. Ik laat je niet meer in de steek.'

Hij drukte de sigaar uit en borg de peuk en het gouden doosje weg achter de losse steen. Hij stak een bonbon in zijn mond opdat zijn vader de sigaar niet aan zijn adem zou ruiken.

'Er is niets meer voor jou,' zei Pierre.

Hij en Louise waren al klaar met eten.

'We dachten dat je niet meer kwam,' zei Louise. Ze duwde haar bord weg en stak een sigaret op. 'Heeft je vader al gezegd dat het schoolhoofd hier is geweest? Hij had een lange stok bij zich.' Ze blies de rook in zijn gezicht. 'Volgende keer komt de politie.'

Pierre lachte luid.

'Ze komen niet voor jou, Pipo. Ze komen voor Louise.'

'Hebben jullie geen werk?' zei Jacques. Hij lichtte de deksels van de pannen en schepte twee borden vol.

'We vertelden net aan je zoon dat het schoolhoofd hier is geweest. Meneer Jean-Luc Mauroy.'

Jacques gooide zijn bestek neer.

'Pipo, Louise en ik gaan nu, dan kun jij rustig aan je vader uitleggen waarom je zoveel spijbelt.'

'Hoeft niet.'

'Toch wel. Kom, Louise.'

'Rook rustig je sigaret.'

'Jacques, je moet met de jongen praten.'

Jacques sloot zijn ogen en bad dat als hij ze weer opende Louise, Pierre en Pipo en het hele verdomde hotel zouden zijn verdwenen. Hij kon zich er niet toe brengen Pipo een uitbrander te geven. Het kostte hem iedere dag meer moeite om de jongen aan te spreken. Hij zou Selma meer zakgeld beloven als zij ervoor zorgde dat hij niet meer spijbelde. Moest je dat nou weer zien. Hij zat niet maar hij hing. En wanneer zou hij leren met zijn mond dicht te kauwen? Zou het kunnen dat zijn moeder niet van hem maar van haar zoon was weggevlucht? Die lege, dwaze blik. En die slappe handjes. Hij kon het niet meer aanzien.

'Weet je wat ik vreemd vind,' zei de Nederlandse vrouw toen ze na een fikse strandwandeling kamer veertien binnenkwamen, 'ik denk dat die man de hele tijd wist dat wij onze sleutel kwijt waren. Hij hoefde er helemaal niet naar te zoeken. Vanaf het moment dat jij zei dat je zwager voor de Chunnel werkte, draaide hij bij. Denk je echt dat je zomaar een bezoek aan de werf voor hem kunt regelen?'

'Waarom niet? Ik bel hem even.'

Alleen op de kamer merkte de vrouw dat een van de planken onder het kleed loslag. Ze keek naar de groene vlek in de wastafel en probeerde de kraan verder dicht te draaien. Wanneer zou ze haar man zijn Sinterklaascadeautje geven? Ze nam het pakje uit haar tas en ging ermee op de rand van het bed zitten. De deur zwaaide open.

'Handschoenen, zakdoeken met mijn initialen of een warme das. Ik heb jouw pakje in deze kamer verstopt. Weet je wat? Ik ga in het restaurant bij alle borden pepernoten leggen en intussen kun jij zoeken. Morgen om tien uur verwacht mijn zwager ons.'

'Hoe kunnen in zo'n klein pakje handschoenen of een das zitten?'

Hij bekeek het aandachtig.

'Een aansteker.'

'Je krijgt hem als je je onze huwelijksdag herinnert.'

'Veertien maart.' Hij stak het pakje in zijn zak en nam de pepernoten. 'Tot straks.'

De vrouw zuchtte. Ze had geen zin om de Chunnelwerken te zien en nog minder om de stoffige, slecht verlichte kamer te doorzoeken.

Er werd geklopt. Een kleine vrouw met een scheefgezakte pruik van eekhoornhaar begon snel te praten. Hoe zei je 'ik versta u niet' in het Frans? 'Mijn man kent Frans maar die is er even niet,' zei ze. De vrouw ratelde verder. Ze haalde haar schouders op en sloot de deur. Ze zou haar man zeggen dat ze de kamer van onder tot boven had doorzocht maar niets had gevonden. Ze zou zeggen: Ik heb zelfs onder een losliggende plank gekeken. Voor alle zekerheid rolde ze het kleed weg en haalde de plank uit de vloer. Er werd opnieuw geklopt. Ze rolde gauw het kleed terug en trok de deur open voor de vrouw met de scheefgezakte pruik. 'Ik versta u niet,' zei ze luid. De vrouw was aan het huilen. Het rouge, waarmee ze haar oude gerimpelde wangen had gekleurd, liep uit. Ze leek wel een clown.

Jacques stond in zijn kantoor voor zijn stafkaart en bedacht hoe anders de oorlog zou zijn verlopen als de Chunnel toen al was gegraven. Hij hoorde iemand binnenkomen en keek in de bolle spiegel. Twee agenten. Kwamen die voor Pipo? Of zou de brandweer hen hebben gestuurd? Ze namen hun pet af. De kleinste van de twee kuchte. Of Selma Perrin thuis was.

'Wat heeft ze uitgehaald?'

'Niets. Maar is ze thuis?'

'Ja. Daarnet wel.'

Gistermorgen was aan de voet van Cap Blanc-Nez het lijk aangespoeld van een zwart meisje. Niemand kon haar identificeren en toen ze hoorden dat hier een zwart meisje woonde, waren ze voor alle zekerheid langsgekomen. Werd zijn dochter soms lastig gevallen?

'Nee,' zei Jacques. 'Iedereen weet dat ze mijn dochter is.'

Maar plotseling brak het angstzweet hem uit.

'Pierre, schenk iets in voor deze heren.'

Met twee treden tegelijk liep hij naar haar kamer. Ze was er niet.

'Selma!'

Hij haastte zich de trap af, duwde een vrouw opzij, gooide de deur van de keuken open. Ze was een passievrucht aan het uitlepelen.

'Heb jij geen werk? Eten doe je samen met ons of niet!' Hij trok haar van het aanrecht, sloeg de passievrucht uit haar handen en duwde haar het restaurant in. 'Alles in orde,' zei hij tegen de agenten. Zijn handen beefden. Hij had altijd gedacht dat Selma in Wissant veilig zou zijn.

'Ze hebben haar eerst vermoord,' zei de agent, 'en pas daarna in zee gegooid. We dachten dat ze zwanger was. Haar buik was opengesneden, met zand gevuld en weer dichtgenaaid. Dom natuurlijk. Als ze haar wilden laten zinken, hadden ze haar met stenen moeten vullen.'
Hij keek naar de tafeltjes die een voor een werden ingenomen. 'De zaken gaan goed.'
Jacques wilde zeggen dat schijn kon bedriegen, maar zag hoe de vrouw die al weken in zeventien logeerde, zich tussen de andere gasten wrong. Haar gezicht was nat en gezwollen. Haar mond opende zich.
'Zij is het! Zij heeft mijn portemonnee gestolen.'
Ze wees naar Selma, die begonnen was de Nederlander te helpen pepernoten bij elk bord te leggen.
'Doorzoek haar zakken! Laat haar niet ontsnappen!'
Selma wees verbouwereerd naar zichzelf.
'Ik heb geen frank van dat mens gestolen.' En nu richtte ze haar wijsvinger op de vrouw. 'Zij heeft mij geld gegeven om te verzwijgen dat zij en haar man in hun bed kakken. Oud, vies wijf!'
'Selma!'
De kleine agent die ook daarnet het woord had gevoerd, liep naar Selma.
'U zult toch met ons mee moeten komen. En u ook, mevrouw. U moet allebei een verklaring afleggen. En let op uw woorden, juffrouw. U kunt een Frans staatsburger niet ongestraft beledigen.'
'Ik ben ook een Frans staatsburger.' Ze dacht aan de drie jongens die haar eerder die dag de weg hadden versperd. 'De echte boeven lopen vrij rond in dit land.'
'Ziet u niet hoeveel volk er is,' zei Jacques. 'Ik kan haar nu niet missen. Trouwens, er wordt niet gestolen in dit hotel.'
'Het spijt ons. De wet...'
'De wet!' riep Selma. 'Weet u wat het is? Ze heeft waarschijnlijk geen rotte frank meer en nu gaat ze proberen mij te laten opdraaien voor haar uitgaven. Ze zal eerst eens moeten

bewijzen dat er geld in die portemonnee zat. Misschien heeft haar man het eruit genomen. Of misschien heeft ze het verstopt en ensceneert ze deze diefstal.'

'Vijfhonderd frank,' jammerde de vrouw. Ze rukte aan Selma's schort.

'Mevrouw, misschien ligt het geld op uw kamer. Iedereen kan zich vergissen. We worden allemaal een dagje ouder.'

De Nederlander stond beduusd met zijn zak pepernoten bij de bar. De agenten, de vrouw, Selma en de hotelbaas trokken naar boven. Hij wilde hen volgen om te weten hoe het zou aflopen, maar zag toen zijn vrouw.

'En?' vroeg hij.

'Niets gevonden.'

'Heb je goed gezocht?'

'Heel goed. Ik heb zelfs het kleed weggerold om onder een losse plank te kijken. Wat was al die herrie?'

'Een vrouw die beweerde dat geld van haar was gestolen. Heb je in de badkamer gekeken?'

'Overal.'

'Wacht.'

Nog geen minuut later was hij terug.

'Het is weg. Het was een klein pakje in goudkleurig papier. Ik had het tussen de muur en de wc-borstel gelegd.'

'Terwijl de deur niet op slot was?'

'Stom natuurlijk.'

'Wat zat erin?'

'Een ring. Design. Zilver met een zwarte steen. Mooi, vond ik.'

'En duur?'

'Ja. Zou het iets te maken hebben met de diefstal van daarnet?'

De stoet die op zoek was gegaan naar de verdwenen vijfhonderd frank, kwam door de glazen deur. Ze hadden het geld niet gevonden. De agenten namen Selma elk stevig bij een arm en voerden haar mee. Ze mocht zelfs haar schort niet uitdoen.

'Excuseer,' zei de Nederlander, 'maar er is van onze kamer

ook iets verdwenen, een zilveren ring met een zwarte steen. Ik had hem voor mijn vrouw gekocht. Sinterklaas, weet u. Terwijl de politie erbij was, wilde ik er niets over zeggen, maar...'

Jacques ontblootte zijn tanden en vernauwde zijn ogen.

'Grrr...' zei hij.

4

Lieve Elizabeth,

Vannacht heb ik voor het eerst in mijn leven met een vrouw gevrijd die ik nooit eerder had ontmoet en die ik ook nooit meer zal ontmoeten. Als je me zou vragen: Hoe was ze? zou ik zeggen: Denk aan appelen. Haar borsten leken net appels, haar wangen bloosden als appeltjes en ook als ik haar billen streelde, was het of ik twee appels in mijn handen hield. Vanmorgen toen ik wakker werd, was ze verdwenen. Ik draaide me op mijn zij en sliep diep en rustig tot na de middag. Ik drukte mijn gezicht in haar kussen en kon haar ruiken. Zo wist ik dat ik onze ontmoeting niet had gedroomd. Lieve Elizabeth, waarom heb ik dit nooit eerder gedaan?

Ik had niet gedacht dat ze naar mijn kamer zou komen. We hadden met elkaar gepraat en naar elkaar geglimlacht, maar ze reisde samen met haar vader. Toen ze mijn kamer binnenkwam, legde ze een vinger op haar lippen. Ik mocht alleen kijken hoe ze uit haar nachtjapon stapte en naast me kwam liggen. Ze moest mijn hand zelf op haar borst leggen, anders had ik haar niet durven aanraken. Toen kon ik me niet meer beheersen en wilde ik zo vlug mogelijk in haar zijn. 'Kijk me aan,' beval ze. Ik mocht mijn ogen niet sluiten. Ooit hoop ik met jou in dat hotel te slapen. Alles was er van hout, steen of glas. In de tuin liepen schapen tussen oude fruitbomen. Er was een waterput.

Ik denk dat ik me nu pas van mijn moeder heb losgemaakt.

Zij zei altijd dat als je respect had voor een vrouw, je haar niet aanraakte tenzij je van plan was met haar te trouwen. Ik ken de naam van mijn appelmeisje niet, maar mijn respect voor haar was zo groot dat ik elke vierkante millimeter van haar huid wilde zoenen en strelen. Zonder jou, Elizabeth, zou ik dit nooit hebben gedaan. Jij hebt iets in mij bevrijd. Ik was zo'n braaf kind. Als ik een vriendje had dat door mijn moeder niet werd goedgekeurd, dan zou ik het niet in mijn hoofd hebben gehaald om nog met hem te spelen. Maar als je altijd doet wat je wordt opgelegd, weet je op den duur niet meer wat je zelf wilt. Toen ik me inzette voor de wetswinkel, deed ik tenslotte ook maar wat van onze generatie werd verwacht. Ik denk dat ik niet wist hoe ik moest leven en daarom het gedrag van andere mensen imiteerde. Ik wil ontdekken wat goed is voor mij. Ik wil leren luisteren naar mijn hart. Ik wil zwak en naakt zijn.

In de nacht van zondag op maandag heb ik in een verlaten hotel in Wissant een jonge man gezoend. Ik schrok van mijn eigen heftigheid. Toen ik thuis was, droomde ik van hem, en ook overdag genoot ik van de herinnering aan die kus. Misschien heb ik daarom besloten naar Wissant terug te keren, niet om met die jongen iets te beginnen, maar om mezelf te leren kennen. Ik wil aan de vooravond van mijn vijftigste verjaardag ontdekken wie ik ben. Ik wil achterhalen waarom ik nauwelijks herinneringen heb aan mijn vader alsof ik alleen het kind van mijn moeder was. Waarom had ik zo vaak hoofdpijn?

Eén ding weet ik, lieve Elizabeth, jij bent goed voor me.

Paul

Ik had iets over Marius moeten schrijven, dacht hij nadat hij de brief op de post had gedaan, ze zal boos zijn dat ik niet naar Marius' gezondheid informeer. Hij draaide haar nummer, maar kreeg het antwoordapparaat aan de lijn en legde neer.

'Om hoe laat gaat morgen de bus naar Wissant?' vroeg hij aan de receptioniste.

'Tien over negen. Ik moest u dit nog geven.'

Hij scheurde de envelop open. Een bloem viel op de grond. Op een briefje waren een naam en een adres genoteerd. Hij bloosde.

'Weet u waar Tardinghen ligt?'

Ze wees het hem aan op de kaart. Het lag vlak bij Wissant! Hij had haar niet willen zeggen hoe hij heette of waarheen hij onderweg was. Hun ontmoeting, dacht hij, had zich afgespeeld op een eiland. Ze hadden een deurtje opengetrokken naar een tovertuin en toen ze die verlieten, bleken de wijzers van de klok te hebben stilgestaan. Isabelle Mauroy. 'Gooi dat weg,' snibde zijn moeder in zijn oor. 'Ze is veel te jong voor jou,' zei Maja's rustige stem. Wat zei hij? Wat zei Elizabeth? Hij stopte het briefje als bladwijzer in zijn boek. In de bus de volgende dag nam hij het uit zijn tas en las het verslag van de lijkschouwing. Hij had het boek veel sneller moeten lezen want nu kon het hem geen moer meer schelen wie de moordenaar was van de jonge vrouw van wie het lijk aan de voet van een hoge cliff was gevonden. Ze had maar niet 's avonds alleen moeten gaan wandelen. Toch las hij het slot nog niet. Hij kon nog altijd de smaak te pakken krijgen. Hij veegde het raampje schoon en keek naar het desolate landschap. Zou hij hier ooit kunnen aarden?

'Is kamer veertien vrij?'

'Nee,' zei Pierre. 'U bent terug.'

'Ja. Is Jacques er niet?' Paul nam een miniatuurtank van het metalen tafelblad en bewonderde de zorg waarmee de kleinste details waren uitgevoerd.

'Nee. Alsjeblieft. Kamer eenendertig.'

De glazen deur werd opengeduwd. In de tocht waaiden papieren van Jacques' bureau op. Paul besefte dat de tank als presse-papier werd gebruikt en zette hem gauw neer.

'Op de derde?'

'Ja. In de schouw van de boot. Het is de enige gastenkamer daar.' Pierre glimlachte vriendelijk. Wat jammer voor het hotel, dacht Paul, dat de barman niet altijd de gasten onthaalde. Hij zeulde zijn tas twee verdiepingen omhoog, maar vond de trap niet naar de derde, en ging zitten op de brits waarop hij op aanwijzing van Selma enkele nachten geleden het iele jongetje te slapen had gelegd. Hij keek om zich heen en besloot dat de trap achter het groene gordijn moest liggen. Hij schoof het opzij en zag een smalle, steile, houten trap waarop geen kleed lag. Hij haalde diep adem, maar nog voor hij halverwege was, hoorde hij een boze stem.

'Wat doet u daar?'

Een zware vrouw stond met haar handen in haar zij en met gespreide benen aan de voet van de smalle trap. Haar blauwgeruite nylon schort hing open.

'Ik zoek mijn kamer.'

'Alleen het personeel heeft daar zijn kamers.'

'Er is me gezegd dat...' Hij kwam de trap af. 'Kijk, eenendertig.' Hij liet zijn sleutel zien. De vrouw bestudeerde de koperen kogel, mompelde het kamernummer en sloot de sleutel met kogel en al in haar vette hand. Toen richtte ze haar oogjes wantrouwend op de indringer.

'Waarom bent u teruggekomen? Niemand komt ooit zo gauw terug. Wat zoekt u boven?'

'Mijn kamer, dat zei ik toch.'

'Wie heeft u die sleutel gegeven?'

'De man die meestal achter de bar staat.'

'Die man is een dwaas. U zult elders een kamer moeten zoeken. Pierre heeft u die sleutel gegeven omdat alle kamers verhuurd zijn, maar u kunt niet boven slapen. Niemand kan daar slapen. Het hotel zit vol.' Ze stapte opzij om hem door te laten. Verbouwereerd staarde hij naar het pafferige gezicht.

'Kan ik niet beter zelf de sleutel teruggeven?'

'Dat doe ik wel. Ga nu, vooruit.'

Ik ben geen hond, dacht hij, maar hij kon bezwaarlijk proberen de zware vrouw te overmeesteren om haar de sleutel afhandig te maken. Toen hij nog even over zijn schouder keek, was ze verdwenen. Hij stond stil, spitste zijn oren en hoorde treden kraken. Hij had durven zweren dat ze recht naar kamer eenendertig ging. Wat moest hij beneden zeggen? Dat hij was aangerand door een potige schoonmaakster?

De hand waarin de sleutel van kamer eenendertig was gesloten, zweette. Het was een onaantrekkelijke ruwe hand waaraan geen enkele ring zat. Louise verstevigde haar greep en balde ook haar andere hand. Hoe lang wist Pierre al waar die sleutel lag? Waarom had hij het voor zich gehouden? En waarom had hij hem in hemelsnaam aan een vreemdeling gegeven? Haar hart bonsde, ze voelde het bloed kloppen in haar slapen, haar polsen en haar keel. Hoe lang was het geleden? Pipo was nog geen drie toen ze wegging. Ze was de enige in het hotel die ooit aandacht voor haar had gehad. Hoe dikwijls had ze haar niet bij zich geroepen en haar iets toegestopt, een tas, een zakdoek, een ceintuur? Louise trilde op haar benen van de zenuwen, bijna alsof ze mevrouw zelf ging terugzien. Zeven jaar! Ze zou tegen Jacques zeggen: Dit heeft lang genoeg geduurd. Ze komt niet terug. Je geeft die kamer aan de jongen. Zij en Jacques hadden in de mooiste kamer van het hotel geslapen, maar dat was niet genoeg voor haar geweest. Ze had een kamer voor zich alleen gewild. Toe, Jaco, er zijn hier zoveel kamers. Na de trouwpartij had ze Jacques het hotel laten sluiten, en het mocht pas weer open nadat hij in elke kamer met haar de liefde had bedreven. Dat verkondigde ze openlijk, iedereen mocht dat weten, moest het zelfs weten! En nog geen jaar later deed ze het in diezelfde kamers met een ander! Jaco, je snurkt te luid en je voeten stinken. Een vrouw heeft privacy nodig, Jaco. Privacy, haar reet. Jacques had moeten zeggen: Je bent mijn vrouw en je slaapt bij mij.

Louise stak de sleutel in het slot van kamer eenendertig en haalde diep adem. Al die jaren had ze hiernaast geslapen zonder te weten hoe mevrouw haar kamer had achtergelaten. Wat ze had meegenomen, wat niet. Ze draaide de sleutel in het slot en duwde de deur open. Aan de muur hingen de griezelige houten maskers die vroeger in hun slaapkamer hadden gehangen en die ze zou hebben geërfd van een oom die veel had gereisd. Waarom hing Jacques ze niet beneden maar hier, waar niemand er iets aan had? Haar voet stootte tegen een kartonnen doos. Ze bukte zich, sloeg de flappen van de doos open en zag flesjes parfum en make-up, armbanden en kettingen. Jacques moest alles wat ze niet had meegenomen, hier hebben gedumpt. Haar boeken stonden er nog, drie rekken vol, allemaal over liefde, ze had gedacht dat Jacques die wel had weggegooid. Lees, Louise, wees niet bang, het mag. Toen ze weigerde, had ze haar een stuk voorgelezen. Over een vrouw die bij de kapper haar fantasieën in de spiegel zag. Het stond er in de kleinste details beschreven. Wat ze met hem deed. Hoe hij bleef knippen terwijl zij hem aftrok. Louise, had ze gezegd, wij gaan samen zo'n boek schrijven, jij en ik, het is heel eenvoudig, je moet alleen je dromen zorgvuldig noteren, vertel me je dromen, je vuile vieze dromen waar je met niemand over durft te praten, die wil ik horen want dat willen de mensen lezen. Wat heb je gedroomd, Louise? Ik zal beginnen. Luister. Ik liep in een winkelstraat op zoek naar een verkoopster die me op een heel bijzondere manier zou helpen bij het passen. Ze moest mijn borsten strelen, ik had geen kleren nodig, ik moest iemand hebben die mijn borsten zou strelen, mijn borsten schreeuwden erom, ik had geen ogenblik rust. Eindelijk vond ik mijn verkoopster, we keken elkaar aan en ik wist dat ze begreep wat ik nodig had. Ik kocht kleren bij haar, en nog meer kleren, al mijn geld gaf ik in die winkel uit, maar het was het waard, Louise, die vrouw wist precies wat ik wilde, hoe ik het graag had. Hoe vind je die droom, zullen we daarmee ons boek beginnen? Je moet je niet zo generen, Louise, je bent te ernstig. Dat komt van al dat schoonmaken. Kijk naar mij, ik heb in mijn hele leven nog geen dweil vastgehad. Loop niet weg, Louise, kom bij mij, kijk naar mijn handen, kijk naar jouw handen, wie is de slimste van ons beiden? Waarom had ze die dingen gezegd? Wilde ze dat Louise haar borsten zou strelen, dat ze zou hebben gezegd: Laat ik die verkoopster zijn, mevrouw, om haar dan uit te lachen. Louise, denk je dat ik mijn borsten door een schoonmaakster zou laten strelen, kijk naar je handen, Louise. Zulke ruwe handen. Een slechte, slechte vrouw was het. Had ze werkelijk gezegd: Louise, laat ik je borsten strelen, of had Louise alleen honderden keren verwacht dat ze dat zou zeggen, gehoopt?

Ze trok haar kleerkast open en herkende meteen haar jurken, bloesjes, accessoires. Waarom had ze al die spullen achtergelaten? Ze nam een gebloemde sjaal en sloeg hem over haar schouders. Voor ze met Jacques sprak, zou ze hier met Selma komen, het was zonde om die kleren te laten hangen. Ze zouden een beetje ruim zitten voor Selma, maar het was beter dan wat ze nu droeg. Ze nam haar foto van de schouw en bestudeerde het lachende gezicht. Waar zou ze zijn? Wat zou ze doen? Ik kocht kleren en kleren, Louise, waarvoor ik nooit de tijd zou hebben om ze allemaal te dragen, als ze me maar bleef strelen, masseren, likken...

'Klaar met je werk?'

Louise liet de foto vallen. Pierre raapte het lijstje op.

'Kijk wat je hebt gedaan. Het glas is gebroken. Wat zal Jacques zeggen?'

'Waarom laat je me zo schrikken?'

'Als jij schrikt, dan heb je iets op je geweten.' Hij nam een lange rode jurk en hield hem voor haar brede lijf. 'Hij moet erg veel van haar hebben gehouden. Wat ben je van plan?'

Ze nam de sjaal van haar schouders en legde hem terug.

'Zeg liever wat jij van plan bent. Waarom geef je die sleutel aan een van de gasten?'

'Jammer dat je zo vet bent, Louise, anders kon je met oud en nieuw uitgaan in deze jurk. Zou het kunnen dat jij en ik hetzelfde plannetje hebben? Dat we allebei vinden dat dit hotel te klein wordt om kamers ongebruikt te laten?' Hij zette een bordeauxrood hoedje op haar schrale grijze haren. 'Eerder iets voor Selma, denk je niet? Alleen, als hier ook maar iets verdwijnt, zal Jacques het weten. Je denkt toch niet dat hij vergeet wat hij ooit voor haar heeft gekocht?'

'Ik heb werk.'

Pierre nam een masker van de muur en hield het voor zijn gezicht.

'Hij zou die maskers aan Selma moeten geven.'

'Het was Pipo's moeder.'

'Is. Wat moet Pipo hiermee?'

'Nu niets. Later misschien wel.'

Hij legde het masker op de schouw en hing de jurk in de kast. Hij ging achter haar staan en legde zijn handen op haar borsten.

'Hoe komt het dat een vrouw met memmen als jij geen kinderen heeft?'

Ze sloeg zijn handen weg.

'Voor wie wil jij deze kamer?'

'Voor mezelf. Mijn vrouw heeft ontdekt dat ik hopeloos verliefd op jou ben en nu wil ze me weg.'

'Wat!?'

'Ik vlieg eruit.'

'Waarom?'

'Waarom, waarom. Ik maak soms een omweg als ik hier klaar ben. Ze heeft een detective gehuurd en me laten betrappen.'

'Hoe wist jij waar de sleutel lag?'

'Ik heb gekeken op de voor de hand liggende plaats: in de lade van zijn bureau. Jacques is zo dikwijls weg naar zijn bunker dat ik vrij spel had en in alle rust kon rondsnuffelen. Louise, je gaat me toch niet dwarsbomen?'

'Ik wil dat Pipo deze kamer krijgt. Het is zijn moeder.'

'Hoe nobel. Alleen geloof ik er niets van. Jij wilt niet langer dat hij pist in jouw bedden. Maar als hij in deze kamer pist, moet het bed net zo goed worden verschoond.'

'Maar niet door mij.'

'Als ik aan Jacques zeg dat ik blijf op voorwaarde dat ik de kamer krijg, heeft hij geen keuze.'

'Ik kan ook zeggen dat ik blijf op voorwaarde dat Pipo de kamer krijgt. Hij is geen kind meer. Jacques zal moeten kiezen tussen jou en mij.'

'Louise, schatje, het zou toch mooi zijn als wij kamers naast elkaar hadden?'

'Wie is het?'

'Wie?'

'Met wie je bent betrapt?'

'Foei, Louise. Zo nieuwsgierig. Ik zei je toch dat jij mijn grote liefde bent.'

'Ik heb werk.'

'Ik ook. Er is niemand beneden buiten die nieuwe ober. Geef me de sleutel, lieveling.'

'Leg hem terug op zijn plaats. Zeg nog niets aan Jacques.'

'Waarom niet?'

'We moeten eerst nadenken.'

'Ik heb niet veel tijd.'

'Geef me een week. Er moet een oplossing bestaan waarmee we allebei vrede kunnen hebben.'

Ze raapte de glasscherven op en legde ze naast de foto op de schouw. Met haar wijsvinger tekende ze een ypsilon in het stof. Y voor Yvette. Mevrouw Yvette Perrin. Jacques zou het niet merken als hier iets verdween. Hij had al die jaren geen stap op de kamer van zijn vrouw gezet, anders had ze dat wel geweten.

Paul bestelde een tweede kop koffie. Er was nauwelijks volk in de gelagkamer, hij geloofde niet dat het hotel vol zat. Waarom bleef hij hier nu bleek dat niet alleen de hotelbaas maar ook het voltallige personeel onbeschoft was? Die barman had het ook al niet nodig gevonden zich te verontschuldigen. Hij had Paul niet laten uitspreken, maar was in paniek naar boven gestormd. Elizabeth had gelijk. Hij had nog nooit zulke onbeleefde mensen ontmoet.

De barman kwam lichtjes hijgend de gelagkamer in. Hij streek zijn haar glad, legde zijn hand berouwvol op zijn borst en boog zelfs naar Paul.

'Excuseer,' zei hij, 'ik dacht dat die kamer in orde was gebracht. Vijftien komt zo voor u vrij.'

Paul glimlachte, niet omdat hij kon blijven of omdat die man zich toch verontschuldigde, maar omdat hij Selma de glazen deur zag openduwen. Ze droeg een bruine plooirok en bruine wollen kousen die om haar enkels slobberden. Hij ging staan om haar dag te zeggen en haar de chocolaatjes te geven die hij voor haar had meegebracht, maar ze deed of ze hem niet kende.

'Ben je klaar met vijftien, Selma?'

'Ja.'

Ze liep naar de bar en nam een flesje limonade. Ze steunde met haar voet tegen de muur en keek de andere kant op.

'Uw sleutel,' zei Pierre.

'Hoeveel krijgt u voor de koffie?'

'Niets.'

Het was inderdaad het minste wat hij kon doen om zijn brutaliteit van daarnet goed te maken. Maar waarom deed Selma nu zo vreemd? Hij nam zijn tas en ging hoofdschuddend de trap op. Hij zou de chocolaatjes aan het jongetje geven, of misschien moest hij ze zelf maar eten. Na zijn twaalfde had hij van zijn moeder geen chocola meer gekregen, want snoepen was voor meisjes. Jongens werden er zwak van. Hij nam Maja's foto uit zijn tas en tikte op het glas. 'Sorry dat ik je vorige keer niet bij me had.' Hij wilde een hapje eten maar niet in dit gekkenhuis. Er werd geklopt.

'Paul? Je bent terug.'

Als een schuchter schoolmeisje stond ze te pulken aan de mouw van haar schort. Zijn hart smolt.

'Lust je chocola?'

'Ik ben dol op chocola. Waarom ben je teruggekomen?' Ze opende de doos en stopte twee chocolaatjes in haar mond. 'Ook trek? De mama van Pipo zei altijd dat ik van al die chocola even bruin aan de binnenkant zou worden als van buiten. Waar is je vrouw?'

'Thuis.'

'Hier is een moord gebeurd. Een zwart meisje. Ze hebben haar opengesneden, vol met zand gestopt en in zee gegooid.

De politie dacht dat ik het was. Ze zijn hier gisteren geweest om te kijken of alles in orde met me was en toen hebben ze me bijna gearresteerd. Die oude heks met haar pruiken begon me plotseling van diefstal te beschuldigen. Ik moest met de politie mee, maar ze konden niets bewijzen, want ik heb ook niets van dat mens genomen. Jacques was razend. Hij gooit haar eruit als ze nog veel kabaal maakt. Kom je voor mij terug?'

'Nee.'

'Voor wie dan wel?'

'Voor mezelf. Wanneer is die moord gebeurd?'

'Dat weten ze niet. Maar ze lag al een tijdje in het water. Ze was opgezwollen en zag vaalgrijs of ze gebleekt was. Paul, je mag nooit meer met mij proberen te praten als Jacques of Louise of Pierre het zien, begrepen? Het is iets tussen ons. Zijn al die chocolaatjes voor mij?'

'Allemaal.'

'Denk jij dat ik een dievegge ben?'

'Je hebt net al mijn chocola gestolen.'

Ze nam het kussen van zijn bed en gooide het naar zijn hoofd. Hij probeerde haar te vangen maar ze glipte de kamer uit. Na de nacht met Isabelle had hij zich jong gevoeld, nu voelde hij zich een welwillende opa die chocolaatjes kocht voor zijn onstuimige kleindochter. Kleine kokette feeks. Suggereren dat hij voor haar terugkwam! Hoe oud zou Isabelle zijn? Twintig? Vijfentwintig? Hij had Elizabeth die brief niet mogen sturen. Hij moest haar absoluut bellen en haar vragen hoe het met Marius was. 19, rue de la Paix, Tardinghen. Hij nam het briefje uit zijn boek, scheurde het in kleine snippers en spoelde het door. Zodra Jacques terug was, zou hij hem vragen of hij de telefoon mocht gebruiken. Hij zou Elizabeth bellen of op haar antwoordapparaat iets inspreken. Jammer dat veertien niet vrij was. 'In deze kamer werd Paul Jordens voor het eerst in zijn leven afgezogen.' Isabelle had het ook gedaan. Misschien deden alle vrouwen het, behalve Maja. Lieve Elizabeth, de nacht met Isabelle had niets te betekenen. Ik heb het je verteld omdat ik wil dat jij alles over mij weet. Als je me nu nog aanvaardt, dan geloof ik dat je van me houdt. Ik heb Maja nooit bedrogen. Ze zou als een oester zijn dichtgeklapt. Ze zou niets hebben gezegd maar ik zou het elke seconde van de dag hebben gevoeld. Waarom verraad ik dat meisje? dacht hij. Waar ben ik bang voor? Ik heb Elizabeth toch nooit beloofd dat ik niet meer met iemand anders zou vrijen. Ik meende elk woord van die brief. Maar daarom hoefde je hem nog niet op te sturen, Paul. Welke vrouw leest nu graag dat haar minnaar een fantastische nacht met iemand anders heeft beleefd? Schrijf een brief waarin je jouw bezorgdheid over Marius uit. Zeg: Elizabeth, als je wilt, keer ik meteen terug. Of nodig haar uit om naar Wissant te komen. Huur iets, want in dit hotel wil ze geen stap meer zetten. Hij had het haar beter kunnen vertellen dan schrijven. Hij keek in de wc-pot. Alle snippers waren verdwenen, maar hij kende het adres uit zijn hoofd. 19, rue de la Paix, Tardinghen. Hij trok een dikke trui aan en warme sokken. Dit keer had hij rubberlaarzen en een regenjas met een capuchon meegebracht, maar nu regende het natuurlijk niet. Hij moest zich bedwingen om Maja's foto niet om te draaien. Net als vroeger had hij het gevoel dat ze hem stille verwijten maakte. Hoe kun jij op stap gaan terwijl ik in mijn graf lig?

Hij was van plan geweest om op het gemeentehuis naar het spookhotel te informeren, maar het was gesloten, dus ging hij het immobiliënkantoor binnen.

'Kunt u me misschien zeggen wie de eigenaar is van het verlaten hotel in de duinen?'

'Wat gek,' zei de vrouw, 'u bent de tweede deze week die me dat vraagt. Volgens mij is het van de staat. Wie dat opnieuw bewoonbaar wil maken, moet heel veel geld hebben. Bent u geïnteresseerd?'

'Niet echt. Om te beginnen wil ik een klein huisje huren.'

'Hier in Wissant heb ik alleen appartementen of villa's. Voor huisjes moet u in Audinghen of Tardinghen zijn. Hebt u een auto? De bus komt daar niet.'

'Nee.'

'Misschien kunt u een brommertje huren, of een fiets. In Tardinghen hebben we een enig huisje vlak aan zee. Andere jaren huurt mijn zoon het in december, maar hij kon zich niet vrijmaken. Als u het ziet, wordt u er verliefd op.' De vrouw nam haar jas van de kapstok en sloot haar bureau af. 'De eigenaars komen er zelf tussen Kerstmis en nieuwjaar, maar dan kunt u voor enkele dagen naar een hotel of kunnen we een alternatief voor u zoeken.' De vrouw hield het portier van haar auto voor hem open. 'Kent u Tardinghen?'

'Nee.'

Eenmaal in de dorpskom verwachtte hij elk ogenblik Isabelle op straat te zien lopen. Voorbij de kerk sloegen ze een smalle, kronkelende weg in met aan weerszijden hoge bermen.

'Dit is eigenlijk Le Châtelet, een gehucht van Tardinghen.'

Hij ontspande zich. De vrouw parkeerde haar auto beneden aan de weg. Het huisje lag verder in de duinen. Hij begreep waarom ze had gezegd dat hij er verliefd op zou worden. Als Maja nog had geleefd, zou ze hem hebben aangekeken en nauwelijks merkbaar hebben geknikt. Nu fluisterde ze: Paul, denk goed na voor je iets beslist. Als je dit huurt, zal je onvermijdelijk vroeg of laat Isabelle tegen het lijf lopen. Ben je zeker dat je haar terug wilt zien? En hoe zal Elizabeth reageren? Je was toch van plan om haar hier uit te nodigen?

'Het moet hier erg eenzaam zijn.'

'O ja, daarom is mijn zoon er ook zo dol op. Denk er rustig over na. Logeert u in Wissant?'

'Ja, in *Le Bateau Guizzantois.*'

'Bij Jacques Perrin. Wij hebben samen op school gezeten. Harde werker, die Jacques. Zal ik u bij het hotel afzetten?'

'Liever bij het strand, als dat voor u geen al te grote moeite is.'

Op het strand liet hij zich op zijn knieën vallen en dacht aan het meisje dat bij Cap Blanc-Nez als een potvis was aangespoeld. Ook de vrouw van het immobiliënkantoor had het erover gehad. Hoe ze eerst hadden gedacht dat ze zwanger was, maar toen hadden begrepen dat haar buik was opengemaakt, met zand gevuld en dichtgenaaid. De wind sneed in zijn wangen. Jaren geleden was hij in een zandkuil geduwd die hij zelf had moeten graven. Hij was op het strand gekomen met zijn emmer en schop, en jongens die hij niet kende, hadden een kring om hem heen gevormd. Wat een mooie schop! Met zo'n schop moet je een kuil graven! Toen de kuil diep genoeg was, hielpen ze hem er niet uit, maar vulden de kuil met zand en holden joelend weg. Hij zat volslagen klem, kon alleen zijn hoofd bewegen. Waarom had hij geen oudere broer gehad die het voor hem opnam? Waar was zijn vader toen? Als hij om hulp riep, kreeg hij zand in zijn mond. Iemand had hem ten slotte bevrijd, een toevallige passant, hij wist niet wie. Zonder de man te bedanken was hij naar zijn moeder gerend. Ze zat te zonnen. Ik treur, dacht hij, om het jongetje in de zandkuil. Ik treur om het jongetje dat zo eenzaam was dat zijn beste speelkameraadje alleen in zijn verbeelding bestond. Ik treur om het jongetje dat oefende tot zijn handschrift een overtuigende kopie was van dat van de populairste jongen van de klas. Hij was iemand die door mensen in de steek werd gelaten. Was dat de sleutel? Mensen stierven of liepen lachend van hem weg. Hij zou mensen niet meer laten gaan. Hij zou hun duidelijk maken: blijf bij mij. Ik heb je nodig. En jou. En jou. Maar wat deed hij dan in Wissant?

Zonder te kijken of Jacques in zijn kantoor was, liep hij naar zijn kamer. Hij was uitgeput. Toen hij wakker werd, was het donker. Hij ging naar beneden, vroeg aan Jacques of hij mocht bellen, draaide Elizabeths nummer maar kreeg haar verdomde antwoordapparaat aan de lijn. Hij zei dat hij hoopte dat zij en de kinderen het goed maakten. 'Ik bel je morgen opnieuw. Ik zou willen weten of jij het een goed idee zou vinden als ik hier een huisje huurde. Het ligt in de duinen. Dag, dag.'
    'Zonder vrouw?' vroeg Jacques.
    'Ja.'
    'En zonder auto?'
    Paul knikte. Jacques droeg een groene legertrui. Op borst-

hoogte waren drie koperen sterren geprikt. Het stond Paul bij dat hij bij de jeugdbeweging met identieke sterretjes had rondgelopen.

'Als je een tochtje wilt maken met de jeep, geef je maar een seintje. Ik kan je nu ook de Chunnelwerken laten zien. Een van de ingenieurs is een vriend van me.'

'Leuk,' zei Paul, maar hij ging meteen naar zijn kamer.

Zij heeft me natuurlijk ook in de steek gelaten, dacht hij plotseling. Een scène maken tot ik haar de auto geef en dan met gierende banden wegrijden. Ik ga je niet van me laten weghollen, Elizabeth, van mij niet en van jezelf niet. Ik wil dat het iets betekend heeft en betekent. Ik ben geen hoer.

Maar 's nachts schrok hij wakker en zag met de helderheid die komt na enkele uren slaap, dat híj haar in de steek had gelaten. Hij had met haar naar de begrafenis van dat meisje moeten gaan. Hij had bij haar moeten blijven tot Marius uit het ziekenhuis was ontslagen. Hij moest haar bellen. Hij sloeg zijn jas over zijn schouders en ging naar beneden, maar de glazen deur was op slot. Hij hoorde stappen.

'Selma?'

'Wat doe jij hier zo laat?'

'Ik kan niet slapen.'

'Dan drinken we toch samen een kop warme melk.'

Ze glimlachte lief. Hij voelde zich erg oud.

5

Hij sliep zo slecht. Niemand hield hem wakker, hij had een kamer voor zich alleen. Wie daarvoor had gezorgd wist hij niet. In zijn dromen zat hij gevangen in een labyrint of raakte hij klem in een tunnel. Net als die keer toen hij dacht te verdrinken was mama er niet. Joelende kinderen hadden hem mee naar de wildwaterbaan gesleurd en hem naar beneden getrapt. Hij had haar om hulp geroepen, maar ze had hem niet gehoord. Ze zat te kleppen met vriendinnen. Had zij het tijdschrift op zijn nachtkastje gelegd? Of papa? Of Stella? De hele wereld mocht hem in de steek laten, maar Stella zou hem trouw blijven. Dat slapen zo uitputtend kon zijn! Vluchten over daken, door eindeloze tunnels, telkens op het nippertje zijn achtervolgers te snel af zijn, een nieuwe tunnel in, weer naar een ander dak springen, hij dacht dat zijn hart het zou begeven. Waar bleven ze? Als hij mama niet nodig had, klitte ze aan hem. Mariusje, kom je mee winkelen? Gaan we een terrasje pakken? Ze sleurde hem met zich mee naar recepties of pruilde tot hij met haar naar een film ging. Als hij zei: Mama, ik ben te oud om overal met je te verschijnen, of: Nee, ik wil niet dat jij mijn haar wast, dan keek ze zo gekwetst dat hij meteen toegaf. Het was makkelijk voor vrouwen. Ze hoefden alleen maar hun onderlip te laten trillen, angstig kijken of zenuwachtig snuffen. Wat had hij al die jaren niet voor haar gedaan! En nu zij eindelijk iets voor hem kon doen, was ze er niet. Nu zou ze zijn haar mogen wassen! Een warm bad zou hem deugd doen, en iemand die met krachtige vingers zijn hoofdhuid masseerde… Paula mocht het ook doen. Mama aan de ene kant en Paula aan de andere. Dan zou hij zich snel beter voelen.

Een verpleger kwam binnen zonder te kloppen. Even drong het geroezemoes van de bezoekers zijn kamer binnen.

'Wanneer mag ik naar huis?'

'Dat weet ik niet.'

De verpleger stopte een thermometer in zijn mond en ging bij het raam staan. Hij keek naar buiten. Sinds het ongeluk had geen mens naar hem geglimlacht. De verpleger nam de thermometer uit zijn mond, wierp er een vluchtige blik op en ging weg. Opnieuw hoorde hij de stappen en stemmen van het bezoek voor de andere patiënten. Mariusje, kun je mijn schoenen ophalen bij de schoenmaker? Breng je de auto naar de carwash? Kun je even bij opa langsgaan? Maar verwacht niet dat ik je kom bezoeken als je in het ziekenhuis ligt! Een tijdschrift, daar moest hij het mee doen. Hij sloeg het open maar kon de tekst met moeite lezen. Was er dan toch iets ernstigs met hem aan de hand? Hij stapte uit bed. Hij duizelde niet, maar voelde zich stram en stijf alsof hij aan een bokswedstrijd had deelgenomen. Hij zat onder de blauwe plekken. En zijn gezicht! Boven zijn neus zaten drie hechtingen en de linkerhelft van zijn gezicht was bont gekleurd. Het paars begon geel en bruin uit te slaan. Hij betastte voorzichtig de korst die zich op de snee boven zijn wenkbrauw had gevormd. Stella zou dit heerlijk vinden. Hoe meer drama, hoe beter. Misschien had hij liever dat niemand hem zo zag. Dorst, dorst, dorst. Klotetweeling die hem dit had gelapt. Hij hield zijn mond onder de kraan en dronk water dat naar chloor smaakte. Hij ging zitten en bestudeerde de hechtingen op zijn been. Als kind was dit het spannendste dat je kon overkomen: vallen op de speelplaats en voor hechtingen naar het ziekenhuis moeten. Wat had mama eigenlijk ooit meegemaakt? Een echtscheiding, liefdesverdriet, nog meer liefdesverdriet. Daarom liet ze zich niet zien. Mama kon geen moeilijke situaties aan. Huilen, in bed blijven liggen, jammeren, dat kon ze. Hij sloot zijn ogen, zuchtte diep. Lange blonde haren

die over een gezicht vielen en dan als een sluier op zijn motor-
kap. Hij zou het nooit vergeten. Zijn knie deed pijn als hij erop
drukte. Zou er water in zitten? Waar was ze plotseling vandaan
gekomen? Wat deed ze midden op de weg? Zet het uit je hoofd,
Marius, het heeft geen zin om erover te malen. Gedane zaken
nemen geen keer. Als het gebeurd is, dan is het omdat het
moest gebeuren. Auto naar de kloten, meisje dood, zijn gezicht verwoest en mama verdwenen. Misschien zou Paula komen om zich te verontschuldigen voor het gedrag van haar
dochters. Of zijn oma, als ze iemand had om haar hiernaar toe
te brengen. Zou Paula beseffen dat als ze hem ontbijt had gegeven, hij niet als een gek op zoek zou zijn gegaan naar drinken?
Hoe dikwijls had mama hem niet naar de avondwinkel gestuurd om een fles whisky te kopen? 'Mariusje, drink een
glaasje mee voor de gezelligheid.' Maar ze kon hem niet verleiden, hij raakte het spul niet aan. Na twee glazen ging ze
hangen en wilde horen dat ze zijn liefste mama was. Ze hoefde
hem nu niet te behandelen of hij schurft had. Hij had zelfs geen
pyjama. Hij kon zijn kamer niet uit want de witte operatiejas
die ze hem hadden gegeven hing achteraan open. Was dat de
bedoeling?

Hij belde de verpleging.

'Ik lig hier al dagen zonder bezoek, zonder krant, zonder
iets. Zou u mij een krant kunnen brengen?'

'Beneden is een winkeltje.'

'Ik heb geen geld en ik kan mijn kamer niet uit zolang niemand mij een pyjama brengt.'

'Het spijt me, meneer, maar we hebben geen tijd om boodschappen voor de patiënten te doen. Hebt u familie?'

'Ja.'

'Bel hen. Als u de hoorn van de haak neemt, bent u ver-
bonden met de centrale en kunt u een nummer aanvragen.'

Hij kreeg haar antwoordapparaat natuurlijk.

'Mama, ik ben het, Marius. Zou je een pyjama voor me
kunnen brengen, en wat vruchtesap en kranten. Ik verga van
dorst en verveling. Van twee tot zes mag er bezoek komen

maar omdat ik alleen lig, denk ik dat je ook 's morgens kunt komen. Is alles goed met je?'

Zou iemand de universiteit hebben verwittigd? Aan wie kon hij vragen om Hans het geld te geven voor de scriptie? Aan Philippe? Of aan de baas van het café waar Hans een kamer had? Na het debâcle met de Canadese dollars had hij Italiaanse lires gekocht, maar hij had al een week geen idee van de koers. Als Philippe Stephanie niet had meegebracht, zou hij de amuse-gueulers hebben proberen over te halen om samen een obligatie van het nieuwe huisvestingsproject van de universiteit te kopen. Het was een erg interessant aanbod, maar ze hadden nog maar enkele dagen om in te schrijven. Hoe zou hij ooit iets bereiken met een moeder die hem in niets steunde, om van zijn vader nog maar te zwijgen? Zijn grootmoeder begreep hem, maar ze werd oud. Hij nam het tijdschrift. Als hij hard met zijn ogen knipperde, kon hij lezen wat er stond.

'Hoe voelt u zich?'

Hij had de arts niet horen binnenkomen.

'Heel goed. Wanneer mag ik naar huis?'

'We houden u nog even. Na het weekend pas kunnen we een aantal onderzoekjes doen. We willen absolute zekerheid.' De arts tikte tegen Marius' schedel. 'Klachten?'

'Nee.'

Hoe minder klachten hij had, hoe sneller hij naar huis mocht. Hij zou Paula bellen en vertellen wat er was gebeurd. Paula, ik ben er zeker van dat jouw dochters voor dit alles verantwoordelijk zijn. Wat ga je hun zeggen? Schiet je man dood en trouw met mij. Sluit je kinderen op, stuur alle kelners naar huis, doek het restaurant op en leef met mij mij mij in je paleis. Leg je hand op mijn lul, nee, kijk er nog maar naar en ik kom klaar op je mooie satijnen lakens. Het had geen zin om zich af te vragen of hij ook voor haar zou zijn gevallen als ze in een kleine flat woonde. Paula's hele charme bestond erin dat ze nooit in een kleine flat zou wonen. En hij? Waar zou hij wonen? Stel dat zijn oma alles wat ze bezat aan hem gaf. Ze stopte hem nu al veel meer toe dan Stella. 'Jij bent zoals ik,' zei ze dan, en kneep in zijn hand. Stom dat hij die haag niet was gaan snoeien. Oude mensen hadden de godganse dag niets anders om aan te denken. Zijn zilveren aansteker! Zou die nog in zijn broekzak zitten?

De deur zwaaide open en een meisje droeg een dienblad binnen.

'Nu al avondeten?'

'Op vrijdag mogen we om vijf uur naar huis, meneer, dus beginnen we vroeg.'

'Is er niets anders?'

Op zijn bord lagen twee sneetjes wit brood, een driehoekje smeerkaas en een sinterklaas van speculaas.

'Op de vijfde verdieping is een cafetaria.' Het meisje ontkurkte een flesje water. 'Eet smakelijk.' Maar ook zij glimlachte niet. Alsof het hun niet kon overkomen! Iedereen die achter het stuur van een auto ging zitten, kon iemand doodrijden. Het was een kwestie van geluk. En hij had ongeluk gehad. So what? Hoe kon hij genezen als iedereen hem behandelde als een stuk vuil? En welke patiënt kon zijn krachten herwinnen met zo'n dieet? Hij zou het topje van zijn pink geven voor een kom kervelsoep van zijn oma. Paula zou hem overschotjes kunnen brengen uit de keuken van het restaurant. Eigenlijk was ze het aan hem verplicht na wat haar dochters hem hadden aangedaan. Zou haar man al terug zijn? Hij durfde niet goed te bellen. Wat moest hij zeggen, als hij die zak aan de lijn kreeg? Hoe ze had gekreund toen hij zijn vingers in haar mond duwde! Wanneer had mama voor het laatst zijn vingers gekust? 'Een kusje voor het duimpje van Marius, een kusje voor het wijsvingertje van Marius, voor de middelvinger, de ringvinger, en het pinkje.' 'Nog meer, mama.' Ze lachte. 'Een kusje voor het duimpje, voor...' Ze kuste niet meer, maar sabbelde aan zijn vingertoppen. Haar ondeugend lachende ogen dicht bij de zijne. 'Nu is Marius aan de beurt: de duim van mama, de... gulzige jongen, straks slik je mijn vingers in.' Schaterend had ze hem omhelsd. Hij had de mooiste mama van de hele wereld. 'Beloof me dat je het nooit meer vergeet:

duim, wijsvinger, middelvinger, ringvinger, pink.' Hij vergat het en kwam de volgende dag bedelen om een nieuwe les. Op een dag legde ze alle tien zijn vingers op haar buik. 'Mama krijgt nog een kindje. Marius wordt een grote broer.'

'Dag jongen.'
   'Opa!'
   'Je hebt je eten laten staan.'
   'Is mama hier ook?'
   'Je mama is een beetje over haar toeren. Ze moet rusten.'
   'Ik moet ook rusten.' Waarom was uitgerekend zijn opa gekomen, een man die zich nog altijd kleedde als een kelner? 'Heb je iets voor me meegebracht?'
   'Je oma heeft me gestuurd. Je weet hoe gauw ze zich zorgen maakt, je had haar moeten bellen.'
   'Ik had moeten bellen?! Niemand belt mij.'
   'Je moeder belt iedere dag met de verpleging.'
   'Waarom niet met mij?'
   'Marius, wat herinner jij je van het ongeluk?'
   'Alles.'
   'Je weet dus dat het meisje...'
   'Opa, het was mijn fout niet. Ze week plotseling uit, mijn kant op.'
   'Marius, de bloedtest...'
   'Opa, ik wil van jullie geen gezeik horen over bloedtesten en zeker niet van mama. Hoe dikwijls heeft zij niet dronken achter het stuur gezeten?'
   'Marius, hoe durf je, je moeder zou nooit, nooit... je huilt.'
   'Ik huil niet.' Hij veegde zijn tranen weg.
   'Je mag je niet zo opwinden. Je ziet er niet goed uit. Doet het pijn?'
   'Ik voel me goed, opa, ik weet alleen niet wat iedereen bezielt. Waarom komt mama niet? Zie me hier liggen, ik heb zelfs geen pyjama.'
   De oude man zuchtte.
   'Ik heb iets voor je meegebracht.'

'Wat?'

'Iets dat iemand me heeft gegeven toen ik een paar jaar ouder was dan jij nu.'

Marius nam een hartvormig medaillon van zijn grootvader aan. Je kon zien dat het oud was. Het goud had een rode schijn en er was een bloem in gegraveerd.

'Knip het open.'

'Wie zijn dat?'

'Die ene is mijn neef, de RAF-piloot wiens vliegtuig op het einde van de oorlog is neergehaald, ik heb je over hem verteld, en de andere is...' Hij knipperde met zijn ogen. Marius tuurde naar zijn grootvader. '... de moeder van mijn eerste kind.' Nu het eruit was moest hij verder. 'Ik wil je dit geven opdat je zou weten dat op jouw leeftijd iedereen fouten begaat, maar dat je met een beetje geluk de tijd zult krijgen om het verleden goed te maken.'

'Opa, ik kan toch niet met foto's rondlopen van mensen die ik niet ken?'

'Toen ik het van mijn tante kreeg, zat er ook een foto in van haar man. Ik heb die toen vervangen. Jij zou er bijvoorbeeld een foto van dat meisje in kunnen steken. Ik denk dat je alleen maar een tweede kans krijgt als je oprecht berouw betoont. Als mijn tante me dit medaillon niet had gegeven met de foto van mijn neef, was ik me nooit gaan schamen over "mijn" oorlog. Ik heb het kind nooit gezien, maar ik heb een tweede kans gekregen met jouw moeder en oom Karel. Ik heb dit nooit aan iemand verteld, ook aan je moeder niet. Vandaag vertel ik het aan jou.'

Marius legde het medaillon op het witte laken.

'Opa, kun je me honderd frank lenen?'

De oude man schrok op.

'Heb je geld nodig?'

'Ze geven je hier weinig te drinken en het eten is zo flauw. Ik heb in geen dagen een krant gezien.'

'Natuurlijk, jongen. Waarom heb je dat niet meteen gezegd? Hoeveel heb je nodig?'

'Kun je honderd missen? En zou je beneden wat vruchtesap en kranten voor me kunnen kopen?'

Bert stak het medaillon in zijn zak en haastte zich de kamer uit. De jongen had dorst en hij zat maar over zichzelf te zeuren! Hij had het verkeerde moment uitgekozen. Misschien was zijn biecht zelfs niet tot de jongen doorgedrongen. Lizzie had gezegd dat hij een hersenletsel kon hebben. Hij had Marius het bidprentje met de foto willen laten zien. Hij had willen zeggen: Draag het altijd bij je samen met een foto van je moeder. Hij had misschien beter daarmee kunnen beginnen. Welke krant zou de jongen lezen? Hij kocht er vijf verschillende, en bestelde een kilo sinaasappelen, een tros druiven en een liter vruchtesap.

'Als ik nu betaal, kunt u dan morgen precies hetzelfde laten brengen naar kamer 404?'

'Natuurlijk, meneer.'

Hij wist niet of hij Lizzie zou vertellen dat hij bij Marius was geweest. Vijf uur. Als hij nu bij Lizzie's ex-schoonmoeder langsging zou ze hem misschien uitnodigen om te blijven eten.

Marius zoog het vlees uit een druif, spuwde de pitten uit en legde het velletje op de rand van een bord. Wat een fantastisch verhaal! 'Mama,' zei hij tegen haar antwoordapparaat, 'is het waar dat opa een onwettig kind heeft van uit de oorlog in Wales? Hij heeft me een foto laten zien van de moeder en wilde dat ik het medaillon zou gaan dragen waarin die foto stak. Wanneer kom je? En breng alsjeblieft een pyjama voor me mee. Ik kan mijn kamer niet uit.'

Er werd geklopt. Een kleine man met een geruite das om zijn hals kwam binnen. Hij had een emmertje bij zich en tussen de linten van zijn korte blauwe schort stak een wisser met een korte steel. Wat een drukte! Vanmorgen was iemand nieuwe lampen komen indraaien, daarna had hij de schoonmaakploeg over de vloer gehad en nu dus een glazenwasser. Zonder hem een blik te gunnen liep de man recht op het raam af. Met zijn ene hand zeepte hij het glas in, met zijn andere trok hij het sop weg. Hij werkte zo snel dat het leek of zijn handen elkaar voortjoegen. Hij opende het raam en liet zich als een acrobaat achterwaarts naar buiten hangen. Opnieuw achtervolgden zijn handen als razenden elkaar. Hij sloot het raam, zette zijn emmer op het tafeltje, gooide zijn zeemleer over zijn schouder en bestudeerde Marius nauwlettend. Hij droogde zijn handen aan het schortje, viste een pakje tabak uit zijn broekzak en rolde een sigaretje.

'Ook eentje?'

'Nee, dank je.'

De man had bruine stompjes van tanden. Marius wilde dat hij wegging.

'Uw eerste ongeluk?'

'Ja.'

'Ik heb ooit een hond doodgereden. Een herder. Gaf me dat een klap. Hij had zich van zijn baas losgerukt. Heb jij de klap gevoeld?' Marius greep naar het belletje om de verpleging te roepen, maar de man nam het uit zijn handen. 'Ik zeg altijd: het leven is een loterij. De ene rijdt een hond dood, de andere een mens. Is er een verschil? Kijk naar mij: ik lap ramen, maar als ik meer kansen had gekregen, had ik misschien hier de operaties uitgevoerd. Heb jij al eens een raam gelapt?' Marius schudde zijn hoofd. 'Verwend door mama? Kom, ik zal het je leren.' Hij hielp Marius uit bed en opende opnieuw het raam. 'Deze onderste ruit heb ik nog niet gelapt. Dat had jij niet gemerkt. Eerst flink insoppen, ook in de hoekjes!' Marius nam de spons, wrong hem uit en boog naar buiten om de bevelen van de man uit te voeren. Elke gek kon dus onder het oog van de verpleging zijn kamer binnendringen. Gekken mocht je vooral niet tegenwerken. De panden van zijn operatieschort gleden van zijn rug. Wat was het koud! 'En nu nog met het zeemleer.' Als de man zijn blote kont wilde zien, dan had hij ruimschoots zijn zin gehad. Het leven een loterij! Een kind kon dit werk doen. Zijn ballen trokken samen van de kou. Hij sloot het raam en gooide de zeem in de emmer.

'Niet doen! Daar zit zeep in. Nu moet je het uitspoelen.' Hij wees naar de wasbak. In de spiegel zag Marius het afzichtelijke mannetje achter zich opduiken. 'De politie is hier voor jou.' Marius bloosde, het mannetje grijnsde. 'Echt waar. Ik moest ze een seintje geven als ik klaar was. Misschien voeren ze je weg.' Hij nam de zeem van Marius aan, maakte een diepe buiging en ging de kamer uit. Meteen werd er geklopt.

'Momentje.'

Maar de agent was al binnen voor hij de tijd had gehad om op het bed te gaan zitten en de lakens over zich heen te slaan. Mocht de politie een patiënt lastig vallen? Vorige keer hadden ze hem niet vervolgd, hij moest geloven dat hij ook dit keer geluk zou hebben. Zouden ze die oude zaak oprakelen? Maar de agent had alleen een handtekening nodig op een document dat bevestigde dat in opdracht van de procureur zijn rijbewijs zes maanden werd ingetrokken. Zes maanden! Niemand had hem ooit zijn rijbewijs gevraagd, hij zou het rijverbod aan zijn laars lappen.

Ik kon dat document lezen, dacht Marius toen de agent weg was. Hij nam een van de kranten die zijn grootvader voor hem had gekocht, en las moeiteloos wat er stond. Hij was genezen. Waar waren zijn kleren? Hij belde de verpleging.

'In de kast, meneer.'

Ze waren smerig, natuurlijk, en niet warm genoeg als je niet met de auto was. Zijn jasje zag eruit als een vod. Nieuw jasje, Marius? Ja, Paula, speciaal voor een bezoek aan jou gekocht. Er zat bloed op zijn hemd en zijn rechterbroekspijp was over de hele lengte gescheurd. Portefeuille: ja. Geld: honderd frank, dank u, opa. Aansteker: nee. Gestolen of uit zijn zak gerold? Misschien lag hij nog in de auto. Of hij de klap had gevoeld! Het was of hij twee keer vlak na elkaar tegen een betonnen muur aan was geknald. Eerst het meisje op haar fiets, toen de boom. Het was een mirakel dat hij nog leefde, maar dat scheen niemand te verheugen. Hij wilde naar Paula. Hij zou zeggen: Mijn moeder wil me niet meer, dus moet jij me nemen. Hij zou zijn hoofd tussen haar borsten vleien en zeggen: Laat iets lekkers brengen uit de keuken, smeer het uit op je huid en ik lik het af. Laat wijn uit je borsten stromen. En mag ik alsjeblieft je auto lenen?

Om één uur 's nachts trok hij zijn vieze kleren aan, vulde zijn zakken met fruit en sloop zijn kamer uit. Ik had dat medaillon moeten aannemen, dacht hij plotseling, het moet veel waard zijn. De nachtzuster zat in een glazen kooi bij een klein lichtje te lezen. Hij moest de intensive care-afdeling vinden. Daar was het altijd zo druk dat hij onopgemerkt naar buiten zou kunnen glippen.

6

Een stem die haar kamer binnenrukte. E-li-za-beth! Opstaan. Vensters open. Bedden luchten. Stof afnemen. Had jij gedacht je leven te verslapen? Een bed dient niet alleen om in te liggen met je luie kont. Een bed moet worden onderhouden. Het hout moet worden geolied, de vering afgestoft, de matras gekeerd, het beddegoed verschoond. Elizabeth! Loop even naar de bakker, de slager, de schoenmaker, de drogist. En als je man je maar niet bedriegt met een andere vrouw, en dat hij maar niet drinkt...

'Ma-ma! Ik sta hier al een kwartier te roepen. Heb jij gisteravond nog een lexothan genomen?'

Zij? Ze herinnerde het zich niet, maar ze was te moe om een woord uit te brengen.

'Hoe voel je je?'

Ze dacht: oud, ziek, moe. Lag er papier bij haar bed? Ze zou erop schrijven: Liefje, mama heeft geen zin om te praten. Doe even of mama er niet is. Stella tuurde zorgelijk naar haar moeder. 'Je moet iets eten.' De deur sloeg dicht. Stella was weg. Hoe ging het ook weer? Jij zou van me houden en ik zou gelukkig zijn. Ik, de bijenkoningin, jij, mijn dar. 'Met wie heb je geneukt?' Dat was Raf. Had zij met iemand geneukt? Ze had iemand liefgehad. Iemand die achteraf had gezegd: Je hebt me buitengezet als een oud paar schoenen. Maar haar lippen waren verzegeld. Ze was een graf. Ze had ooit een boek gelezen over een vrouw die door haar man werd vermoord omdat ze zweeg over haar verleden. Ze taterde opgewekt tot hij er een vraag over stelde. Toen zweeg ze. Zou zij ook worden vermoord? Ze moest Stella vragen of ze naar school was geweest, maar ze was zo moe. Altijd maar werken om het immobiliënkantoor van de grond te krijgen, het huis gezellig in te richten, lekker te koken, boodschappen te doen, wassen, strijken, verjaardagen onthouden, cadeautjes kopen, bloemen sturen, mama kun je dit voor me, mama kun je dat... haar leven was een lange lijst van dingen die ze moest doen. Wat had ze ooit in ruil daarvoor gekregen? Een eierrek! Papa tovert eieren voor kleine Lizzie uit zijn mouw. Kleine Lizzie mag de tovermuts van papa opzetten en zijn staf vasthouden. Papa draait haar rond en rond. Wie heeft de sterretjes op papa's tovermuts genaaid? Niet papa, maar mama!

'Drink, mama.' Hoe kwam het dat Stella daar weer stond? Met haar voorhoofd zo gefronst leek ze op Karel. 'Als Marius voor jou bouillon had gemaakt, zou je hem wel drinken.'

Was dat waar? Het was waar. Gehoorzaam opende ze haar mond en liet zich voeren. Ze was een oud seniel moedertje. Dag en nacht moest je voor ze klaarstaan. Je mocht de krant niet lezen, je mocht niet kletsen aan de telefoon, je mocht niet gaan winkelen met je beste vriendin, en dan op een dag leenden ze je auto en reden iemand dood. Marius, die niet kon verdragen dat ze onafhankelijk van hem ademde, die als baby weken bijna alle voedsel had geweigerd tot ze vrij had genomen om voor hem te zorgen. Nog altijd kon ze het litteken voelen waar ze was geknipt toen hij werd geboren. Wanneer was hij begonnen zich van haar los te maken? 'Het is voor mijn zoon.' Met een trotse glimlach. Wat had ze allemaal niet voor hem gekocht! Truien, hemden, broeken, kousen, slipjes... Ze wuifde de lepel weg. Hoeveel bouillon dacht Stella dat ze naar binnen kreeg? Toen hij veertien was, had hij al schoenmaat drieënveertig! Wat groeien ze tegenwoordig hard! 'Hebt u fijne maar sterke kousen, want als hij gaat voetballen...' Een zoon was een schild. Wie een zoon had, had geen man nodig. Van nu af aan zou ze heel langzaam leven, ze zou zich niet meer reppen van hot naar haar. Elizabeth Appelmans op de vlucht voor Elizabeth Appelmans. Wie had dat gezegd? Waar was ze vorige week rond deze tijd? Ze wist het niet meer. Zodra ze iets had gedaan, waaide het uit haar kop. Elk moment dat haar restte, zou ze koesteren. Was het geen feest om bouillon te drinken die haar dochter voor haar had gemaakt? Stella zou nooit iemand doodrijden. Wie had haar bouillon leren maken? Rafs moeder?

'Wat komt er na de bouillon, liefje?'

'Tong.'

'In bed?'

'Nee. Je moet opstaan en je aankleden. En je moet naar het antwoordapparaat luisteren. De telefoon heeft niet stilgestaan.'

'Waarom neem jij niet op?'

'Het is toch altijd voor jou.'

'Mag ik eerst in bad?'

'Neem een douche.'

'Hoe laat is het?'

'Tien voor drie.'

Ze zou moeten afleren te vragen hoe laat het was. Ze zou zonder uurwerk leven.

'Liefje,' vroeg ze voor ze onder de douche stapte, 'zie je iets daar?'

Ze hield haar vinger op het plekje onder haar rechterschouderblad.

'Neem je hand weg. Nee, ik zie niets. Je hebt het gisteren al gevraagd.'

Als het kanker was, zou er iets te zien zijn. Ze moest zich gewoon voornemen geen kanker te hebben. Het zat allemaal in je kop.

Ze schrok van Ida's autoritaire stem. Twee keer na elkaar stond ze op het antwoordapparaat met ertussen een boodschap van de stomerij. De eerste keer klonk ze bezorgd, daarna gedecideerd als altijd. Kon Elizabeth zaterdag om elf uur bij Jakob Delhullu zijn? Al haar andere afspraken hadden ze onder elkaar verdeeld, maar die Delhullu wilde absoluut de verkoop van zijn huis met haar regelen. Jakob Delhullu! Precies een week geleden, hoe had ze het kunnen vergeten? 'Het was handig geweest, Elizabeth, als je ons even had gebeld, we hebben een paar erg boze telefoontjes gehad. Gelukkig heeft Raf...' Elizabeth liep naar het raam en liet afwisselend haar ene wang en dan haar andere tegen de koele ruit rusten. Ze gloeide. Wat moest ze doen? Twintig voor vier. Ze kon Ida bellen en haar zeggen dat ze te ziek was. Ze liep naar de keuken en nam de deksels van de pannen. Wat had Stella met die tong gedaan? Ze denken dat ze kunnen koken, maar ze kunnen zelfs geen tong bakken. Droog als een schoenzool. Was er nog citroen? Er zat niets anders op dan hem in aluminiumfolie te wikkelen en in de oven op te warmen, de aardappelen kon ze bakken, en als er een tomaat in de koelkast lag... ze ging zitten. Alle andere afspraken hadden ze onder elkaar verdeeld maar die Delhullu wilde absoluut met haar de verkoop regelen. Kon ze met Pauls auto naar Jakob Delhullu rijden? Ida's stem had te zakelijk geklonken. Ze rook dit soort dingen gewoon. Ze zette de oven aan, scheurde een stuk aluminiumfolie van de rol en begon de tong erin te wikkelen.

'Mama, wat doe je?'

'Het eten is koud geworden.'

'Ik heb gekookt. Waarom moet jij je ermee bemoeien? Het is klaar! Marius moet een pyjama hebben. Hij zegt dat hij er geen heeft. Wat doe je met de vis?'

Ze nam de folie uit de handen van haar moeder en legde de tong terug in de pan. Ze dekte de tafel en schepte koude aardappelen en vis op hun bord.

'Wie stond er verder nog op?'

'Dat weet ik niet. Ik heb geluisterd tot Marius. Hij moet een pyjama hebben. Vind je het lekker?'

'Heel lekker.'

Tien voor vier. Zou hij thuis zijn? Voor Paul hoefde ze het niet te laten want die had zelfs niet gezegd wanneer hij terugkwam uit Wissant.

'Stella, zou je het erg vinden als ik je naar papa bracht? Heb je een sleutel van bij papa?'

Ze knikte. 'Waarom mag ik niet mee naar Marius?'

'Ik ga niet naar Marius. Marius kan nog even wachten.'

Zou ze haar nieuwe rode pakje aantrekken? Of die zwarte jurk die ze samen met Frans had gekocht? Ze had absoluut geen trek in koude tong, maar als ze haar bord niet leeg at, zou Stella nog meer gaan pruilen. Een oude spijkerbroek en een slobbertrui zodat ze kon zeggen: Ik was toevallig in de buurt en dacht: misschien is meneer Delhullu thuis en kan ik het vandaag al afhandelen. Ze duwde haar bord weg en ging staan.

'Moet je weg?'

'Je hebt Ida toch gehoord.'

'Die afspraak is pas morgen.'

'Als ik vandaag die zaak afhandel, kan ik morgen naar Marius.'

'Krijg ik dan geld voor een taxi? Papa is nu nog niet thuis.'

'Maar je hebt een sleutel. Hoe laat komt hij thuis?'

'Halfzes. Ik ben daar niet graag alleen.'

'Bel hem op zijn werk. Vraag of hij je komt ophalen.'

'Zijn auto is in de garage.'

Stella trok en trok. Ze wilde niet dat ze wegging.

'Hoeveel heb je nodig?'

'Zevenhonderd.'

Zoveel! Jakob Delhullu, er is nog niets begonnen en jij kost me al zevenhonderd frank. Boven trok ze Marius' kleerkast open en zag het stapeltje pyjama's die ze stuk voor stuk voor hem had gekocht en god weet hoe dikwijls had gewassen en gestreken. Laat hem nog maar een beetje lijden, dacht ze, en ze sloot zijn kast.

'Heb je een taxi gebeld?'

'Nu toch nog niet.'

'Ik bel je morgen bij papa.'

'Gaan we dan naar Marius?'

'Ja.'

Ze zou alles hebben beloofd. Hoe laat was het? Vorige week

had hij op dit tijdstip tijd voor haar gehad. Ze omhelsde haar dochter.

'Sluit je alles goed af?'

'Wil je dat ik de telefoon opneem?'

'Zet het antwoordapparaat maar aan. Ga je naar je kamer?'

'Ja.'

'Tot morgen, engel.'

Ze kon geen seconde langer wachten.

Elizabeth viste een pen uit haar tas en het briefje dat in de parkeergarage van de verzekeringsmaatschappij onder haar ruitewisser was geschoven. 'Mogen wij u vriendelijk verzoeken deze parkeerplaats, die gereserveerd is voor de directeur-generaal van de maatschappij, in de toekomst niet meer in te nemen a.u.b. Met dank.' Wedden dat ze dezelfde tekst voor alle parkeerplaatsen gebruikten? Op de achterkant noteerde ze wat ze morgen moest doen. Stella bellen. Stomerij, als die open was op zaterdag. Marius' pyjama. Met een groot vraagteken. Ze geloofde niet dat hij geen pyjama had. Ze zouden hem daar toch niet in zijn blootje laten liggen. Hij had het verhaal vast bedacht om haar te chanteren. Het licht sprong op groen. Ze liet het lijstje in haar schoot vallen, gaf gas en schakelde. Boodschappen natuurlijk, er was niets meer in huis. Ze zou haar vader uitnodigen om te komen eten, hem zeggen dat het beter ging met haar. En dan het meisje. Waar zou ze beginnen? Zondag kon ze misschien naar de mis gaan in de parochie waar ze was begraven. Ze kon aanbellen bij de pastoor en hem vragen wat hij over haar wist. Waar had ze op school gezeten? Waar had ze ballet gevolgd? Had ze een boezemvriendin gehad? Een liefje? Misschien moest ze proberen een fonds op te richten ten bate van jeugdige verkeersslachtoffers. Ze kon geld en mensen bij elkaar brengen om campagne te voeren voor veiliger verkeersgedrag. Ida wist hoe die dingen moesten worden aangepakt. Ze zouden een feest kunnen geven zoals ze hadden gedaan toen ze het kantoor oprichtten, of T-shirts laten ontwerpen om op de scholen te verkopen. Ze stopte voor een rood licht en noteerde: Boodschappen, papa uitnodigen, meisje. Haar klasgenoten zouden zeker meedoen en misschien kon ze de ouders er ook bij betrekken. En Marius zou kunnen gaan praten op de scholen in de hoogste klassen. Hij zou hen kunnen waarschuwen voor de gevaren van met alcohol achter het stuur. Wat zou ze doen als hij weigerde? Hij mocht niet weigeren. Of hij was haar zoon niet meer. Ze moest beginnen met uit te zoeken wat hij had gedaan na de bijeenkomst met de amuse-gueulers. Waarom had hij gedronken? Twintig voor vijf. Als ze nu naar huis terugkeerde, kon ze Stella ophalen, een pyjama pakken en voor het bezoekuur om was bij Marius zijn. Ze bekeek zichzelf in de achteruitkijkspiegel. Het was niet omdat hij een ongeluk had veroorzaakt dat ze hem niet wilde zien. De waarheid was dat ze bang was dat hij niet zou huilen om het meisje. Hij kon zo hard zijn. Hij wilde zich waarschijnlijk tegenover haar als een man opstellen, maar soms dacht ze dat het meer was dan een houding. Ze had hem een paar keer Stella horen uitlachen op een manier die haar de haren te berge deed rijzen. Het kind mocht niet op zijn kamer komen of hij ging als een razende tekeer. Iedereen had natuurlijk recht op privacy, maar hij brulde als een gek. Ze grinnikte. Altijd als ze naar een man reed, kon ze alleen nog maar aan haar kinderen denken. Het goede, oude schuldgevoel. Kindjes, mama is niet thuis, mama is bij haar minnaar. Jakob Delhullu verkocht zijn huis omdat hij in een appartement wilde gaan wonen in de stad. Ze parkeerde langs de weg, bestudeerde de kaart en reed langzaam naar zijn huis. Hij woonde meer dan twintig kilometer van hun kantoor. Hoe was hij in hemelsnaam bij hen terechtgekomen?

'Omdat ik graag met vrouwen werk,' zei hij, en hij nam haar jas aan. 'Trek in koffie? Ik verkoop niet meer,' riep hij vanuit de keuken.

'Waarom niet?'

'Het was een bevlieging, denk ik. Misschien huur ik via jullie iets in de stad. Een vriendin van me werkt als call-girl en huurt haar flat bij jullie. Zo heb ik jullie adres.'

'Een call-girl?'

'Ja, ze werkt achter het Stephanieplein.'

Verhuurden zij aan call-girls en in die buurt?

'Heb je iets tegen call-girls?'

'Nee, maar we zijn ooit met totaal andere bedoelingen gestart. Ik vind eigenlijk dat wij helemaal geen flats hoeven te verhuren.'

Maar daar verdien je je geld, zei Ida. Volgens Eliane sjoemelde ze met de waarborgen. Ze mikte vooral op huurders die een korte termijn bleven en had altijd wel een reden om hun waarborg niet terug te storten. Als ze een opmerking zou maken over de call-girls, zou Ida zeggen: We verdelen gewoon de rijkdom opnieuw. We halen het geld waar het voor het grijpen ligt en geven het aan wie het niet heeft. Zou Jakob veel call-girls kennen?

'Woon je hier al lang?'

'Ik ben hier geboren.' Hij droeg een blad met koffie naar binnen. 'Straks zal ik je het huis laten zien. Er zijn details die het heel bijzonder maken. Zie je die mozaïeksteentjes achter je? Hou je van huizen?'

'Ik weet het niet meer. Als je altijd met huizen voor andere mensen bezig bent, heb je geen tijd meer voor je eigen huis.'

Ze voelde zich plotseling erg praktisch. Ze dacht aan al het werk dat thuis op haar wachtte.

'Dan ga ik maar,' zei ze en ze zette haar kop neer.

'Je kunt niet zomaar weglopen,' zei hij. Ook hij zette zijn kop neer. 'Je wilde me zien, anders was je pas morgen gekomen.' Ze keek snel over haar schouder naar de deur. Hij lachte. 'Ik hou je niet gevangen. Als je wilt, mag je gaan. Alleen, je komt langs, ik zet koffie voor je, we beginnen te praten en dan hol je plotseling weg.' Ze sloeg haar ogen neer. Zou hij ooit echt van plan zijn geweest zijn huis te verkopen? Had hij gedacht: Bij zo'n bende vrouwen zit er vast één die voor me valt? En natuurlijk had Elizabeth Appelmans vooraan in de rij gestaan. Hij liep naar de schouw. Een huis met bijzondere details. Ze glimlachte. Wilde iets spottends zeggen over de mozaïeksteentjes die hij aan haar zicht onttrok. Hij beantwoordde haar glimlach. I've got him eating out of the palm of my hand. Het was een zinnetje van Ida, maar ze kon zich voorstellen dat hij het zou zeggen. I've got her eating out of the palm of my hand. Hij zag eruit of hij uit een reclamefilmpje voor Levi's of after-shave was weggewandeld.

'Wat wil je zien?' vroeg hij.

Ze dacht: Laten we beginnen met de tuin en de keuken, maar hij trok zijn trui en T-shirt uit. Het enige dat ontbrak was een flesje bier.

'Je mag me aanraken,' zei hij, 'het is Sinterklaas.'

Hij gespte zijn broeksriem los. Hij had een mooi, licht ge-bruind lichaam, niet erg gespierd maar lenig en slank. Zijn tepels waren klein en donker. Moesten mannen niet beginnen met aanraken? Verwachtte hij dat zij nu ook iets zou uittrek-ken? Hij glimlachte zelfverzekerd.

'Doe maar.'

Als ze hem aanraakte, zou hij merken dat haar handen zweetten.

'Je mag met me doen wat je wilt.'

De gordijnen waren niet dicht. Konden de mensen op straat hen zien? Of vond hij het juist spannend dat elke passant naar binnen kon kijken? Liet hij zich graag bewonderen? Hij was zeker twintig centimeter groter dan zij. Als hij zich niet bukte, kon ze hem niet zoenen. Zijn broeksriem hing los. Was dat het? Verwachtte hij dat ze zijn broek losknoopte en hem met haar mond nam? Ze probeerde te zeggen: Ik wil armen om me heen, een lijf dicht tegen het mijne. Ze durfde niet. Ze moest flink zijn.

Hij stak een arm naar haar uit, legde een grote hand op haar achterhoofd. Hij bijt op zijn nagels, zag ze in een flits en ze was opgelucht dat ze een zwakke plek had ontdekt. Ze wilde haar voorhoofd tegen zijn borstkas laten rusten, ze wilde zich ver-bergen voor zijn blik, maar hij trok haar haren naar beneden zodat ze wel naar boven moest kijken. Hij lachte. Wat moest ze doen? Hij boog zich naar haar, knabbelde aan haar oorlel, fluisterde: Heb jij graag pijn? en rukte aan haar haar. Haar hoofd schokte naar achter. 'Je moet niet zo angstig kijken,' zei hij. Hij liet haar los, nam zijn trui, liep naar de keuken.

'Een biertje?'

'Heb je whisky?' Haar stem trilde.

'Met ijs?'

'Graag.'

Ze wreef met haar hand over haar nek.

'Wat zou je graag hebben dat we doen?'

Hij observeerde haar als een bioloog die onverwachts bezoek had gekregen van een grappig aapje.

'Ik heb niet graag dat je me pijn doet.'

Hij schoof een stoel tot bij de hare, trok opnieuw haar hoofd bij haar haren naar achteren en masseerde met zijn andere hand haar keel. Zijn hand oefende meer druk uit, leek met draaiende bewegingen haar keel toe te knijpen, maar liet los wanneer ze bang werd in ademnood te geraken. Zijn mond vlak bij haar oor: 'Ben je erg nat?' Ze dacht: Ik ben gelatine. Hield haar ogen stijf dicht. Wilde zijn blik niet zien. 'Zeg wat je wilt,' fluisterde hij, 'ik ben je speeltje.' Ze dacht: Ik wil het gewoon. Draag me naar je bed, trek jouw en mijn kleren uit en doe het dan gewoon. Hij liet haar los, veegde haar tranen weg, sloeg eindelijk zijn armen om haar. 'Ik kan ook heel lief zijn als je wilt, maar zeg nooit meer dat je niet van pijn houdt, want dat doe je wel.' Hij legde zijn hand in haar kruis. 'Zelfs door je spijkerbroek heen kan ik voelen hoe nat je bent.'

'Jakob.' Ze zei zijn naam opdat hij de hare zou zeggen. 'Kunnen we naar boven gaan?'

Hij haalde een biertje in de keuken, vulde ook haar glas bij en zei: 'Maar volgende keer bepaal ik wat we doen.'

'Nu moet je slapen,' zei hij. 'Je bent een erg gulzig meisje.'

Ze wilde zoenen, maar mocht niet meer.

'En morgen blijf je in bed tot ik je ontbijt heb gebracht.'

Hij stond op, draaide de sleutel in het slot, legde hem onder de matras aan zijn kant van het bed.

'Wat als er brand uitbreekt?'

'Dan moet je me even wekken.'

'En als ik moet gaan plassen?'

'Dan moet je wachten tot ik wakker word. Moet je nu?'

'Ja, en ik heb ook honger. Kan ik beneden een boterham maken?'

Hij liet haar de kamer uit. Zou hij het vervelend vinden dat hij niet was klaargekomen? Ze had nog nooit een minnaar gehad die de eerste keer bij haar was klaargekomen. Zou het iets betekenen? Ze waren bloedgeil en plotseling konden ze niet. Lag het aan haar? Volgende keer was het zijn beurt, maar als ze kon kiezen, zou ze zeggen: Precies zoals vorige keer. Ze had nog nooit een man ontmoet die een vrouw zo kon laten genieten. Ze smeerde een boterham met marmelade, vroeg zich af of hij er ook een zou willen en liep met in elke hand een boterham naar boven. Wat was zijn keuken netjes en het hele huis! Jakob liet haar binnen, sloot de deur en borg de sleutel onder de matras. Hij had geen honger en zij at de twee boterhammen. Ze vleide zich tegen hem aan en glimlachte omdat hij zoveel tengerder was dan Paul. Zou Paul voor een triootje te vinden zijn? Jakob vast wel, die was voor alles te vinden. Lieve papa tovenaar, ik ben een heel stout meisje geweest. Het hoort niet om twee minnaars te hebben, maar ik verlang naar een derde en een vierde. Heb ik aan één man dan niet genoeg? Nee, en aan twee ook niet en aan drie ook niet. Verliefdheden vermenigvuldigen zich tot je de hele wereld wilt omhelzen. Want stel dat de ene mooie handen heeft en prachtig kan vertellen over hoe het vroeger was in zijn dorp en waarover hij toen droomde, stel zelfs dat hij een goed minnaar is, misschien hield hij wel niet van de zee, wilde hij nooit mee naar buiten. Het is met mij zoals met een kind dat een mama en een papa heeft, een oma en nog een oma, een opa en nog een opa, en broers en zussen maar toch nog de lieveling wil zijn van de juffrouw en het beste vriendje van het leukste kind van de klas. Lieve tovenaar, jij hebt me te veel verwend. Jij hebt me aan liefde verslaafd gemaakt. Mama zei altijd: In het leven moet je kiezen, maar ik wil alles en het liefst nu meteen. Zullen we de gevallen vrouw stenigen? Moet ze dood, zij die schandelijk, trots, uitdagend, openlijk heeft bemind? Zullen we haar minnaars een voor een bij ons laten komen en hen een mooie steen laten uitkiezen, een steen die ze in hun hand zullen koesteren zoals ooit haar borsten? Mikken, jongens, op de gevallen vrouw, op de hoer die jullie heeft bemind en door jullie is bemind.

Ze draaide zich naar Jakob en zoende in hem ook Paul die in Wissant was en Frans die ze niet meer zag en Raf op wie ze jaren geleden gek was geweest. Of ben je bang, papa, dat ik eenzaam en verbitterd zal eindigen? Maar jij hebt nu toch ook alleen maar herinneringen, of zelfs niet. Ik zal tenminste massa's herinneringen hebben. Zie haar lopen, de vrouw met het verleden. Verlept. Afgelikt. Afgeleefd. Lieve papa, als het moet leef ik als een non op water en brood. Ik kan wachten, roerloos als een flamingo, hoofd weggeborgen tussen mijn veren, op een stelt van een been, tot ik plotseling weer verrukt word.

Sliep hij? Ze wilde haar gezicht over het zijne laten rollen, haar neus in zijn wang drukken. Hou van me. Hou mateloos van me. Druk je lippen op de mijne, duw je tong bij me naar binnen, maak me geil. Zeg dat ik mooi ben opdat ik mooi word. Wees ongenaakbaar opdat ik me uitsloof, me draai en keer, en mijn ogen laat zeggen: Zie je niet hoe mooi ik ben, en ook mijn heupen en borsten zeggen het: Raak me aan, wees roekeloos, weersta me niet.

Hij opende zijn ogen, glimlachte, sloot ze. Nee, ze zou hem niets zeggen. Morgen zou ze hem alles over Marius vertellen, maar ze had het veilige gevoel dat hij ook zonder woorden precies begreep wat er in haar omging. Misschien zou hij zelf voorstellen om samen naar het ziekenhuis te gaan. Een gesprek van man tot man zou Marius deugd doen. Hij was te veel door vrouwen opgevoed.

7

'Oogjes moeten dicht, mogen niets zien. Gaan ze toch open, moeten ze naar binnen kijken. Mond moet leeg. Mag niet vol. Moet ook dicht.'

Pipo streek met de ring die hij in het gouden pakje had gevonden over de ogen en de mond van de kater die nu al twee dagen op de betonnen vloer van de kelder lag. Daarna streek hij met de ring over zijn eigen oogleden en lippen. Hij nam de sleutel van de metalen deur, opende hem en ging zitten in zijn beste tuinstoel. Hij gooide een sigaret op het kapok van de versleten tuinstoel en stak er zelf eentje op. Langzaam viel de zware deur in het slot. Gisternacht had hij van de druppende kraan in kamer veertien gedroomd, maar hij was niet nat wakker geworden. Hij hield de ring voor zijn mond en blies er rook door uit. 'Jij brengt me geluk,' zei hij en borg hem weg in het buideltje onder zijn trui.

Pierre zette zijn bril op en zag Louise in een nieuwe jas binnenkomen, maar toen hij haar wilde groeten reageerde ze niet. Het was ook Louise niet. Altijd als hij zijn bril opzette, meende hij allerlei mensen te herkennen die het dan niet bleken te zijn. Dat kwam, zei de oogarts, omdat hij zijn bril zo weinig droeg en zich jaren had geoefend om mensen te herkennen aan de hand van een beperkt aantal trekken. Het plotselinge grote aanbod verwarde hem.

De vrouw die hij even voor Louise had gehouden, wilde weten of het restaurant ook maaltijden serveerde voor mensen die niet in het hotel logeerden. En moest ze dan reserveren? Ze sprak met het rustige vertrouwen van iemand die gewend was dat naar haar werd geluisterd. Als Louise iemands aandacht wilde, moest ze gillen of staan briesen als een stier.

'Nee, reserveren hoeft niet. Vanaf halfeen kunt u hier terecht voor de lunch.'

Louise zou wel terugkeren. 'Ik wil een oplossing vinden waarmee we allebei vrede kunnen hebben.' Louise toch. Jacques had staan schuimbekken als een dolle hond. 'Hoe ben je aan de sleutel gekomen? En waar is hij nu?' Domme Louise. Had ze verwacht dat Jacques zou zeggen: Natuurlijk, Louise, we verkopen al haar spullen, of we delen ze uit aan de behoeftigen van Wissant, en dan mogen jij en Pierre strootje trekken om haar kamer. Maar de zaak was aan het rollen gebracht. Jacques kon tekeergaan zoveel hij wilde, iedereen wist nu dat er boven een kamer vrij was. Hoe zou hij het hebben aangepakt? Jacques, jongen, je kent vrouwen, de ene loopt van je weg, de andere schopt je eruit. Wij mannen moeten elkaar steunen. Jacques beschouwde Louise niet als een vrouw, maar als een monster. Subtiel als een olifant. 'Het hele hotel ruikt naar zijn pis!' Jacques had zijn trillende handen tot vlak bij haar hals gebracht. 'Jij Louise, kunt beter je mond houden. Wat zaten jij en mijn vrouw boven altijd te konkelfoezen? Jij was jaloers en hebt haar opgestookt!' Hij had zijn handen tot vuisten gebald en was bij Fernand binnengestormd. Hij had een kreeft uit de bak genomen en tegen de stenen vloer gekeild. In de gang was Louise begonnen te roepen dat ze geen seconde langer bleef. 'Jaloers, ik! Op wat? Op dit gekkenhuis? Op die idioten van kinderen van je? Op je bunker? Ze komt niet terug, ze komt nooit terug, en als ik met jou was getrouwd dan zou ik ook niet terugkomen. Ik zou naar de verste uithoek op aarde vluchten!' Ze had haar schort losgeknoopt en voor de voeten van de onthutste hotelgasten gegooid. Toen had de telefoon gerinkeld. De politiecommissaris. Of Jacques Perrin aanwezig was. In de keuken had Pierre tot zijn verbazing een bijna uitgelaten Jacques aangetroffen. 'Is dat serpent werkelijk weg?'

Hij was aan de telefoon gekomen, had vriendelijk met de commissaris afgesproken, en enkele seconden later was hij fluitend met zijn jeep naar het politiekantoor vertrokken. Hij miste Louise ook niet. Dat vette lijf en die afzichtelijke spataders bezorgden hem al jaren kippevel. Nu was het zijn beurt. Hij zou zijn intrek nemen in de kamer en Jacques voor een voldongen feit plaatsen. Als Jacques zo verder ging, zou hij op een dag doodvallen van woede. Wie kreeg dan het hotel? Selma en Pipo. Pipo was achterlijk, dus bleef alleen Selma over. Hij hield niet van zwartjes maar voor Selma wilde hij een uitzondering maken. Binnenkort was hij weer een vrij man.

Paul stapte hijgend van zijn fiets. Hij had het gevoel dat zijn longen uit zijn borstkas zouden barsten. Gisternacht had Selma hem voor zijn uitstap naar Tardinghen de fiets van Fernand aangeboden, die toch maar in de garage stond te roesten. Fernand had een te dik buikje om te fietsen, zei ze, maar Paul leek haar gespierd genoeg om tegen de wind op te tornen. Kleine flirt! Ze had het zo jammer gevonden dat ze niet mee kon. Stel je voor dat ze achterop was gesprongen! Langs zijn neus weg had hij gevraagd of ze een zekere Isabelle Mauroy kende. Ze kende een Jean-Luc Mauroy. Hij was het hoofd van Pipo's schooltje. Misschien was het een zus? Hoe kende hij haar?

'Ze logeerde in hetzelfde hotel als ik.'

'Is ze mooi?'

'Intrigerend.'

'Hij ook.' Ze zuchtte. 'Neem me mee naar de zus, dan kan ik de broer leren kennen.'

'Als het de broer is.'

'Welke kleur heeft haar haar?'

'Donkerbruin.'

'Dat van hem ook.'

'Selma, de meeste mensen hebben donkerbruin haar. Wat ben je van plan?'

Ze lachte.

'Ik ga slapen. Tot morgen.'

'Waarom zwerf jij altijd 's nachts buiten rond? Kom je nu van het spookhotel?'

'Wil je dat weten?'

'Ja.'

'Dat dacht ik al.'

Lachend was ze de keuken uit gelopen. Selma. Het ene moment droeg ze een star masker, het andere was ze zo uitgelaten als een veulen. Hij wilde het huisje in La Châtelet nog eens zien, en daarna wilde hij langs Isabelles huis fietsen, maar in welke zin dat zijn beslissing zou beïnvloeden, wist hij niet. Eigenlijk zou hij het liefst in het hotel blijven. Hij hield van zijn nachtelijke schranspartijtjes met Selma. De pijn in zijn longen trok weg. Vreemd dat iemand die nauwelijks rookte, er zo'n last van kon hebben. Hij haalde diep adem en stapte opnieuw op zijn fiets. Tardinghen was verlaten. Hij sloeg op goed geluk een zijstraat in en het was meteen prijs. Rue de la Paix. Nummer negentien was een huis in de rij met een grijze cementen gevel zoals je er hier veel zag. De ramen waren lichtblauw geschilderd en er stonden bakken met geraniums op de vensterbanken. Hij wilde eerst op adem komen, hij zweette als een paard. Hij stalde zijn fiets bij het café tegenover de kerk, duwde de deur open en zag tot zijn stomme verbazing zijn appelmeisje met een baby op haar arm. 'Ik kom zo,' riep ze. Ze stond met haar rug naar hem gekeerd en keek vluchtig over haar schouder, te vluchtig om hem te herkennen. Vanaf zijn plaats kon hij haar rustig observeren in de spiegel die aan de muur achter de toog hing. Ze zag er jonger uit, vond hij, misschien omdat ze zich niet had opgemaakt. Met de baby op haar arm probeerde ze een fles van een schap te nemen. Het lukte niet. Ze bukte zich en trok een bankje naar zich toe. Ze nam de fles, schroefde de dop eraf en vulde een glas, dat ze in één teug leegdronk en meteen opnieuw vulde. Ze doopte haar pink in de port – of was het rode vermouth – en liet de baby erop zuigen. Toen zag ze hem in de spiegel. Haar mond viel open. Haar appeltjes van wangen kleurden donker. Het was haar baby.

'Ik kwam je zeggen dat ik Paul Jordens heet,' zei hij. Hij boog voorover om haar tijd te geven van de schrik te bekomen en maakte zijn fietsspelden los. 'Heb je soep voor me?'

'Normaal zorgt mijn moeder voor hem, maar ze is naar de kapper.'

Ze keek of ze het liefst de baby onder de toog had weggemoffeld.

'Heb je soep?'

Hij stak zijn armen uit en liep naar haar toe.

'Het maakt niet uit welke soep. Kervelsoep, tomatensoep, groentesoep...'

'Ik ga iemand halen,' zei ze. Ze legde het kind in zijn armen, sloeg een jas over haar schouders en holde naar buiten. Paul Jordens! Je gaat naar bed met een vrouw die hooguit zes maanden geleden een kind heeft gebaard en je merkt het niet! Dag, baby van Isabelle. Ben jij zo braaf omdat je vol wijn zit?

Isabelle kwam terug met een plomp meisje dat haar ogen neersloeg zodra ze hem zag. Ze had sproeten en droeg haar haar in twee lange vlechten.

'Kom,' zei Isabelle.

'En de baby?'

'Daar zorgt zij wel voor.'

Ze gaf hem een arm en trok hem met zich mee.

'Mijn fiets.'

'Die staat hier toch goed.'

'Hij is niet op slot.'

'Hier worden geen fietsen gestolen.'

'Hij is niet van mij, hij is van iemand die denkt dat ze jouw broer kent. Een zwart meisje, Selma, ze woont en werkt in een hotel in Wissant. Ken je haar?'

'En zij kent mijn broer?'

'Heet hij Jean-Luc?'

'Wat heeft onze Jean-Luc met haar te maken?'

'Niets. Ze kent hem. Hij is het hoofd van de school hier, zei ze. Het is niet zo ongewoon dat iemand het schoolhoofd kent.'

Ze bleef staan en keek hem bijna boos aan. Hij was plotseling bang dat ze erg dom was. Ze was natuurlijk nauwelijks naar school geweest, had zich zodra ze kon een kind laten maken.

'Heb je het ook met haar gedaan?'

'Nee, nee.'

Hij wilde haar zeggen dat zij de derde vrouw was met wie hij ooit naar bed was geweest, maar bedacht zich. Waarom wilde hij altijd braaf Paultje zijn? Ze stak haar arm opnieuw door de zijne en stapte resoluut op haar huis af. Wat verwachtte ze van hem? Dat hij gauw op haar kroop terwijl haar baby enkele huizen verder was overgelaten aan het stuurse plompe meisje?

'Isabelle, ik heb echt trek in soep. Kunnen we niet gezellig in het café praten?'

'Het is vanwege de baby! Mannen willen me nooit meer zodra ze hem zien. Ik had hem moeten laten weghalen, maar mijn ouders zeiden dat dat nog een veel grotere zonde zou zijn...'

'Hou oud ben je?'

'Tweeëntwintig.'

Hoe kon hij haar zeggen: Lieve Isabelle, gedraag je niet als een hoer.

'Kom,' zei hij. Ze liepen naar het café terug. 'Ik kan geen vader voor je kind zijn, maar misschien wel een grootvader.'

'Hij heeft een grootvader.'

'Mensen hebben meestal twee grootvaders.'

'Ik heb alleen maar vissoep.'

'Ik ben dol op vissoep.'

Terwijl Isabelle de soep opwarmde, gaf hij de baby zijn flesje. Eigenlijk ben ik nog altijd mama's brave jongen, dacht hij. Een jonge vrouw biedt zich aan en ik kan niets anders bedenken dan voor haar kind te gaan zorgen. Twee wielertoeristen kwamen binnen en bestelden een omelet. Hij gluurde naar haar terwijl ze bezig was. Als ze op een nacht opnieuw zijn kamer zou binnensluipen, zou hij even dol op haar zijn. Ze keek op. Hij glimlachte.

'Waar kan ik de baby een schone luier aandoen?'

'Hier.'

Ze wees hem een kamertje achter het café. Af en toe stak ze haar hoofd om de deur en lachte om zijn geknoei, maar hij wilde niet dat ze hielp.

'Beken dat je dit nooit eerder hebt gedaan.'

'Ik beken.'

Hij wikkelde een dekentje om de baby en hield hem dicht tegen zich aan. In de hoek van de kamer zag hij een bedje en legde hem erin. De lakentjes waren groezelig, maar Isabelle zei dat ze geen schoon stel had. Ze praatten een beetje over de baby, en omdat ze verder weinig gemeenschappelijke onderwerpen hadden, vertelde hij over het hotel en zijn uitstapje met Jacques naar de bunker. Toen hij Selma's naam liet vallen, vroeg ze geïrriteerd wat hij met haar had. 'Ik weet wel wat het is,' zei ze. 'Jullie mannen zijn gefascineerd door zwartjes, maar rond hun dertigste zijn ze versleten.' Ze stond op en begon driftig glazen af te wassen. Ze moest echt boos zijn want ze reageerde op niets meer wat hij zei, en toen hij voor de vorm vroeg hoeveel hij haar verschuldigd was voor de vissoep, liet ze hem betalen ook.

'Tot nog eens,' zei hij aarzelend.

'Tot nog eens.'

Toen hij haar een kus wilde geven, bood ze hem haar wang aan. Zijn moeder had misschien gelijk gehad toen ze hem leerde dat je de liefde alleen mocht bedrijven met iemand die je erg lang kende en van wie je erg veel hield. Had hij zich dan ingebeeld dat het zo goed was geweest?

Hij had de wind in de rug en was in nog niet de helft van de tijd terug in Wissant. Op het dorpsplein aarzelde hij. Rechts lag de zee, stilte en mijmeren, links het hotel met zijn vreemde bewoners. Het was zijn leven lang zo stil geweest. Hij sloeg linksaf.

Hij had dus een dievegge grootgebracht. Selma. Hij kon het niet geloven. De politiecommissaris had langdurig zijn keel geschraapt. Jacques had zich nog altijd vrolijk gevoeld. Hij moest de aandrang onderdrukken om de man te zeggen dat Louise was opgestapt. Hij besefte dat zijn handen naar vis roken en had daar iets over willen zeggen toen de commissaris hem om een vuurtje vroeg. De twee mannen hadden aan hun sigaret staan trekken, de grote ronde klok tikte aan de muur boven de dossierkasten. Wist Jacques dat Selma sinds vorige zomer haar eigen bankrekening had in Calais? Donderdag, op de dag van de diefstal, had ze driehonderd frank overgemaakt. Het zag er dus naar uit dat ze 's morgens bij het schoonmaken het geld had weggenomen omdat ze wist dat ze het die middag naar Calais kon brengen. Jacques ging zitten, doofde zijn sigaret en stak een nieuwe op. Bedoelde hij dat dat wijf met haar pruiken gelijk had? De commissaris zei niets maar keek Jacques zorgelijk aan. Hij had destijds Jacques geholpen bij zijn zoektocht naar zijn vrouw. Hij was ook de enige in Wissant geweest die een vinger had uitgestoken om hem een vergunning te bezorgen voor zijn museum. Jacques wist dat hij niet loog.

'Ik zal voor haar doen wat ik kan,' zei de commissaris. 'Sommige van mijn mannen staan te popelen om haar te arresteren en haar te laten opdraaien voor elke kruimeldiefstal die de afgelopen maanden in deze streek is gepleegd. Misschien is het voor jou en het hotel het beste als jij het met haar afhandelt. Betaal die vrouw haar vijfhonderd frank, zeg dat een van de gasten het geld ergens heeft gevonden, dat het uit haar tas moet zijn gevallen, en zand erover. Als ze haar klacht intrekt, gaat Selma vrijuit.'

De commissaris legde zijn hand op Jacques' schouder. Versuft bleef hij zitten. Toen schudde hij de hand van zich af en ging bijna in het gelid staan.

'Als Selma een dievegge is, dan eis ik dat ze als een dievegge wordt behandeld. De gevangenis is haar plaats.'

Vorige zomer was het dus begonnen. Ze was van school afgekomen, voor hem gaan werken en naar Calais gehold met alles wat ze kon weggraaien. Van wie hadden ze het geleerd? Hij viel liever dood dan iets weg te nemen dat hem niet toekwam. Als hij vroeger op straat tien frank vond, dan bracht hij ze mee naar huis voor zijn moeder. Ze hadden geen besef van goed en kwaad. Als ze iets wilden, namen ze het gewoon. Wat zou ze met de overige tweehonderd frank hebben gedaan? Natuurlijk was ze zonder gordijnstof thuisgekomen. Ze had geen tijd gehad om een stap in die winkel te zetten. Rot tot op het bot. Liegen en bedriegen. Zijn moeder had geluk met hem gehad. Als de andere kinderen tochten gingen maken, bleef hij thuis om haar te helpen. Van zijn vijftiende hield hij de boekhouding bij. Hoeveel had ze op die rekening staan? Hij zou haar op water en brood zetten tot ze bekende. Ze kreeg van hem vijftig frank zakgeld per week, dat betekende tien weken zonder zakgeld. Zo eenvoudig was dat. En voor elke dag dat ze weigerde een verklaring te geven voor de rest van het geld op haar rekening, kwam daar een week bij. En geen uitstapjes meer naar Calais. Wie zich gedroeg als een dief, werd behandeld als een dief. Van dat kind kon je nooit iets te weten komen. Dat bleef vreemd al had je het grootgebracht als je eigen dochter. Aan Pipo's moeder zei ze vroeger weleens iets, maar dat waren dan hun geheimpjes. Als hij binnen gehoorsafstand kwam, zwegen ze plotseling of proestten ze het uit, zodat hij zeker wist dat ze het over hem hadden, maar dat werd in alle toonaarden ontkend. Yvette. Ze was voor hem gevallen omdat hij Selma had geadopteerd. Een man alleen met zo'n schattig krullebolletje! In die norse man moest een hart van goud kloppen. Misschien had ze gelijk. Hij zou geen twee kinderen in de steek hebben gelaten zoals zij. Waarom had hij destijds Selma geadopteerd? Omdat niemand haar wilde zoals niemand hem wilde. Het was gezelschap. Toen hij de leeftijd had om verkering te hebben, stierf zijn moeder en moest hij het hotel van haar overnemen. Er was geen tijd geweest tot Yvette op een dag voor hem stond en besloot dat Le Bateau haar thuis was en hij haar stuurman. Zo zei ze dat. Wat had ze verwacht? Dat Le Bateau werkelijk het zeegat zou kiezen en ze op een zonovergoten morgen zouden aanleggen op een ver wit strand?

Hij parkeerde de jeep en liep Cap Blanc-Nez af naar het kiezelstrand. Het was vloed en alleen een betonnen platform stak boven het water uit. Als kind had hij altijd naar de overkant willen zwemmen. Een jongen van zijn klas trainde iedere dag maar hij moest natuurlijk zijn moeder helpen, die er alleen voor stond omdat collaborateurs zijn vader hadden vermoord. De golven sloegen over het platform. Zolang hij zich kon herinneren had hij rondgelopen met schoenen waarin zout water witte kringen had getrokken. De commissaris had gezegd: Er zijn hier mannen die haar graag zouden inrekenen. Ik heb alle moeite van de wereld om hen werk te laten maken van die zaak met het aangespoelde meisje. Pipo's moeder was vooral onder de indruk geweest omdat het een zwart meisje was dat hij had geadopteerd. Alsof dat iets uitmaakte. Bij de bevrijding waren er toch ook zwarte jongens geweest! De mensen die haar hadden geadopteerd, wilden haar plotseling niet meer. Ze moest naar een weeshuis, dus had hij haar genomen. Zijn moeder zou precies hetzelfde hebben gedaan. Het water was ijskoud. Zijn natte broekspijpen plakten tegen zijn benen. Als je het Kanaal wilde overzwemmen, moest je je van onder tot boven insmeren met vet. Je moest er jong en sterk voor zijn of je hart begaf het. Als hij zijn kleren keurig gevouwen op het betonnen platform achterliet, zou iedereen denken dat hij zelfmoord had gepleegd. Iemand zou misschien zeggen: Hij is naar Engeland gezwommen, naar het land van zijn vader. Vaarwel hotel! Selma had tenminste nooit iets van hem gestolen. Ze wist dat hij het meteen zou merken. Hoe dikwijls had ze hem niet alles zorgvuldig zien natellen? Elke centiem die het hotel inkwam of uitging was door zijn handen gegaan. Pipo deugde niet, dat wist hij, maar aan Selma had hij nooit getwijfeld. Had hij zich zo vergist? Hij liep naar de top van de Cap. Hij rilde. Je hoefde je zelfs niet in zee te storten. Bij stormweer waaide je er gewoon af. Wie zou er treuren om hem? Maar hij wilde niet dood. Hij wilde alleen van het hotel af. Een belofte kon je niet je leven lang binden. Als zijn moeder nog leefde, zou ze inzien dat een verkoop de beste oplossing was. Hij had het geld niet om het hotel te onderhouden. De mensen wensten meer en meer comfort, de brandweer bestookte hem met onredelijke eisen, het personeel zette iedere dag een brutalere bek op. Wie zou Louise vervangen? En kon hij een dievegge als Selma nog op de kamers afsturen? De bunker zette een flinke hap in zijn spaarcenten, maar als hij eenmaal als museum was ingericht, zou hij geld in het laatje brengen. Hoeveel entree zou hij kunnen vragen? Twintig? Dertig? Hij was van plan geweest Selma aan de kassa te zetten, maar nu was dat dus uitgesloten. Wie dan wel? Pierre? Of hijzelf? Kwart over elf. Hij had Pierre gezegd dat hij maar even weg zou zijn. Eigenlijk was Pierre de enige die hij kon vertrouwen. Hij liet het hotel rechts liggen en reed verder in de richting van Boulogne.

De weg klom en liep hoog op het plateau dat door de Cap werd gevormd, van de zee weg. Hij zou in de woestijn moeten wonen, dacht Jacques, om kilometers te kunnen rijden zonder ander verkeer te kruisen. Vlak voor de afdaling naar Audresselles parkeerde hij de jeep en stapte uit. Hier kon je alles zien: de zee, Wissant, de schoorsteen van *Le Bateau*, Blanc-Nez, Gris-Nez en op heldere dagen ook nog de krijtrotsen van Dover. Hij haalde diep adem en keek in de richting van de bunker. In vogelvlucht lag hij nog geen kilometer verderop, maar de weg maakte een lange bocht landinwaarts alvorens er recht opaf te stevenen. Als de prijsopgave voor een nieuwe pomp meeviel, zou hij dringend moeten gaan denken aan de beste manier om al het materiaal tentoon te stellen. Steel maar, Selma, kruip maar in je kelder, Pipo, roep zoveel je wilt, Louise, dit nemen jullie me niet af. En Yvette, die nam het hem ook niet af. Maar Yvette zou hem hebben gesteund. Als zij er nog was geweest, zou het probleem van het water in de kelder al lang zijn opgelost. Yvette hoefde maar een beetje te staan kirren tegen werkvolk en ze sloofden zich voor haar uit. Hij floot zachtjes tussen zijn tanden en stapte opnieuw in de jeep.

Hij zag de rode vlek al van ver, maar werd er niet door gealarmeerd. Hij dacht hooguit: Wat gek, mijn bunker is toch niet rood. Maar toen zag hij in het hart van het rood ook wit en

zwart, en herkende het. De klootzakken! Ze hadden een nazi-
vlag voor zijn bunker gehesen. Hij sprong uit de jeep, liep over
de planken en wilde het verfoeilijke ding wegrukken, maar ze
hadden het tussen twee vlaggemasten gespannen die in een betonnen voet waren geplant. Altijd was hij bang geweest dat dit
zou gebeuren. Tevergeefs rukte hij aan de nylon stof en dra-
den. Hij bukte zich en liep onder de vlag de bunker in. Hij
trapte in iets zachts en rook meteen dat het geen modder was.
Hij sloeg zijn hand voor zijn neus en knipte zijn zaklantaarn
aan. De oude flessen waren stukgeslagen. De scherven lagen
tussen lege whiskyflessen. Ze hadden zich moed ingedronken,
maar nog hadden ze van schrik gekakt. Met hun uitwerpselen
hadden ze zijn bunker onteerd. Was het niet genoeg dat ze zijn
vader hadden vermoord? De lichtstraal viel op een pot verf
waar het zwart bekladde handvat van een verfkwast uitstak.
Waar hadden ze die voor gebruikt? Met grote passen ging hij
naar buiten, zag in het daglicht hoe smerig zijn schoenen waren, sprong van de loopplanken in een plas en liep toen om de
bunker heen. Handen thuis, Engelse rat! Yankee go home!
Hitler leeft! De imbecielen. Alsof de Duitsers iets met hen te
maken hadden willen hebben. Ze zouden op hen hebben ge-
spuwd. Nee, de Duitsers spuwden, pisten of kakten niet op
andermans goed. Als dit gebroed maar een tiende van hun
discipline had! Hij kon naar vingerafdrukken laten zoeken van
de flessen en de verfkwast. En dan? Als de politie voor een
vermoord zwart meisje geen moeite wilde doen, hoe kon je
dan hopen dat ze voor een besmeurde bunker in actie zouden
komen? Hij veegde zijn schoenen schoon in het zand, haalde
zijn zakmes uit de jeep en plantte het in het hart van het haken-
kruis. Met wilde halen sneed hij de vlag aan flarden. Iemand
moest hun hebben verteld dat hij van plan was om de bunker
als museum in te richten. De politie zelf? Zij hadden stempels
moeten zetten op zijn aanvraag voor een vergunning. Hadden
ze de vandalen getipt? Hij propte de stukgereten vlag in zijn
zak. Zijn mond schoot vol en hij kon niet anders dan zich voor-
overbuigen en de inhoud van zijn maag op de grond laten kla-

teren en op zijn schoenen laten spatten. Het hield nooit op. Misschien had hij Selma geadopteerd om hen te treiteren. Uit te dagen. Zoveel misdaden in de streek bleven onopgelost, maar voor die onnozele vijfhonderd frank hadden ze binnen het etmaal Selma's bankrekening opgespoord. Hij spuwde zijn mond leeg, schopte opnieuw in een plas, stak een sigaret op, inhaleerde diep. Wat als hij de bunker zo liet als schandvlek voor de streek? Wie zei dat ze niet opnieuw zouden beginnen de dag nadat hij de bunker had laten schoonmaken? De politie zou hen geen strobreed in de weg leggen. Hij startte de jeep en reed zonder om te kijken naar Wissant terug. Hoeveel zou het hem kosten? Duizend? Tweeduizend? En daarna? Nacht na nacht op de loer liggen tot ze opnieuw toesloegen? Hij zou zich moeten wapenen. Met een geweer hen op afstand houden. De politiecommissaris zou hem helpen, tenzij die de hele tijd tegen hem had staan huichelen.

Hij parkeerde de jeep bij het politiebureau op precies dezelfde plek als daarnet. Een piepjonge agent zat met merkbaar genot een appeltje te eten. Er groeide nauwelijks baard op zijn blozende kaken. Nee, de commissaris was er niet. Natuurlijk kon hij een verklaring noteren, maar voor het eigenlijke proces-verbaal moest Jacques tot maandag wachten. Hij zou meteen de nodige formulieren halen. Hij keek aarzelend naar zijn appel, nam een hap, en legde hem boven op een stapel dossiers. Jacques zag hoe de appel een vochtige kring trok in het mapje dat rond het dossier zat. Moeizaam, met het puntje van zijn tong uit zijn mond, tikte de agent met twee vingers Jacques' verklaring. Telkens als hij hem vroeg om iets te herhalen, moest Jacques de aandrang onderdrukken om de jongen van voor de schrijfmachine weg te sleuren en zelf de formulieren in te vullen, maar dan tikte de jongen weer een woord of twee, en bedacht Jacques dat de commissaris misschien zijn best zou doen om de daders op te sporen. De agent leek onschuldig. Misschien was hij de klos en werd hij week na week met de weekenddienst opgezadeld. Jacques kreeg de doorslag van zijn verklaring mee naar huis. Maandag zou iemand met hem naar de bunker gaan kijken. Hij was te uitgeput om de jongen erop te wijzen dat de vandalen dan nog twee dagen hadden om hun sporen uit te wissen of, wie weet, om nog lelijker huis te houden.

Met wat zijn laatste krachten leken duwde hij de glazen deur naar de gelagkamer open. Hij bleef staan. Zat de stank van de bunker nog in zijn neus of waren ze ook in zijn hotel komen kakken? Hij liep terug naar de achterdeur, maar rook alleen dat Fernand blijkbaar van zijn afwezigheid had geprofiteerd om hoofdzakelijk uiensoep te koken.

'Pipo?'

Hij opende de kelderdeur, haalde diep adem en rook een weeë geur die niets met de stank in de bunker te maken had. Waar was zijn zaklantaarn? Hij liep naar zijn kantoor, zag in een flits dat Selma met een van de gasten stond te kletsen in plaats van op te dienen, bedacht toen dat de lamp nog in zijn jeep lag. Was dat die Paul Jordens bij Selma? Met de zaklantaarn in zijn ene hand en met een zakdoek voor zijn neus ging hij de keldertrap af. Wat bezielde die jongen toch? Waarom had hij geen zoon die voetbalde of ravotte? Hij liet de lichtstraal over de muren en het gewelf glijden.

'Pipo?'

Selma's stem. De kelderdeur sloeg dicht. Hoe was het mogelijk dat zij niets rook? Hij nam de zakdoek weg en schrok van de geur. Toen stapte hij van de laatste trede en trapte in iets zachts. Hij richtte de lichtstraal naar beneden. Een kater. Een dode kater. Door zijn gewicht was de darminhoud uit zijn aars gespoten en op zijn schoenen en broekspijpen gespat. Waar was die jongen zijn verstand? Stel dat volksgezondheid kwam inspecteren en ze vonden een dode kater pal onder de keuken! Of dat de brandweer, die hier om de haverklap stond, het rook. Hij kokhalsde, maar zijn maag was leeg. Hij schopte zijn schoenen uit en strompelde de trap op.

'Pierre!'

'Wat is er?'

'Kom hier als ik je roep.'

Pierre duwde de kurk in de fles waaruit hij voor Paul een glas had geschonken, en slofte naar zijn baas.

'Haal een schop en een oude krant uit de garage. Er ligt een dode kater in de kelder die daar meteen weg moet.'

'Meteen?'

'Ja, En de schoenen die er liggen ook.'

'Schoenen?'

Jacques balde zijn vuisten. Alle bloed trok weg uit zijn knokkels. Hij ontblootte zijn tanden en grolde.

'Wanneer zullen jullie eens leren gewoon te doen wat ik zeg?'

'Sorry, baas. Befehl ist Befehl.'

Paul keek over de rand van zijn glas naar Jacques' vieze broek en vroeg zich af of iemand het zou wagen hem op de spatten attent te maken. Hij leunde tegen de toog, nipte van zijn wijn en keek naar Selma die bestellingen was begonnen op te nemen. Iemand stootte hem aan. Hij draaide zich om. Een vrouw vroeg hem of hij wist waar de barman bleef.

'Ik ben de barman,' zei hij. 'Wat had u gewild?'

Hij schonk voor de vrouw een glaasje witte wijn in, maar toen hij Jacques wilde vragen hoeveel dat kostte, zag hij met een oogopslag dat hij beter uit zijn buurt kon blijven. 'U kunt later betalen,' zei hij. Jacques stak met bevende handen zijn zoveelste sigaret op, liep op zijn sokken naar de bar en vroeg Paul nors een whisky alsof het de normaalste zaak van de wereld was dat een van zijn gasten voor hem werkte. Hij draaide zijn gezicht naar de gelagkamer en riep Selma, die rustig verder bestellingen noteerde.

'Selma!'

'Ik kom.'

'En,' snauwde hij.

'En wat?'

'De politie heeft bewijzen.'

'Bewijzen waarvoor?'

'Dat jij die vijfhonderd frank hebt gestolen.'

'Hoe kunnen ze bewijzen wat ik niet heb gedaan? Of wat

waarschijnlijk zelfs niet is gebeurd? Waarom denk je dat dat wijf zich hierbeneden niet meer laat zien? Omdat ze het allemaal heeft verzonnen!'

'Selma, lieg niet tegen je vader. Jij hebt een bankrekening in Calais en daarop heb je donderdag driehonderd frank overgemaakt. Je mag werkelijk trots zijn op jezelf. Een oude weerloze vrouw bestelen!'

Pauls mond viel open. Was Selma Jacques' dochter?

'Die driehonderd frank heb ik gekregen!'

'Van wie?'

'Van hem.'

Ze wees naar Paul.

'En waarom zou hij jou geld hebben gegeven?'

'Omdat hij me mag. Waarom denk je dat zijn vrouw ervandoor is gegaan?'

Waren al die jonge vrouwen gek geworden? De ene wilde je als vader voor haar kind, de andere maakte van je een oude geile bok.

'En wat moet je in ruil voor die driehonderd frank doen?'

'Niets. Hij zei dat ik iets leuks moest kopen voor mezelf.'

'En wat heeft hij je verder nog beloofd?'

'Niets.'

'Selma, je weet dat ik niet wil dat je flikflooit met de gasten. Ik wist niet dat jullie elkaar kenden. Waarom geef jij mijn dochter geld? En wat sta je achter de bar te doen? Ben je van plan dit hotel over te nemen? Jij moet bij de politie een paar verklaringen gaan afleggen. Door jouw idiote gedrag denken ze dat mijn dochter een dievegge is. Wat wil je van haar?'

'Niets, papa. Hij vindt me gewoon aardig.'

Paul was met stomheid geslagen, maar had zelfs niet de gelegenheid om te reageren want een van de gasten bestelde drie verschillende drankjes. Jacques Selma's vader! En al die tijd had die kleine feeks dat verzwegen? Achter de rug van haar vader glimlachte ze lief naar hem. Nee, Selma, hier moet eerst worden gepraat voordat je van mij een glimlach krijgt. Jacques dronk zijn whisky in één teug leeg en zette het glas bruusk op de tapkast. Pierre kwam binnen, liep naar zijn baas en tikte hem op de schouder.

'En?' zei Jacques. 'Is het gebeurd?'

'Nee.'

'Wat nee?'

'De jongen wil het niet.'

'Welke jongen?'

'Pipo. Hij zit in de kelder achter een metalen deur. Toen ik de kater wilde weghalen, stond hij daar plotseling. Ik wist niet dat hij er was, ik schrok me een ongeluk. Hij zegt dat de kater van hem is.' Jacques duwde Pierre opzij, maar Pierre hield hem tegen. 'Wacht, Jacques. Baas. Laat Selma met hem praten. Jacques, ik heb hem gezegd dat hij een kamer voor zichzelf krijgt als hij me de kater laat weghalen. Het was de kamer van zijn moeder, Jacques. Baas. Louise had gelijk. Als hij zijn eigen kamer zou hebben, zou hij niet altijd in die kelder zitten. Hij zegt dat de kater voor hem zorgt. Het is erg vochtig en donker achter die metalen deur. Laat Selma gaan.' Jacques tikte tegen zijn glas, Paul vulde het bij. 'Ik heb hem ook gezegd dat je met hem wilt praten over de school. Over een kamer voor hem en over de school.'

'Ik wil niet met hem praten.'

'Dan moet je zelf de kater uit de kelder halen.'

Jacques schudde zijn hoofd.

'Jacques, hij zit daar in een donker, vochtig hol achter een zware metalen deur.'

'Dan doet hij alleen maar precies wat zijn overgrootvader tijdens de oorlog heeft gedaan. Duizenden mensen, waaronder mijn vader, zetten hun leven op het spel om de Duitsers te verdrijven, maar mijn grootvader liet een metalen deur plaatsen om zich achter te verschansen! Pipo zit daar in goed gezelschap!'

'Geef hem dan een kans om anders te zijn dan zijn overgrootvader! Zeg dat hij de kamer boven krijgt.'

'Doe wat je wilt. Zeg wat je wilt. Maar die kater moet uit de kelder weg. En die schoenen ook. Ik ga andere schoenen aantrekken. Als de kelners razend zijn omdat jij en Selma uitgerekend tijdens de lunch in de kelder onderduiken, dan stuur ik ze naar jou. Jij mag het uitleggen.'

En nu pas drong tot Paul door dat niet alleen Selma maar ook het iele jongetje een kind van Jacques was. Zou Pipo net als Selma geadopteerd zijn? Hij wilde Selma duizend vragen stellen maar ze knoopte haar schort los en ging samen met Pierre de gelagkamer uit. Hij schonk een groot glas whisky voor zich in en probeerde zelf de antwoorden op zijn vragen te formuleren. Pierre had het over de kamer van zijn moeder gehad. Pierre wilde dat de jongen de kamer van zijn moeder kreeg. Pipo's moeder, Jacques' vrouw? 'En waar is uw echte vrouw? Weggelopen?' 'Hebt u kinderen? Geluksvogel, kinderen eten zoveel.' Dat hij zo doof en blind had kunnen zijn. De kamer boven. De kamer van zijn moeder. Kamer eenendertig? Had Pierre aan hem, Paul, de sleutel gegeven om de zaak te forceren? Zelfs honden lopen van Pipo weg, had Selma gezegd. Nee, zij was ook niet lief voor hem. Hoe ze hem haar broertje als een zak vuil goed op de brits had laten deponeren.

Pierre kwam met zo'n grimmig gezicht binnen dat Paul hem niets durfde te vragen. Hij nam een kartonnen doos waarin repen chocola hadden gezeten, en ging weer naar buiten. Kort daarna zag hij hen door het raam richting zee verdwijnen. Pipo liep tussen Pierre en Selma en droeg de doos. Paul zuchtte diep. Hij wilde Jacques gaan zoeken om hem te zeggen dat de kater uit de kelder was gehaald, maar een rijzige man kwam binnen en liep naar de toog.

'Mauroy,' zei hij. 'Jean-Luc Mauroy. Is Jacques Perrin thuis?'

'U bent het schoolhoofd?'

'Ja. Is de vader van Michel Perrin thuis?'

'Ik denk het wel, maar het is een beetje druk nu. Kunt u straks terugkomen? Of nee, daar zijn ze.'

Glimlachend kwam Selma binnen. Ze liep recht naar Jean-Luc Mauroy en schudde zijn hand, maar Pipo kroop weg onder de tafel met toeristische folders. Paul zag hoe het schoolhoofd met zijn ogen Pipo zocht, maar Selma eiste zijn aandacht op. Je kon zien dat hij een broer van Isabelle was, of misschien dacht hij dat maar omdat hij het wist. Pierre keek niet meer zo grimmig. Hij bedankte Paul zelfs.

'Veel winst gemaakt?'

'Geen frank. Ik heb aan iedereen gezegd dat ze straks moeten betalen.'

'Waar is Jacques?'

'Ik weet het niet. Is Pipo zijn zoon?'

Pierre knikte en zuchtte. Paul overwoog om bij Selma en het schoolhoofd te gaan staan, maar hurkte toen bij de jongen onder de tafel.

'Heb je hem begraven?' fluisterde hij.

De jongen knikte.

'Waar?'

De jongen haalde zijn schouders op. Hij rook niet lekker.

Later zou Paul altijd het gevoel hebben dat hij Pipo de dood in had gejaagd. Ze zaten gehurkt onder de tafel, er was lawaai van bestek, stemmen en stappen, en in een plotselinge opwelling had hij zijn hand naar het ventje uitgestoken en had gezegd: 'Kom. We gaan naar je nieuwe kamer kijken.' Hij had verwacht dat de jongen zou tegenstribbelen maar hij was gewillig met hem meegekomen. Befehl ist Befehl.

'Hou mijn hand goed vast.'

Samen waren ze naar boven gegaan, en later zouden enkele gasten ook getuigen dat ze rond tien over een het bleke ventje aan de hand van een grote man op de trap hadden gezien. Paul had hem alleen willen laten zien waar de kamer lag, maar de deur van eenendertig was open en Jacques stond bij het raam. Paul hijgde een beetje van de vele trappen.

'Kijk, dit bed wordt helemaal van jou. Wat een prachtige sprei met rozen en lelies. En in deze kast komen je spulletjes. Je papa vindt vast wel een andere plaats voor wat er nu ligt.' Jacques had van de man naar het kind gekeken maar had niets gezegd. 'En hier kun je je wassen,' had Paul gezegd, 'een douche en een wastafel helemaal alleen voor jou. Wil je eens proberen? Ik zal aan je zus vragen of ze schone kleren voor je heeft.'

De jongen stak zijn armen omhoog, Paul trok zijn trui uit, nam het buideltje van zijn hals, en trok toen ook zijn hemdje uit. Omdat hij geen aanstalte maakte om zelf zijn broek los te knopen, deed Paul het voor hem. Hij liet hem in zijn slipje staan, en draaide de kraan open. 'Je moet even wachten, dan wordt het warm.' Er zat een korst op Pipo's linkersleutelbeen. Eerst dacht Paul dat de jongen zich gekwetst had, toen zag hij dat het een laag vuil was. 'Geef je slipje ook maar.' Hij zou het weggooien, dacht hij, of verbranden. 'Als het water warm genoeg is, mag je eronder gaan staan. Ik haal zeep en een handdoek voor je.' Hij legde de kleren van de jongen op het bed en ging beneden de sleutel van zijn eigen kamer van het bord halen. Het schoolhoofd zat bij het raam met een kop koffie, Selma was een tafel aan het afruimen. Op zijn kamer nam hij een grote handdoek, shampoo en zeep. Hij zou de jongen wassen, in een handdoek wikkelen en dan op zoek gaan naar kleren voor hem. Desnoods moest hij nieuwe gaan kopen. Met twee treden tegelijk ging hij de smalle houten trap naar de derde verdieping op. Plotseling hoorde hij Jacques bulderen. De trap daverde. Hij werd opzij geduwd en zag hoe Jacques de naakte jongen bij zijn oor naar beneden sleurde. Paul volgde hen zo snel hij kon, maar kon hen niet tegenhouden. Een van de gasten sloeg verschrikt haar handen voor het gat van haar mond toen de vader en de zoon voorbijdenderden. Tot Pauls ontzetting trok Jacques de jongen naar de kelderdeur en duwde hem de donkere trap af. 'Daar, en daar alleen is jouw plaats!' Hij sloeg de kelderdeur dicht en keerde zich naar Paul. 'Die jongen is een dief. Een vulgaire dief. Tien jaar oud en volkomen bedorven. In dat buideltje dat jij van rond zijn hals hebt gehaald, zat de ring die donderdag uit de kamer van Nederlandse gasten is gestolen. Een zilveren ring met een zwarte steen. Ik kan het nog niet bewijzen maar ik ben bijna zeker dat hij ook het geld uit kamer zeventien heeft gestolen. Ik wil geen dieven in mijn huis. Zijn zus valselijk laten beschuldigen! Hij kan in de kelder wonen. Ik wil zijn moeder niet beledigen door zo'n nietsnut in haar kamer te laten slapen.' Hij keek door de glazen deur. 'En zeg aan die wijsneus van een schoolhoofd dat hij Pipo mag hebben. Als hij hem naar school kan doen gaan, des te beter. En als hij erin slaagt om hem het verschil tussen goed en kwaad bij te brengen, mag hij tot het einde van zijn dagen gratis in *Le Bateau* komen eten!'

Door de achterdeur liep hij het hotel uit. Paul hoorde de jeep starten. Met knikkende knieën stond hij in de gang met in zijn ene hand het stuk zeep, in de andere de fles shampoo, en de handdoek over zijn arm. Hij klopte op de glazen deur. Wenkte Selma.

'Heb jij kleren voor Pipo?'

'Nu?'

'Ja.'

'Wat is er, Paul?'

Tranen sprongen in zijn ogen. Zijn tanden klapperden. Hij was vreselijk bang. Wilde huilen. Hij greep Selma bij de arm.

'Wil je alsjeblieft samen met mij gaan kijken in de kelder? Jacques heeft Pipo zonder kleren in de kelder geduwd. Ik wilde hem een douche geven. Jacques zegt dat hij heeft gestolen...'

Selma haalde de zaklantaarn en liep naar de kelderdeur. Paul volgde haar met nog altijd de zeep en de shampoo en de handdoek in zijn handen.

'Een dokter,' riep ze. 'Paul, alsjeblieft, een dokter!'

8

Ergens in het grijze niemandsland tussen stad en platteland
werd Elizabeth Appelmans wakker in een slaapkamer waaraan
in een vorige eeuw een architect met liefde voor details een
houten balkonnetje had gebouwd dat ongetwijfeld ooit een
schitterend uitzicht bood op weilanden en bossen, maar waar
in jaren geen mens op had gestaan omdat het hout door regen
en verwaarlozing was aangetast en het uitzicht door gestage
verkaveling was vernield. De gordijnen die Jakob gisteren op
haar uitdrukkelijke verzoek had dichtgetrokken, werden opgetild in de wind en dan weer tegen het raam geplakt. Zou het
nog zo koud zijn? Het gestamp van een zware motor, dat haar
ongetwijfeld had gewekt, stierf weg. Kon het dat her en der
tussen de huizen een lap landbouwgrond was verborgen die op
zaterdagochtend in de gauwte werd bewerkt? Maar werd in
december het land niet met rust gelaten? Het gedaver zwol aan
en versterkte haar vermoeden dat een logge machine heen en
weer reed over de akker aan de overkant, en er diepe voren in
trok. Het zou kinderspel zijn om voor dit huis een koper te
vinden. Veel mensen hielden van de gedachte dat ze buiten
woonden, zelfs als dat niet meer inhield dan uitzicht op een
aardappelveld. Buiten was gezond voor de kinderen, en dit
axioma was zo onaantastbaar dat geen mens stilstond bij de
afwezigheid van efficiënt openbaar vervoer die binnen de
maand de aanschaf van een tweede gezinsauto noodzakelijk
zou maken. Maar Jakob had geen kinderen, anders zou hij om
tien uur 's morgens niet zo diep slapen. Kinderen waren wek-

kers. Had ze Stella en Marius buiten moeten opvoeden? Ze zouden meer hebben gefietst en vrijer hebben rondgezworven, maar zou Stella een ballerina zijn geworden? En wat deed je hier op zondag als het regende? Televisie kijken? Naar de videotheek gaan? Ze draaide zich op haar zij. Jakob sliep met zijn mond open. Hij had verrassend kleine neusgaten. Bij elke uitademing ontsnapte een zachte reutel aan zijn keel. Was hij verkouden aan het worden? Als ze een koper voor zijn huis had moeten zoeken, zou ze hem hebben gevraagd het meubilair zolang te laten staan. De meeste eigenaars moest je tactvol het tegenovergestelde aanpraten. Soms liet ze een huis van onder tot boven opnieuw behangen en zette er zelf wat leuke meubels neer alvorens het op de markt te brengen. Mensen letten meer op het behang dan op de staat van het dak. Vlak onder het raam van de slaapkamer, zo leek het, stampte de machine. Het bed trilde, Jakob sliep ongestoord. Wat zou er gebeuren als ze haar hand op zijn mond legde? Zou hij door die kleine neusgaatjes voldoende zuurstof naar binnen krijgen? Misschien zou ze dit huis zelf hebben gekocht om Marius eindelijk het grote huis te geven waar hij van droomde, maar Marius ging over enkele jaren de deur uit en Stella zou hem gauw volgen. Eenmaal alleen wilde ze liever naar een appartement in het centrum van de stad. Zou ze ooit worden zoals die vrouw die haar huis had verkocht met de volledige inboedel erbij? Het was ijskoud in dat huis en de vrouw holde met wapperende armen van kamer naar kamer. Ze wilde van geen wijken weten. Alles moest worden verkocht, van de prenten aan de muur tot de kammen in de badkamer. Ze deed niet haar huis maar haar leven van de hand. Zeven december. Als haar moeder nog had geleefd zou ze jarig zijn vandaag. Tweeënzeventig. Altijd en eeuwig een vol jaar ouder dan haar man. Ze werd daar niet graag aan herinnerd. Het huis trilde op zijn vesten. Ze kon geen seconde langer in bed blijven liggen. Door de spleet tussen de gordijnen zag ze het gele gevaarte, maar met landbouw had het niets te maken. Doe-het-zelvers hadden een bulldozer gehuurd en waren de kelder van hun huis aan het uitgraven. Misschien kon

Jakob toch beter verkopen. Zou de stad ooit tot hier komen? Een man met een groene vilten hoed zat in de stuurcabine, twee vrouwen en een lange, slome jongen liepen er achteraan. Een oom zou ongetwijfeld de elektriciteit leggen, een buurman wist hoe je centrale verwarming moest installeren en een zwager kon voor een prikje tegels leveren. Zo had ook haar vader zijn huis gebouwd. Met deze handen, Lizzie. Als je iets wilt hebben, moet je er iets voor doen. Wat wilde zij? Zij had gaten in haar handen, zei haar moeder. Als ze iets had, gaf ze het weg of verloor het. Dat is niet waar, mama. Ik heb een huis, twee kinderen, een auto die kapot is, een baan, aandelen in een immobiliënkantoor en twee minnaars, denk ik. Ze telde tot tien en nam toen uiterst voorzichtig de sleutel van onder de matras. Als ze wilde, kon ze hem opsluiten. Dan was ze zeker van zijn trouw. Of kon hij langs het balkonnetje ontsnappen?

Waarom ben ik niet bij hem gebleven? dacht ze in de auto. Hij wilde me verwennen, we hadden samen in bad gekund. Jij kunt niet genieten, Elizabeth. Nonsens, wat had ze gisteren anders gedaan? Ze had alleen beter niet aan haar moeder kunnen denken. Zodra ze zich haar verjaardag had herinnerd, was ze opgestaan. Hoer, had haar moeder bij elke ruzie geroepen. Mijn dochter is een hoer! Hoer is geen scheldwoord, zei Stella, hoer is een beroep. Haar moeder had nooit een dochter mogen hebben. Elke vrouw die er leuk uitzag, was in haar ogen een hoer. Als een man op een vrouw geilde, dan was die vrouw daar verantwoordelijk voor. Mama, je had gelijk. Ik ben een hoer, en ik geniet er met volle teugen van. Op het einde had haar moeder winden gelaten zonder zich te verontschuldigen. Dat was haar moeder: een vrouw die winden liet en zich niet verontschuldigde. Een vulgaire vrouw. Maar geen hoer. Een vrouw die bedden luchtte, oliede, verschoonde als om de duivel eruit te bannen. Papa wilde nog altijd niet toegeven dat ze zijn leven had vergald. Als ze haar beklag deed, had hij geluisterd, maar hij had haar nooit gelijk gegeven. Elizabeth, ik wil niet dat je zo over je moeder praat. Je kunt niet beweren van mij te houden zonder van haar te houden. Als ze zelf kinderen had, zou ze dat begrijpen. Ze begreep het nog altijd niet. Ze parkeerde de Volvo voor de deur en sloot haar ogen. In gedachten zag ze Jakob opnieuw zijn vinger in zijn glas bier dopen en aflikken. 'Niet doen,' had ze gesmeekt. Ze had beter kunnen blijven. Ze voelde zich nog altijd zeer opgewonden. Zou ze Stella meteen ophalen of zou ze eerst een bad nemen en ontbijten? Of zou ze stilletjes naar haar kamer sluipen en nog een uurtje pitten? Niemand hoefde te weten dat ze terug was. Ze sliep nooit echt goed in een vreemd bed.

Stella had de verwarming laten branden. Elizabeth liep naar de keuken waar de vuile borden van gisteren op het aanrecht stonden en de tafel zelfs niet was afgeveegd. Ze zette koffie en liet warm water in de wasbak lopen. Ze veegde de tafel schoon en hield de pan waarin Stella de tong had laten aanbranden, onder de warmwaterkraan. Wanneer zou ze hem terugzien? Morgen? Volgende week? Had ze niet beter een briefje kunnen achterlaten? Met een kop koffie in de hand liep ze naar de woonkamer. Een paar telefoontjes, dacht ze, en dan de afwas. Ze begon Rafs nummer te draaien, maar merkte toen dat het bandje van haar antwoordapparaat bijna helemaal was opgebruikt.

DEEL

III

I

Er was geen foto van de jongen. Hij en Selma waren in de witte jeep naar Calais gereden en hadden nieuwe kleren voor hem gekocht, ondergoed van stevig wit katoen, een lichtblauw hemd, een zwarte spijkerbroek, lange wollen kousen, witte loopschoenen en een donkerblauwe zeemanstrui met een hoge rolkraag. De begrafenisondernemer had de pijpen van de spijkerbroek moeten omslaan want die waren te lang. Hij had ook een warme jas voor de jongen willen kopen, maar Selma zei dat mensen nooit met een jas aan in hun graf werden gelegd, ook niet als ze op een erg koude dag werden begraven. Hij had een kaartje willen laten drukken met een foto van de jongen, maar er was dus geen foto. Hij had gedacht: Ik betaal alles zelf, maar Jacques had tegen Selma gezegd dat ze maar moesten zeggen hoeveel ze nodig hadden. De bunker kon wachten. 'Zijn echte naam was Michel,' had Selma gezegd, dus hadden ze een grafsteen besteld waarop MICHEL PERRIN zou worden gebeiteld. Nu kon hij nooit meer weg uit Wissant, want niemand anders zou voor het graf zorgen. In afwachting dat de steen werd geplaatst, had hij met schelpen de naam van de jongen in de vers geharkte aarde gedrukt voor die opnieuw zou bevriezen. Hij stak een sigaret op. 'Een maandje maar, Maja, dan hou ik echt op.' Hij keek naar de hand waarmee hij de jongen naar zijn vader had geleid.

Jacques zat in zijn hok over tabellen gebogen. Hij keek niet op toen Paul zijn kantoortje binnenkwam en ook niet toen hij de hoorn van het bakelieten toestel nam. De man hielp een handje met de bar en in ruil daarvoor gebruikte hij de telefoon van het hotel. Iedere dag belde hij. Een vrouwenkwestie. Ze nam niet op.

Op zijn kamer sloot Paul zijn ogen en probeerde zich de jongen voor de geest te halen. Maja had hem kunnen tekenen. Als Maja hier was geweest, had hij alleen een blad papier op tafel hoeven leggen. Ze zou zich hebben geconcentreerd. 'Wil je hem ingekleurd?' 'Ja, ik wil hem ingekleurd.' Ze zou hem niet mooier of aantrekkelijker hebben gemaakt. Maja loog nooit. Elizabeth moest komen. Ze moest hem vergeven.

Een klop op zijn deur. Selma. Of hij haar met de jeep naar Calais kon brengen. Ze droeg een rode wollen jurk en witte laarzen die met zilveren sterren waren versierd. Jacques liet haar haar gang gaan, zelfs als ze de kleerkast van Pipo's moeder plunderde. Hij was bang dat ze tegen hem zou getuigen.

'Moet je geen jas aantrekken?'

Van achter haar rug haalde ze een bontjas te voorschijn. Ze lachte 'Van Yvette.' Ze zei nooit meer: Van Pipo's mama. Ze hadden een opsporingsbericht in alle kranten laten plaatsen en ook over de radio was het omgeroepen. Of madame Yvette Perrin, geboren Yvette Léotard, dringend met hen contact wilde opnemen. Maar de politie hadden ze bij hun zoektocht niet ingeschakeld. Ze hadden genoeg politie over de vloer ge-had. Hij wilde zeggen: Je ziet er prachtig uit, maar zijn mond was kurkdroog. Zou er in die kast ook nog een kepie voor de chauffeur hangen?

'Kom je?'

Hij vroeg zich af of Pipo ook zou zijn vermoord als hij een mooi kind was geweest. De man die hij ooit op een nacht in het nazi-kot had gezoend, zat al in de jeep. Selma noemde hem Thierry. Hij had erg veel tanden.

Elizabeth vulde de afwasmachine met de kopjes en de borden die haar vader op het aanrecht had gestapeld. Haar moeder was een weggooier geweest die het huisraad regelmatig had vervangen, maar nu was er blijkbaar al lang niets nieuws aangeschaft. Ze schikte het bestek, vulde het zeepbakje en stelde de machine in. Ze trok de knop uit maar er gebeurde niets. Ze drukte de knop weer in, controleerde of het water was aangesloten en de stekker in het stopcontact stak, trok de knop weer uit maar opnieuw hoorde ze geen water in de machine stromen.

'Papa,' riep ze naar boven, 'de afwasmachine doet het niet.'

'Dat weet ik, liefje.'

'Ga je hem laten maken?'

'Dat is het probleem, schatje, het merk is uit de handel genomen.'

'Zal ik dan de gemeente bellen en vragen dat ze hem komen ophalen?'

'Misschien komt het terug in de handel of neemt iemand anders het over. Vroeger was het een erg goed merk.'

Ze sloot de deur. Onder het blad begon de machine te roesten. Haar vader had hem voor een prikje kunnen overnemen van een restaurant waar hij af en toe had gewerkt. Ze had het merk nooit ergens anders gezien. Ze draaide de warmwaterkraan open maar hoorde de geiser niet aanspringen. In haar eigen huis bleven de gaskranen van de geisers dag en nacht open, maar als kind had ze geleerd dat je ze iedere avond voor het slapengaan moest dichtdraaien. Ze ontstak de waakvlam, liet warm water in de wasbak lopen en haalde de afwasmachine leeg. Daarnet had ze al de schoenpoetsspullen weggegooid. In alle potjes was de schoensmeer keihard geworden alsof ze uren zonder deksel in de zon hadden gestaan. Het was haar een volslagen raadsel hoe haar vader daarmee ooit zijn schoenen had gepoetst. Ze duwde de frituurpan opzij omdat ze de karaf wilde afwassen die erachter stond, en zag een klein bruin appeltje met witte stippels. Ze nam het voorzichtig bij het steeltje en gooide het in de vuilniszak bij de beschimmelde jam, de verharde suiker en de uitgedroogde schoensmeer.

De dag dat Marius door het ziekenhuis als vermist was opgegeven, had ze uren aan de telefoon gehangen. Iedereen die ze kende of van wie ze dacht dat Marius hen kende, had ze gebeld. Toen ze eindelijk ook Jakob aan de lijn had gekregen en de situatie had uitgelegd, had hij gezegd: 'Ik kan niet komen. Ik krijg bezoek. Wil je weten hoe ze heet?'

Nee, ik wil niet weten hoe ze heet.

Om zeven uur stond Raf voor de deur. De politie had hem gebeld. Marius zat in Rijsel.

'Jouw telefoon was de hele tijd bezet, Elizabeth.'

Ze had gewoon rustig bij de telefoon moeten wachten.

'Wat doet hij in Rijsel?'

'Elizabeth, hij kon toch niet uit het ziekenhuis komen en verder leven of er niets was gebeurd?'

'Maar hij mocht nog niet uit het ziekenhuis! Waarom heeft hij niet zelf gebeld?'

'Misschien durfde hij niet. Ben je alleen vanavond?'

Ik krijg bezoek. Wil je weten hoe ze heet?

'Ik ben alleen.'

'Wat ga je doen?'

'Jij gaat hem niet zoeken?'

'Rijsel is groot, Elizabeth. Hij is geen baby. Je ziet er moe uit.'

'Ik ben ook moe.'

Hij keek haar aan alsof hij op het punt stond zijn gezelschap aan te bieden. Ze ging staan.

'Ik ga maar eens vroeg naar bed.'

'Stella vroeg of haar balletspullen bij jou lagen.'

'Ik weet het niet, Raf. Zeg aan Stella dat het tijd wordt dat ze zelf voor haar balletspullen zorgt.'

Wil je weten hoe ze heet? Nee, ik wil niet weten hoe ze heet. Misschien had Marius niet zelf gebeld omdat hij het geld niet had. Hoe moest hij dan eten? Geen baby meer, Elizabeth, groot genoeg om zijn eigen boontjes te doppen. Ze spoelde twee lexothans met een glas whisky door.

Zondag was ze de hele dag in bed gebleven, 's avonds had ze opnieuw twee lexothans met whisky doorgespoeld, en toen ze maandag wakker was geworden, had ze gedacht: Er is één man die me altijd trouw is gebleven. Ze had zich gewassen en aangekleed en was bloemen voor hem gaan kopen. Toen ze met de bloemen en met broodjes voor haar ontbijt haar huis was binnengekomen, had ze Pauls brief op de mat zien liggen. Ze had zijn verhaal over het appelmeisje gelezen en haar schouders opgehaald. Ze had gedacht: Warhoofd. Ze had gedacht: Waarom willen ze het me allemaal vertellen? Ze had Ida gebeld en gevraagd of ze tijd had voor een gesprek. 'Volgende week pas? Ida, weet je wat je zegt? Vrijdagmiddag heb je een halfuurtje? Tot vrijdag dan.' Ze was met Pauls auto naar haar vader gereden. Ze had gedacht: Ik moet zo gauw mogelijk een andere auto kopen. Ze was met haar bloemen het huis van haar ouders binnengestapt en had gedacht: Het ruikt hier naar oude mensen. Ze had gekeken naar de vitrinekast met de beschilderde porseleinen borden en naar het schilderij dat haar vader ooit bij een tombola had gewonnen. Ze had gedacht: Het heeft hier altijd naar oude mensen geroken. 'Maar ik houd het huis iedere dag schoon,' had haar vader gezegd toen ze haar mouwen had opgestroopt en aan de slag was gegaan. Ze geloofde hem. De dweilen waren tot op de draad versleten, de bus bruine zeep was tot op de bodem leeggeschraapt, en de haren van de schuurborstel waren weggesleten. Maar het was geen schoonmaken wat hij had gedaan. Hij had het vuil van de ene plek naar de andere verplaatst.

'Papa, je kunt naar beneden komen!'

Hij bleef boven terwijl ze schoonmaakte. Blijkbaar had haar moeder dat zo gewild. Ze had nauwelijks geweten hoe die twee hadden geleefd nadat zij en Karel het huis uit waren gegaan, en nu wist ze het. Hij moest op zijn kamer blijven en haar moeder maakte schoon. Ze nam zijn hand in de hare.

'Je moet schoonmaakhulp zoeken. Iemand van de sociale dienst. Ze zijn niet duur.'

'Je moeder zou dat niet graag hebben.'

Altijd hetzelfde antwoord.

'Ze zou ook niet willen dat het hier vervuilde.'

Haar vaste tegenargument.

'Ik kan niet bij je komen wonen,' zei ze in antwoord op een uitnodiging die hij eerder had uitgesproken.

'Waarom niet?'

Ze keek naar het huis dat ze had gehaat.

'Ik geloof niet in terugkeren,' zei ze. 'Als jij geen schoonmaakhulp neemt, moet ik hier komen schoonmaken. Is dat wat je wilt?'

Hij lachte. Ging naar de kast waar sinds jaar en dag de trommel met snoepgoed stond. Nog altijd dezelfde groene snoepjes met muntsmaak, en donkerbruine met koffiesmaak.

'Steek er een paar in je zak voor onderweg.'

Ze kon natuurlijk ook Lucia vragen om af en toe zijn huis een beurt te geven. Ze zou haar zelf betalen.

'Blijf je hier slapen, Lizzie?'

Ze schudde haar hoofd. 'Maar ik zal voor je koken en ik blijf tot je naar bed gaat.'

Waar was ze in hemelsnaam mee begonnen?

'Kom, ik was af en jij droogt af.'

Ze legde een vaatdoek over zijn schouder.

'Kijk,' zei hij. Hij hield een wit porseleinen kopje omhoog waarop in zwierige gouden krulletters KAREL was geschreven. 'Weet je nog hoe het oor is gesneuveld?'

Nee, dat wist ze niet meer.

'Echt niet?'

'Echt niet.'

Hij hield het kopje hoog boven zijn hoofd, trok een boos gezicht. 'Waarom moet ik altijd de afwas doen? Kan Karel geen handdoek vasthouden?' Hij schaterde.

Nee, ze herinnerde het zich niet. Had zij vroeger ruzie gemaakt over de afwas?

Dat had ze zeker. Ze had zelfs het kopje tegen de vloer gekeild.

Wel, dan was het alleszins sterk porselein, dat alleen het oor was afgebroken.

De volgende dag kwam ze terug om de keuken verder schoon te maken. Wanneer zou hij eindelijk iets zeggen over wat hij Marius had verteld? Toen hij haar vroeg: 'Hoe is het met de jongen?' antwoordde ze: 'Goed. Hij zit in Frankrijk. Een soort herstelvakantie. Een retraite.' Ze nam de koperen gasbekken van het fornuis en legde ze op het aanrecht om ze straks op te poetsen. Ze huiverde toen ze de vieze randen zag tussen het witte email en de bodem van de gasbekken. Met de punt van een mes begon ze het vuil los te peuteren. Waarom zou hij haar vandaag iets zeggen als hij haar de vorige dagen niets had gezegd? Ze legde het mes neer en ging naar boven. Hij keek op.

'Ben je klaar, hartje?'

Ze schudde haar hoofd, sloeg haar armen over elkaar.

'Marius heeft het me verteld voor hij naar Frankrijk vertrok. Het stond op het antwoordapparaat. Hij zei dat je hem een medaillon had willen geven.'

Hij keek haar vragend aan alsof hij hoopte dat ze het over iets anders had.

'Een medaillon met een foto van de moeder van je onwettige kind. Waarom heb je het mij nooit verteld?'

Hij sloeg zijn ogen neer.

'Lizzie, denk je dat hij daarom naar Frankrijk is gehold?'

'Dat betwijfel ik. Het leek niet zoveel indruk op hem te hebben gemaakt. Ik moest er ook eerst om lachen. Alleen vind ik dat je me uitleg verschuldigd bent. Wist mama het?'

'Nee. Niemand. Alleen zij en ik en haar broer. Ze heeft hem laten schrijven. Dat kon ze zelf niet. Het was een jongetje. Ze vroeg niets maar er was wel een adres.'

'Heb je die brief nog?'

'Waar kon ik hem bewaren zonder dat je moeder hem zou vinden?'

'Je hebt hem nooit gezien?'

Hij schudde zijn hoofd.

'Zou je hem, hen nu nog willen opsporen?'

Hij haalde zijn schouders op.

'Kijk niet zo boos, Lizzie. Als je wilt weten hoe ze eruitzag, het medaillon ligt op zijn plaats in de lade.'

'Dat medaillon! Met zogezegd foto's van je neef en zijn verloofde.'

Hij grinnikte sluw.

'Je hebt gelogen!'

'Niet boos zijn, Lizzie.'

'En bij mama speelde je de volmaakte echtgenoot.'

'Was ik de volmaakte echtgenoot. Lizzie, het is niet altijd makkelijk voor een man.'

Een borrel. Een borrel of een whisky, liefst de hele fles. Ze haalde de jenever uit de koelkast, besefte toen ze boven kwam dat ze een glas was vergeten, liep terug naar beneden, nam een glas.

'Ik ook.'

'Ik heb maar één glas.'

'Dan drinken we uit één glas. Dat deed ik met haar ook. Ze kwam uit Ierland. Ieren worden geboren met alcohol in hun bloed, zeiden ze in Wales. Ik kon niet met haar trouwen, Lizzie, ze was geen vrouw voor mij. Ze kon nauwelijks lezen of schrijven. En ze had geen handen aan haar lijf. Mijn tante had haar in dienst genomen omdat het oorlog was en ze anders zou verhongeren.'

'Met de dienstmeid in bed.'

'Je had haar tieten moeten zien. Ze was twintig en ze hingen al. Sorry, Lizzie, maar het waren echt tieten.'

'Waarom zat je er dan aan?'

'Maar ze wilde dat ik er aanzat. Ik vroeg haar of het veilig was, maar ik kon niet snel genoeg bij haar in bed zijn. Moet een man zijn hele leven hangen voor één zonde? Van wie denk je dat jij het hebt? Je ogen, Lizzie! Kom bij je vader, toe.'

Maar ze draaide zich om en liep de kamer uit. Nee, hij moest niet denken dat zij de keuken zou staan schrobben terwijl hij boven zat te drinken en te grinniken.

'Papa! Kom naar beneden. De koelkast moet nog worden ontdooid. Dat is heel eenvoudig: je draait de wijzer op nul, je zet de deur open en haalt alles eruit. En terwijl je wacht tot alles is ontdooid, kan je boodschappen doen. Neem een stuk papier en schrijf op: zemen, sponsen, Harpic, een matje...'

'Kom je morgen?'

'Alles is schoongemaakt, ik kan hier niets meer doen. Als je klaar bent met de koelkast, moet je alleen de vloer nog dweilen.'

'Zo'n huis wordt snel vuil. Zeker met een vieze oude man als je vader.'

'Je kunt best een dagje zonder mij. En vergeet niet dat je schoensmeer moet gaan kopen. Als ik volgende keer kom, wil ik dat al je schoenen zijn gepoetst.'

'Ja, dochter van je moeder. Als je nieuws van de jongen hebt, bel je me dan?'

'Als jij je schoenen poetst. En ik wil het medaillon.'

'Je weet waar het ligt. Lizzie, ze deed het met iedereen. Ik had nooit eerder een meisje ontmoet dat zo vrij was. Ik ben zeker dat het mijn kind was, maar... Geef me een zoen voor je weggaat.'

3

Als ze nu niet opneemt, dacht Marius, dan bel ik nooit meer. Hij stond met zijn rug naar het geroezemoes gekeerd en hield de hoorn zo dicht mogelijk tegen zijn oor en mond. De theedoek waarmee hij glazen had staan afdrogen, lag over zijn schouder. Hij droeg een korte blauwe schort zoals kelners in een Parijse bistrot.

De telefoon rinkelde twee keer.

'Dit is het automatische antwoordapparaat van...'

Hij wilde luisteren tot hij zijn eigen naam hoorde, was even bang dat ze hem had weggewist.

'Hallo, hallo,' hoorde hij plotseling over de boodschap heen. Het apparaat werd afgezet. 'Hallo?' zei ze met de gebruikelijke lichte paniektoon in haar stem. Ze zou nooit leren rustig te zeggen: 'Met Elizabeth Appelmans.'

'Mama?'

'Jongen.'

'Mama, kun jij me bellen? Ik mag niet lang bellen. Heb je iets om het nummer te noteren?'

'Bel je uit Rijsel?'

'Ja, heb je een pen?'

'Marius, wat doe je in hemelsnaam in Rijsel?'

'Ik kan je alles uitleggen. Ben je klaar om te noteren?'

Hij keek over zijn schouder, zag de boze blik van de kelner.

'Mama, je belt me meteen terug, oké?'

Hij was niet van plan geweest haar te bellen. Hij had haar via de politie laten weten waar hij was, hij vond dat hij zijn plicht had gedaan. Jij trekt je handen van me af, mama, dan zoek ik elders steun. Maar bij Paula had hij de huisbewaarder aan de lijn gekregen. Mijnheer en mevrouw waren in het zuiden, even de batterijen bijvullen voor de drukte van het kerstseizoen. Wilde hij nu al een tafel reserveren? Nee, had hij willen zeggen, ik wil haar bed reserveren. Mama had natuurlijk geen auto om hem te komen halen, maar ze kon die van papa lenen. Als ze straks terugbelde, zou hij haar niets vragen. Hij zou gewoon rustig zeggen dat hij zonder geld in Rijsel zat. Hij zou zich beheersen en vooral niet roepen: Waarom heb je me laten stikken toen ik me zo ellendig voelde in het ziekenhuis? Was het echt te veel moeite om me een pyjama te brengen?

Hij keek naar het beige telefoontoestel dat naast een foto van een voetbalploeg aan de muur hing. Droomde hij of rinkelde het werkelijk niet? Hij moest bezig blijven. Als bleek dat hij handen aan zijn lijf had, mocht hij als kelner aan de slag en zou hij worden betaald, had de cafébaas beloofd. Hij droogde de glazen verder af, zette ze op hun plaats en ging naar de kelder om wijn op te halen. Hij liet de deur openstaan maar hoorde de telefoon niet rinkelen. Hij vulde het wijnrek aan en controleerde of hij daarnet de hoorn wel goed op de haak had gelegd. Hij nam een dienblad en haalde de lege glazen van de tafeltjes op. Misschien heeft iemand haar meteen na mijn telefoontje gebeld, dacht hij. Hij keek op de klok. Zes minuten sinds hij had gebeld.

Een man in een met smeerolie besmeurde gele overall klopte op tafel. De kelner was bezig met andere klanten. Marius nam de fles pastis en vulde het glas van de ongedurige klant. Hij zag dat de karaf met water bijna leeg was en vulde ook die bij. Zo eenvoudig was het dus. Zijn opa had zijn leven lang als kelner de kost verdiend. 'In een goed restaurant, Marius. Je mag dat niet onderschatten.' Het leven was geen loterij. In de wieg kon je al zien wie zou winnen en wie zou verliezen. Negen minuten. Hij voelde zich zo gespannen als een boog. Had ze het verkeerde nummer genoteerd? De deur van het café ging open en de cafébaas wenkte hem. Wat wilde die nu weer?

'Kun je de telefoon opnemen als er wordt gebeld?' riep hij tegen de kelner.

'Ze belt toch niet,' zei hij.

Een man die aan een tafeltje bij de deur zat, trapte hem met zijn voet dicht.

'Ik ben zo terug,' riep Marius, en trok de deur weer open. Koude wind sneed in zijn gezicht. Hij kneep zijn ogen samen.

'Kijk,' zei de man.

De banden van zijn zwarte Citroën waren stukgesneden. Iemand had er met een mes in gehakt, langer dan nodig was om ze te vernielen. Stroken rubber lagen gekruld op het asfalt, als zwarte bananeschillen die iemand achteloos had neergegooid. In het café begon de telefoon te rinkelen.

'Momentje,' zei hij, maar het was niet voor hem. Was het mogelijk dat ze de internationale code niet kende? Jaren geleden, toen hij haar van een sportkamp had gebeld omdat hij zijn voet had gesneden aan een roestig blikje, had ze gezegd: Jongen, waar ben je? Ik kom je halen. Haar auto was bij de garage en ze was met een taxi van Brussel naar Dinant gereden.

Hij ging opnieuw bij de cafébaas naar de kapotte banden van de Citroën staan kijken. Zonder deze man was hij als een hond op straat doodgevroren.

'Ik bel de garage. Blijf hier voor ze hem verder vernielen.'

Op het fabrieksterrein aan de overkant warrelde gruis in de ijzige wind. De sirene joeg drie klaaglijke tonen de grijze lucht in. Schafttijd. Er werden zemen gemaakt. Hij had nog nooit een blanke werknemer naar buiten zien komen. Wel, dacht hij, nu kan ze niet bellen, de lijn is bezet. Maar de cafébaas stond alweer naast hem. De Citroën moest tot bij de garage worden getakeld.

'Zevenhonderd frank, Marius. Ga jij ze betalen?'

Hij stootte adem naar buiten.

'Waarom haal je geen nieuwe banden op?'

'Met welke auto?'

'Leen er een.'

'Van wie?'

De roodbruine metalen fabrieksdeur ging open en enkele arbeiders kwamen in de kou een sigaretje roken.

'Kom toch binnen roken, makaken!'

Alsof ze hem hadden gehoord, slenterden twee het terrein over. Hij hield de deur voor hen open.

'Pastis voor de heren.'

Marius nam het kaartje uit zijn zak waarop zijn mama nog geen twee weken geleden het adres en het telefoonnummer van haar hotel in Wissant had genoteerd. De eerste avond hier was hij langs de restaurants gelopen en had gedacht: Hier ga ik met mama eten als ze me komt ophalen. Hij keek naar het kaartje. *Le Bateau Guizzantois.* Zeelucht zou hem goed doen. Hij had last van duizelingen, en zijn knie deed nog altijd pijn. Aan de overkant van de straat verdwenen de arbeiders een voor een in de fabriek. Hij had altijd gedacht dat de mensen in Frankrijk mooier waren dan in België, maar de sukkels die hier rondliepen, zou hij het liefst onder de douche sleuren en een streng dieet voorschrijven. Een magere hond kwam snuffelen bij de container met afval, of misschien kwam hij op de warme lucht af die daar door een rooster naar buiten werd geblazen. Hij stond precies op de plaats waar hij zelf 's nachts had geschuild. De twee arbeiders die in het café iets hadden gedronken, schopten naar de hond toen ze het terrein overstaken. Marius ging naar binnen.

'Ik denk dat ik weet wie het heeft gedaan,' zei de cafébaas.

Marius keek naar het blozende, goedige gezicht. De man had hem hardhandig wakker geschud. Hij had aan zijn met bloed besmeurde hemd staan rukken tot de knopen eraf sprongen. Marius was te versuft geweest om zich te verzetten. 'Geen wond, godzijdank!' Er waren gevallen gesignaleerd van gruwelijke overvallen in Rijsel. De slachtoffers werden bewusteloos geslagen en als ze op een bank in een park bijkwamen, waren ze een nier kwijt. Wist hij hoeveel in Parijs werd betaald voor de nier van een gezonde jongeman? En wist hij wat ze deden als de nier niet gezond bleek? Ze gooiden hem voor de honden! Dat was dus je lot als je eenentwintig was: je buik

werd opengesneden en je ingewanden werden aan de meest
biedende verkocht, tenzij een wildvreemde excentriekeling
zich over je ontfermde. Verder vroeg niemand zich af hoe het
met je ging. Hij was er zeker van dat hij haar het juiste nummer
had gegeven. Dan belde ze maar niet. De cafébaas had een zoon
die in Canada woonde. Hij had gezegd: Als mijn jongen in
nood is, hoop ik dat iemand voor hem hetzelfde doet. Hij hoefde zich geen illusies te maken. De man had niet hem maar zijn
zoon gered. Zijn eigen vader zou dit een interessante les vinden. 'Jongen, alleen het leven kan jou iets leren. Magistra vita.'
En hij zou hem daar hebben laten liggen. Zolang er warme
lucht uit de rooster kwam, kon er niet echt iets dramatisch
gebeuren, toch? Nee, had hij tegen de politie gezegd toen ze
zijn vader aan de lijn kregen, ik heb hem niets te zeggen. Ik wil
alleen dat hij mijn moeder verwittigt.

'Kom,' zei de cafébaas, 'trek je jas aan. We gaan eropaf.'

Mama luisterde altijd naar haar antwoordapparaat. Het was
het eerste wat ze deed als ze binnenkwam. Als ze thuis was
maar geen zin had om de telefoon op te nemen, zette ze het aan
met de volumeknop open. Waarom had ze hem geen pyjama
gebracht? Of een warme jas? Hij was in zijn kapotte broek, zijn
met bloed besmeurde hemd en zijn dunne jasje de ijskoude
nacht in gestrompeld. Binnen de minuut was door de inspan-
ning zweet uit heel zijn lijf gebarsten. In de verte had hij een
blauw zwaailicht zien opdoemen en wat later was een ambu-
lancewagen voorbijgegierd. Zijn been deed pijn, het bloed
klopte in de snee boven zijn wenkbrauw, en bij iedere auto die
op hem af reed, voelde hij zich als een konijn gevangen in het
licht van de koplampen. Soms hoorde hij even muziek terwijl
een auto hem voorbijreed, en verlangde hij ernaar om in zo'n
warm muziekdoosje op wieltjes te zitten. Hij was de ene voet
voor de andere blijven zetten, had proberen te berekenen hoe
dikwijls hij dat zou moeten doen om een kilometer af te leggen. Hij had overwogen om naar zijn warme ziekenhuisbed
terug te keren, maar had zich dodelijk vermoeid gevoeld bij de

gedachte aan de vele vragen die hem zouden worden gesteld. Hij wist dat hij niet mocht gaan liggen, daarvoor was het veel te koud. Stilaan wist hij zich te oriënteren, hij was blijven lopen tot hij bij het rangeerterrein achter het station kwam. Op tien meter van hem vandaan had hij als in een droom een wagon met de deuren wagenwijd open zien staan. Het was een eersteklaswagon.

De cafébaas stond van zijn ene voet op de andere te wippen.

'Zijn alle Belgen zo sloom als jij? Als ik razend ben, denk ik niet na. Ik ga eropaf.'

Hij, sloom? Was er dan toch iets met zijn hersenen? Op de trein had hij ook veel te traag gereageerd. Hij had meteen toen hij in de rijdende wagon wakker werd, alarm moeten slaan of toch in het eerste station eraf springen, maar hij was verdwaasd blijven zitten tot vlak voor Rijsel eindelijk iemand zijn kaartje had gevraagd en hem toen zonder veel omhaal in Rijsel eruit had geschopt.

'Je bent toch niet bang.' Hij lachte. 'Ik breng je niet bij de nierendieven.'

Midden op een kruispunt stond een oude man het verkeer te regelen. Hij deed hem denken aan zijn opa. Die stond ook altijd als een gek achter hem te gesticuleren als hij bij hem wegreed, zodat hij bang was dat hij de oude omver zou rijden omdat hij niets meer zag in zijn achteruitkijkspiegel.

'Waar gaan we naar toe?'

'Dat zul je wel zien.'

Hij duwde zijn handen dieper in zijn zakken. Van zijn eerste loon zou hij handschoenen en een das kopen. Hij had al dikwijls geld kunnen graaien uit de lade van de kassa die vaak open bleef staan, maar misschien werd hij op de proef gesteld. Trouwens, de cafébaas had hem eten gegeven, en kleren en een bed, hij wilde die man niet bedriegen.

'Luister, ik mag niet vechten.' Hij wees naar de hechtingen boven zijn neus en de snee boven zijn wenkbrauw. 'Wacht tot ik volledig ben hersteld, dan zul je zien hoe snel ik ben.'

'Wie zegt dat wij gaan vechten?'

Ze sloegen een straat in waar aan de ene kant de huizen waren gesloopt en door hoge reclameborden vervangen. Precies tussen de meterslange benen van een vrouw op rode pumps zat een deurtje. De man wenkte hem. Ik moet weg, dacht Marius, maar hij volgde hem door het deurtje naar een stuk braakland. Drie honden begonnen woest te blaffen maar kwamen niet dichterbij. Toch keek hij over zijn schouder om zich goed in te prenten waar de deur zat. Hij zag een fiets die hem nog bruikbaar leek, maar toen hij ernaar toe wilde lopen trok de man aan zijn mouw. Overal slingerden auto-onderdelen. Achter een berg banden lagen uitgebrande wrakken. Mannen in lange grauwe jassen stonden zich te warmen bij roestige olievaten waarin houtskool smeulde. De cafébaas liep naar een vat waar maar één man stond, en trok zijn handschoenen uit. Hij keek over zijn schouder, knikte kort en Marius begreep dat hij zijn voorbeeld moest volgen. Even koesterde hij de illusie dat ze gewoon hun handen kwamen warmen. Hij glimlachte zelfs naar de derde man bij het vat, die een blauwe, met de hand gebreide wollen muts droeg en een jas van schapevel. Een Tunesiër. Of een Algerijn. Op zijn handen groeide grijs krullend haar.

'Beter?'

'Ja,' zei Marius. De honden waren gaan liggen. Dom dat hij voor ze was teruggedeinsd. De Noordafrikaan spuwde in het vuur. De witte fluim belandde keurig tussen de zes handen en siste kort op de houtskool. Marius dacht aan de vuurtjes waarop rond dit tijdstip in Brussel kastanjes werden gepoft. Toen dacht hij aan iets dat de Indiaan in het bordeel vlak voor het ongeluk tegen hem had gezegd. 'Jij denkt dat jij en ik in twee verschillende werelden leven, maar we leven allemaal in dezelfde vuile wereld.' Hij keek naar het gezicht van de Noordafrikaan. Grijze krullen sprongen onder de muts uit. Zijn stoppelbaard dekte de groeven rond zijn mond niet toe. Allemaal dezelfde wereld. Plotseling schoot een hand naast de zijne naar een van de grijsbehaarde handen en drukte die tegen de houtskool. 'Rennen!' De man die hem van de vrieskou had gered, trapte het vat tegen de Noordafrikaan en sleurde Marius mee. De honden jankten, de Noordafrikaan vloekte. 'Niet omkijken!' Ze gooiden het deurtje tussen de benen van de vrouw open en holden langs de reclameborden de straat uit. In het portaal van een kerk kwamen ze op adem.

'Zij waren het,' zei de man, 'anders had hij eerst aangevallen. Je kunt met dat gespuis geen zaken doen. Ze bieden me authentieke leren banken aan voor de Citroën, we spreken een prijs af, zij leveren de banken, ik betaal. Een week later willen ze meer geld. Hebben ze plotseling ontdekt hoeveel zulke banken waard zijn. Sorry, zeg ik dan, maar afspraken zijn afspraken.'

Voor de etalage van een kruidenier waren twee meisjes aan het vechten om een lappenpop. De stof scheurde, een van de twee liet los en zette het op een schreeuwen. Het meisje dat de pop had bemachtigd, begon ermee op het hoofd van haar huilende rivale te timmeren. Een vrouw stormde de winkel uit maar voor Marius kon zien wat er gebeurde, begon de cafébaas opnieuw te lopen.

'Kom op, Marius.'

Waarom gebeurde alles alsof hij naar een film zat te kijken? Hij schudde zijn hoofd. Het was of er water in zijn oren zat. Ze liepen straat in, straat uit tot de cafébaas hem een warenhuis binnentrok.

'We kunnen beter nog niet naar huis gaan. Kies een broek uit. Wat denk je van deze?' De man wierp hem een zwarte ribfluwelen toe. 'Je kunt toch niet daarin blijven rondlopen.'

De broek die hij van de cafébaas had gekregen, was hem veel te groot. Hij moest hem met een broekriem ophouden.

'En pas deze trui. Je loopt te bibberen.' Hij lachte. 'Heb je zijn gezicht gezien? Ze kunnen er beter tegen dan wij, hun huid is dikker. Jongen, wat sta je te dromen. Pas het dan.'

'Wie betaalt?'

'Jij betaalt. Jij gaat voor mij werken tot je het hebt betaald.'

De man duwde hem een pashokje in. Hij stond nog in zijn

onderbroek toen het gordijn al opzij werd geschoven.

'Past het?'

Hij trok de broek aan. Kon drie vingers tussen de band en zijn buik steken.

'Ik haal een kleinere maat.'

Hij zag eruit als een boef. Zou hij de draadjes zelf uit zijn hechtingen kunnen halen? Hij betastte voorzichtig de snee boven zijn wenkbrauw. Daarnet was hij bang geweest dat het opnieuw zou gaan bloeden.

'Er zijn geen zwarte in jouw maat.'

De broek paste, maar hij wilde geen bordeaux.

'Er is ook beige.'

Beige dan maar. En de trui in donkerbruin. Vijftig procent wol, vijftig procent acryl. Niet te kieskeurig, Marius. Bij de kassa lag een mand met handschoenen.

'Ik neem ook deze,' zei hij, en hij legde een paar op het pak waarin de verkoper zijn oude broek had gewikkeld. De cafébaas betaalde. Driehonderdtwintig frank. Hij had niet geweten dat kleren zo goedkoop konden zijn.

'En nu gaan we het vieren!'

Ze liepen langzamer. De man floot opgewekt. Je zou hem niet aanzien dat hij pas iemands hand had verbrand. Een niet ongevaarlijke gek was het. Straks, dacht Marius, wandel ik gewoon naar buiten. Ik vraag geld om een pizza te gaan kopen en ik kom niet terug. Ik heb mijn portie gehad. Ze sloegen het steegje naast de zeemvellenfabriek in. Een rilling liep over zijn rug bij de herinnering aan zijn miserabele nachten hier. Maar hij had het overleefd.

'Kom, we plassen om het verst.'

Ook dat nog.

'Het is te koud. Je wint toch.'

Maar de man had zijn broek al losgeknoopt. Marius richtte zo hoog hij kon en klopte de ander.

'Maar ik loop sneller dan jij. Wie het eerst thuis is.'

Natuurlijk loop je sneller dan ik, mijn been is gehecht. Kinderen moest je laten winnen. Hij zou vanavond nog afwassen maar morgen was hij weg. Hij zou zijn moeder nooit iets over deze dagen kunnen vertellen. Hij sloot zijn hand om het kaartje in zijn jaszak. Het was het laatste dat hem met haar verbond. Het spijt me, dacht hij, toen hij zich seconden na de man hijgend op een stoel in het café liet vallen, maar ik ben al iemands zoon.

4

Als hij leefde, had ze een halfbroer.

'Wat zou jij doen?' vroeg ze aan Stella.

'Ik zou hem gaan zoeken. Als jij het niet doet, doe ik het. Hij is een halfoom van me.'

Ze glimlachte. Karel had gezegd: Elizabeth, kijk uit. Straks eist hij een deel van onze erfenis. Zou hij haar geloven als ze zei: Ik ben je halfzus?

'Mama, weet je wat het grootste levende wezen op aarde is?'

'Een walvis.'

'Nee.'

'Een nijlpaard.'

'Een schimmel. Hij zit in de grond en geen mens heeft er wat aan. Wanneer komt Marius naar huis?'

'Dat weet ik niet.'

'Mag hij van jou niet naar huis komen?'

'Natuurlijk mag hij naar huis komen.'

'Krijg ik nieuwe balletspullen voor Kerstmis?'

'Stella, ik kan niet blijven opdraaien voor jouw slordigheid.'

'Ik heb overal gezocht!'

'Weet jij hoeveel een maillot kost?'

'Hij was toch te klein aan het worden.'

'Wat trek je nu aan?'

'Een badpak en kousen. Volstrekt belachelijk. Mag ik na de les naar Stijn?'

'Ik dacht dat Luc jouw vriend was.'

'Ik kan toch meer dan één vriend hebben.'

Wanneer moest je denken: Laat het hen alleen uitzoeken. Ze zou ongetwijfeld een nieuw maillot voor Stella kopen, maar Marius had ze niet teruggebeld. Ze had op zijn bevel het nummer genoteerd en het briefje meteen verfrommeld. De vanzelfsprekendheid waarmee hij aannam dat ze hem meteen zou bellen! Plotseling wist ze het: Stella's balletpak lag in haar auto! Woensdag had ze haar naar de balletklas gebracht, boodschappen gedaan en weer opgehaald, en toen had ze haar gevraagd om de kofferbak te helpen uitladen. De blauwe zak was in de auto blijven liggen. Kon ze de politie bellen en vragen naar welk autokerkhof het wrak was versleept? Ze dacht: Ik weet waar een kleerkast staat vol met balletspullen die nooit meer zullen worden gebruikt. De telefoon rinkelde, maar ze nam niet op. Gisteren was ze voorbij het huis van Jakob Delhullu gereden. Drie uur in de namiddag en de gordijnen van zijn slaapkamer waren dicht. 'Ik kan toch meer dan één vriend hebben.' Paul stond ettelijke keren op het antwoordapparaat. Of ze zijn brief alsjeblieft wilde weggooien en naar Wissant komen. Of ze hem kon bellen. Een keer had ze hem aan de lijn gehad en zonder iets te zeggen neergelegd. Met Jakob had ze niet meer gebeld. Wil je weten hoe ze heet? Nee, ik wil niet weten hoe ze heet. Ze keek naar de stoelen, de tafel, de bank en de vaas met bloemen. Ze dacht: Van mij. Allemaal van mij.

Ze was nog niet naar het kerkhof gereden. Ze had met Pauls autosleutels in de hand op het punt gestaan te vertrekken maar telkens was ze niet gegaan. Ze had gedacht: Het is hun verdriet, niet het mijne. Ik heb genoeg verdriet. Ze was naar haar huisarts gereden. 'Is het waar dat je van verdriet kanker krijgt?' De arts had geglimlacht, had haar rug aandachtig bestudeerd. 'Uw huid is een beetje geïrriteerd. Strijk er dit op.' Ze had haar een zalfje gegeven. 'Als u absoluut zeker wilt zijn, moet u zich in een ziekenhuis laten onderzoeken. Rookt u?' Nee, natuurlijk rookte ze niet. En de verandering? Bedoelde ze de menopauze? Elizabeth sloeg met haar vlakke hand over haar schouder zoals Ida deed als iemand het m-woord uitsprak. De arts lachte, Elizabeth mepte het monster weg. 'Doe het ook. Het brengt ge-luk,' en de arts had met een slap handje over haar schouder gewuifd. Weet je, zei ze, toen Elizabeth eindelijk ophield, mis-schien moet u dat ook doen als u aan kanker denkt. Maar hou toch uw gewicht in de gaten. En eet veel fruit en rauwe groen-ten. Niet te veel vet, niet te veel suiker. Drinkt u? Ik eet zelfs, had Elizabeth gezegd, en ze had haar blouse dichtgeknoopt. Ze had gedacht: Wat zou er gebeuren als ik mijn haar niet meer verfde? Ik zou eruitzien als een vrouw van zesenveertig jaar.

Een boodschap van Paul. Een boodschap van haar vader. Of ze zijn schoenen kwam inspecteren voor ze opnieuw vuil wer-den. Een boodschap voor Stella. Van een zekere Frederik. Wat ze Paul wilde zeggen was: Je timing was slecht. En je open-hartigheid misplaatst. Een boodschap van Paula. Hoe het met Marius was. Ze was net terug van vakantie, haar dochters had-den het haar verteld. Kon hij haar alsjeblieft zo gauw mogelijk bellen?

'Paula? Met Elizabeth. Marius zit in Frankrijk. Weet jij waar hij na zijn bijeenkomst met de amuse-gueulers heeft geslapen? Hier thuis niet, dat zou ik hebben gemerkt, en bij Raf ook niet.'

'Bij mij, Elizabeth, in de logeerkamer. Hij had geen zin om naar huis te gaan. Jij was niet thuis.'

'Heb jij hem laten drinken?'

'Nee, Elizabeth, Marius drinkt niet. Hij is vertrokken zon-der te ontbijten of dag te zeggen. De meisjes hebben hem zien wegrijden. Ik was aan het werk.'

'Vond je dat niet vreemd?'

'Ja, ik vond het vreemd.'

'Slaapt hij dikwijls bij je?'

'Elizabeth, hij heeft niet bij me geslapen, hij heeft in de lo-geerkamer geslapen.'

Ze wilde vragen: Voel jij je schuldig? Als je voor ontbijt had gezorgd, was het misschien niet gebeurd. Maar ze zei: 'Als hij belt, zal ik hem zeggen dat je hebt gebeld.'

Ze belde het kantoor en kreeg een nieuwe secretaresse aan de lijn. Of ze met Ida kon spreken. Of ze kon zeggen dat het Elizabeth was.

'Ida? Ik geef morgen een etentje voor de hele bende, zonder mannen, zoals vroeger. Kun je iedereen verwittigen? Nee, ik kom niet naar kantoor vandaag, ik heb me bedacht, ik zie je morgenavond. Nee, nee, je hoeft niet te helpen, ik heb tijd zat.'

Ze belde Paula om ook haar uit te nodigen, maar Paula kon zich niet vrijmaken. Had ze al nieuws van Marius? vroeg ze met een angstige stem. Jezus, Paula, dacht ze, je bent godverdomme oud genoeg om zijn moeder te zijn.

Bij de koffie vroeg ze het woord. 'Meisjes' zei ze, want meisjes waren ze. Ze hadden gelachen en gekletst zoals in hun beste tijd. Ida had gezegd: Ik ben trots dat jullie mijn vriendinnen zijn, en misschien was dat het enige dat veranderd was, dat alleen Ida zich hen trots als haar vriendinnen kon toeëigenen. Toen ze Ida's immense ruiker in ontvangst had genomen, had ze gezegd: Dank je dat je me de tijd hebt gegeven om ziek te zijn.

'Ik had vaker willen bellen, maar het was zo druk op kantoor. Ben je genezen?'

'Ik voel me beter.'

Toen Marius werd geboren, was Ida als eerste op kraamvisite gekomen. Bij de geboorte van Stella was ze er, en ook bij het eerste grote conflict met Raf, en toen ze met een andere man ging wonen en ook toen ze van hem wegging. Zolang ze Ida kende, was er niets in haar leven gebeurd of ze was er geweest met bloemen of een fles of troost. Maar nu had ze het te druk gehad. Of niet. Ze had haar Jakob gegeven. Ze had geredeneerd: Geef Elizabeth een nieuwe man en ze fleurt helemaal op. Niets veranderd, veel veranderd, een beetje veranderd. Maakte het uit? Het maakte uit.

'Meisjes,' zei Elizabeth, en ze tikte opnieuw tegen haar glas. 'Wie heeft trek in taart?'

Ze liep naar de keuken, nam de taart die ze bij de duurste bakker in de buurt had gekocht, en zette er twintig roze en acht blauwe kaarsjes op. Ze knipte het licht uit en droeg de taart naar binnen. Eliane begon zacht te zingen. 'Happy birthday to you… Wie is er jarig?'

'Happy birthday to us. Ik ken jullie achtentwintig jaar en ons kantoor bestaat er twintig.'

Ida legde haar servet naast haar bord en omhelsde haar. 'Je bent een schat. Happy birthday to us!' Elizabeth wenkte Stella. Schenk jij de koffie in? Iemand zei: 'We waren nauwelijks drie jaar ouder dan Stella nu. Ik zie Eliane daar nog staan in haar kilt.' 'En ik dan met die trui die ik zelf had gebreid.' 'Iedereen breide toen zelf haar truien.' 'Toen ik jou voor het eerst zag, Elizabeth, dacht ik: Wat een trut!' 'Ik was ook een trut. We waren allemaal trutten. We zijn als wijn: beter met de jaren.' Ze voelde Stella's hand op haar schouder. 'Liefje, er staat een fles cognac in de keuken achter de bruine suiker. En breng je glaasjes mee?'

Twintig jaar geleden. De tijd dat ze dacht alles aan te kunnen en alles ook aankon. Ze was getrouwd, ze had geen schoonmaakster, Raf studeerde nog, Marius zette zijn eerste stapjes en toen een vriendin ziek werd, logeerde haar dochter ieder weekend bij hen. 's Avonds zat ze met haar vriendinnen om de keukentafel en maakte plannen voor de vennootschap. Om de haverklap kwam Raf hun vragen om wat stiller te zijn want Marius sliep en hij probeerde te studeren. Maar Marius werd niet wakker van hun getater en Raf slaagde voor al zijn examens en ze stond nooit op met hoofdpijn hoeveel ze ook had gedronken of gerookt.

Stella blies de kaarsjes uit en knipte het licht aan.

'Wie wil het stuk met het roosje?'

'Dat is voor Ida!'

'Ik lust geen marsepein.'

'Mag ik het dan hebben?'

'Elizabeth, waarom doe je ons dit aan? Nu moeten we een hele week vasten.'

'Nog iemand een stuk?'

'Nee. Heb je nog koffie?'

Stella stond al. Elizabeth sloeg haar arm om haar. Liefje. Wil je naar boven? Ze schudde haar hoofd. Fluisterde in haar oor: Later wil ik ook zulke vriendinnen.

'Weet je dat Paula een minnaar heeft?' zei Heleen. 'Mijn zus heeft een collega van wie de broer de groente levert voor het restaurant. Ze weet het van hem.'

'Paula heeft toch altijd minnaars gehad?'

'Van wie is het kasteel, van hem of van haar?'

'Van allebei, denk ik.'

'Met welk geld zou Paula het hebben gekocht?'

'Ze zeggen dat hij had geërfd.'

'Zijn ze dan niet met scheiding van goederen getrouwd?'

'Dat zal wel. Wie trouwt er nog in gemeenschap van goederen. Elizabeth, was jij in gemeenschap van goederen getrouwd?'

'Ja,' zei ze. 'Wij hadden toch niets.'

Zou ze durven zeggen: Ik denk dat mijn zoon Paula's minnaar is, of toch een van haar minnaars?

Ze tikte met haar mes tegen het witte porseleinen kopje. 'Lieve vriendinnen.' Ze keek de tafel rond. 'Lieve Heleen, Sonia, Eliane en Ida, ik wil jullie iets vertellen. Vorige week was ik bij een man die zijn huis via ons kantoor wilde verkopen. Het was een erg mooie man, maar dat doet hier weinig ter zake. Die man kende ons omdat een vriendin van hem een flat bij ons huurt waar ze als call-girl werkt.' Ida nam haar kopje, zag dat het leeg was, zocht de koffie. 'Stella, kun jij koffie inschenken voor Ida? Om allerlei redenen heb ik over die ontmoeting lang nagedacht. Ida, ik begrijp waarom jij het kantoor op deze manier hebt uitgebouwd, maar ik kan niet vergeten wat onze ambities waren toen we er destijds mee begonnen. Misschien zouden we zonder jou niet meer bestaan. Misschien is het nodig dat je de voorschriften van je Amerikaanse cursussen zo secuur volgt. Maar het was nooit onze bedoeling om zoveel mogelijk winst te boeken. Wij wilden degelijke en betaalbare huizen op de markt brengen voor mensen, bij voorkeur vrouwen, met een beperkt budget. Mijn zoon heeft een meisje van zeventien doodgereden.' Ze zweeg omdat ze zich moest concentreren om het verband te zien, dat er was maar waarvoor ze niet meteen woorden vond. Ze schermde met een hand haar ogen af. Eliane interpreteerde haar gebaar verkeerd, legde een arm om haar heen, vroeg bezorgd of ze een glas water voor haar zou halen. Ze schudde de arm van zich af, wilde verder gaan maar ze begonnen allemaal door elkaar te praten. 'We wilden er niets over zeggen, maar nu jij er zelf over begint...' 'Elizabeth, is het waar dat ze nog kort heeft geleefd na de klap?' 'En Marius, wat zegt Marius?' 'Ben je naar de begrafenis geweest?'

Hoe had ze ooit kunnen denken dat ze ook maar iets met die kakelende wezens gemeen had?

Ze stond op, liep naar de keuken, telde tot tien. Toen ze weer terug in de kamer kwam, viel er een stilte.

'Elizabeth, ga zitten. We begrijpen dat je er niet over wilt praten. Maar wij zijn je vriendinnen. Vertrouw ons.'

Ze zei: 'Sorry. Vast een aanval van menopauze.'

Sonia zei: 'Lieve schatten, gisteren toen ik me stond op te maken, kreeg ik het plotseling benauwd, en weet je wat gebeurde?'

'Rode vlekken in je hals,' zei Ida.

'Vuurrood!'

'Menopauze, menopauze!'

Ze sloegen met hun servetten wild over hun schouder.

Elizabeth wenkte Stella.

'Ik breng haar even naar bed.'

Stella keek vragend naar haar moeder, die haar bij de hand nam of ze een kleuter was.

'Ik wilde even weg,' zei Elizabeth in de gang.

'Eliane is dik geworden.'

'Menopauze.'

Ze lachten. Ze dacht: Ze hebben me niet laten uitspreken. Ze had willen zeggen dat ze iets goeds wilde doen. Dat was het verband. Ze had ingezien dat goed en kwaad bestonden, dat er wel degelijk een verschil was en dat je kon kiezen tussen beide.

Met de vennootschap hadden ze vroeger het goede beoogd. Nu dachten ze enkel nog in termen van slim en dom. Winst maken was slim, verlies boeken was dom. Sterven was ook dom.

Opnieuw stokten de gesprekken toen ze binnenkwam.

'Hebben jullie nog trek in cognac?'

'Elizabeth, die man die de call-girl kent, is dat die Jakob Delhullu die absoluut met jou wilde onderhandelen? Heb jij iets met hem?'

Ze herinnerde zich waarom ze hen had uitgenodigd.

'Luister Ida, daar gaat het nu niet om. Ik zou graag mijn aandeel verkopen en opnieuw beginnen. Ik hou niet van de koers die jij nu vaart en die wij nu dus varen. En ik weet dat Sonia en Heleen en Eliane er ook zo over denken.' Ze keek naar haar vriendinnen die naar het tafelkleed keken.

Ida zei: Omdat ik voor call-girls bemiddel?

Elizabeth zei: Dat is een symptoom.

Ida zei: Waarvan?

Elizabeth zei: Vraag het aan hen.

Sonia zei: Elizabeth, beslis niets nu. Je bent over je toeren.

Eliane zei: Er is een nieuw meisje voor de telefoon. Je vindt haar vast erg aardig.

Ida zei: Elizabeth, was dit tegelijk een verjaardagsfeest en een begrafenismaal?

Elizabeth zei: Ik wilde in vriendschap afscheid nemen. Sonia? Heleen? Eliane?

Sonia sloeg met haar servet over haar schouder. Heleen volgde haar voorbeeld. Eliane proestte het uit. Ida zei: Elizabeth, ik begrijp je beter dan je denkt. Kom maandag met me praten. Of kom als je er klaar voor bent. Er is plaats voor twee in mijn bureau. Je hebt een erg leuke dochter. Meisjes, nu ga ik voor ons sterke koffie zetten, niemand die straks moet rijden raakt nog een druppel cognac aan. Eliane, zorg voor muziek.

In de keuken zei ze tegen Elizabeth: 'We hadden veel vroeger moeten praten. Ik dacht dat jij niet meer geïnteresseerd was in het kantoor.'

'Ik weet niet of ik op mijn besluit terugkom. Ik ben misschien over mijn toeren maar ik heb wel diep nagedacht. Het gaat niet over welk bureau ik mag gebruiken. De koffie staat daar.' Ze ging bij de andere vrouwen zitten. Sonia en Heleen begonnen te dansen. Eliane keek haar vragend aan. Ze stak haar hand naar haar uit.

De volgende morgen schraapte ze de pannen leeg en bracht de restjes van de maaltijd in een tupperware naar haar vader. Terwijl ze hem zoende, zag ze dat de boord van zijn hemd vuil was, maar besloot er niets over te zeggen.

'Vind je het prettig als ik voor je zorg?'

'Je moeder heeft altijd voor me gezorgd.'

'Ik vind dat je het zelf moet proberen, papa.'

'Liefje, wat dacht je dat ik al die jaren dat jij hier geen stap zette, heb gedaan? Ik red me toch?'

Ze wilde zeggen: Zie je daar zitten. Ga naar de kapper, koop nieuwe kleren, hou je fit.

Alsof hij het raadde, zei hij: 'Lizzie, laat me een oude man zijn.'

'Ik ruim even boven op,' zei ze. Op zijn kamer trok ze zijn kleerkast open. Daar hing hij, de cape met de manen en de sterren, en op het plankje lag zijn tovermuts. 'Jij mocht nooit oud worden,' fluisterde ze. 'Jij zou voor mij zorgen.'

In de middag kocht ze een kerstster. Ze was van plan geweest om naar het kerkhof te rijden waar het meisje lag begraven, maar eenmaal in de auto reed ze naar een ander kerkhof. Het was gesloten. Op een bordje stond dat de sleutel en een plattegrond in het café ernaast konden worden gekregen.

Met Allerheiligen was ze hier samen met haar schoonzus chrysanten komen zetten. Ze hadden overwogen om plastic bloemen te kopen omdat haar moeder een hekel zou hebben aan afgevallen bloemblaadjes op het graf. Maar dan zetten we er een bus Vim bij, had Elizabeth gezegd, want plastic moet ook regelmatig een beurt krijgen. Giechelend waren ze met hun plant over de smalle paadjes tussen de graven gelopen. Zelfs bij het graf hadden ze nauwelijks hun lach kunnen verbijten. Mensen hadden hen boze blikken toegeworpen. Nu was ze alleen op het kerkhof. Ze hoorde de kiezeltjes kraken onder haar schoenen, ze zag haar adem. Het was een witte kerstster en ze wist niet of hij de vorst zou doorstaan, maar hij zou althans een dag haar graf sieren. Ze bracht de sleutel terug naar het café, toonde op de plattegrond waar haar moeder lag en vroeg de vrouw of ze over een week de kerstster kon weghalen die dan vast kapotgevroren zou zijn. Ze gaf de vrouw honderd frank.

'Dank u, maar de gemeente zorgt daarvoor. Wat denkt u dat met alle chrysanten is gebeurd?'

Maar ze borg de honderd frank in de lade van haar kassa weg.

's Avonds belde Jakob.

'Ik dacht,' zei hij, 'dat je misschien graag wilde weten hoe het met me ging.'

Ze luisterde enkele minuten naar een verhaal over een triootje dat hij had gemaakt met een bevriend echtpaar.

'Jacob,' zei ze, toen hij bij een beschrijving van de lingerie van de vrouw was aanbeland, 'dit interesseert me niet.'

'Ik dacht dat ik jou interesseerde.'

'Dat dacht ik ook.'

En zeggen, dacht ze, dat ik nog over een triootje met die man en Paul heb gefantaseerd. Maar alles moest toch kunnen. Geen grenzen of taboes als hij maar een condoom over zijn lul trekt. Ze mocht morgen absoluut niet vergeten aan Lucia te vragen of ze af en toe een paar uur bij haar vader kon schoonmaken. En ze zou een diepvriezer voor hem kopen. Dan kon ze maaltijden voor hem invriezen die hij alleen maar uit het diepvriesvak hoefde te halen en op te warmen. Karel wilde hem al jaren een cursus houtbewerking laten volgen en ze zou hem daarin voortaan steunen. In Wales had haar vader een eierrek leren timmeren en het zou voor de hele familie en omgeving

een verademing zijn als hij af en toe met iets anders op de proppen kwam. Maar vooral zou hij wat meer onder de mensen
komen. Hij werd excentriek. Ze dacht aan de pan met gebruikt
vet op het fornuis, die hij haar eerst niet had willen laten
schoonmaken.

'Je krijgt kanker van vet dat voor een tweede keer wordt
opgewarmd.'

'Op mijn leeftijd mag je kanker krijgen.'

'Het is vies. De biefstuk smaakt naar schapevlees, en het
schapevlees naar varkensrib.'

'Ik eet geen schapevlees.'

'Doe het dan voor mij. Ik vind het vies. Ik verdraag de gedachte niet dat mijn vader dag na dag hetzelfde vet gebruikt
om zijn vlees te bakken.'

Hij had een snee brood genomen en een lepel vet erop uit-
gesmeerd. Hij had er een handvol bruine suiker over uitge-
strooid en gezegd: Dit vind ik lekker. Ze had de pan boven de
vuilnisbak leeggeschraapt en hem langdurig onder een straal
warm water schoongeschrobd. Ze had zijn boterham wegge-
grist en in de vuilnisbak gegooid. 'Nu ben ik de tovenaar. Ik
tover een lekkere gezonde boterham met minarine en een plak-
je jonge kaas!'

5

Vannacht was hij opnieuw in het huis van zijn ouders geweest. Hij zat bij hen aan tafel en vertelde hun dat hij moest terugkeren naar de stad waar hij gestudeerd had, om kleren op te halen. Hij dacht dat hij ginder nog een kamer had, maar hij kon zich niet herinneren waar hij de sleutel had gelaten. Had hij hem misschien aan hen in bewaring gegeven? Hoewel hij aan tafel zat, stonden zijn ouders. Ze keken hem met verschrikte, bezorgde gezichten aan, bijna alsof hij hun afgrijzen inboezemde. Later in zijn droom stond hij in een stoffige donkere kamer die absoluut niet leek op zijn studentenkamer van destijds. Ook in de droom leek het hem uitgesloten dat hij in die vuile kamer zou slapen.

Paul schonk een tweede kop koffie voor zich in en vroeg zich af wat de droom kon betekenen. Hij had Selma beloofd om haar en haar vriend Thierry na het ontbijt naar een tuincentrum te brengen. Er moest een grote kerstboom komen bij het aquarium en een kleintje bij de receptie. Haar vriend sliep nu bij haar in het hotel. Ze hadden hun intrek genomen in eenendertig. Pierre sliep in Selma's vroegere kamer en Louise was zoals verwacht gewoon teruggekeerd. Zelfs de feeks met haar pruiken en haar oude zeeman was niet vertrokken. Ze had haar geld teruggevonden in de tip van de schoen waarin ze het had verstopt. Ze had zich omstandig verontschuldigd en Selma honderd frank gegeven. En Pipo, had hij willen zeggen, hoeveel ga je aan Pipo geven? Ze was met een grote doos sigaren onder de arm naar het politiebureau gestapt en had al haar verklaringen ingetrokken. 'Ze was een domme oude vrouw,' had ze gezegd. Ze wist alleen niet hoe dom. Het was geen hotel maar een gevangenis. Als je er eenmaal was, kwam je er niet weg. Selma's vriend lachte altijd naar hem en gaf hem joviale schouderklopjes. Zijn roze tandvlees contrasteerde fel met zijn zwarte huid. Hij had een brede platte neus. Gorilla, dacht Paul. Hij was er zeker van dat hij Selma alles had verteld over hun nachtelijke ontmoeting in het verlaten hotel. Wie weet had hij er zelfs een heel hoofdstuk bij gefantaseerd.

'Als we dan toch bezig zijn, laten we dan een klein boompje kopen voor Pipo's graf,' had hij gezegd. 'Het is Kerstmis voor iedereen.' Tot zijn verbijstering had Selma enthousiast in haar handen geklapt. Tegen domheid was blijkbaar geen sarcasme opgewassen.

Ze kwam in een blauwe leren broek en een blauwe trui de gelagkamer binnen. Aan haar oren hingen lange zilveren oorbellen. Ze was naar de kapper geweest en had haar ogen opgemaakt. Als de hand van de gorilla niet in de hare had gelegen, zou hij haar oogverblindend hebben gevonden.

'Denk je,' vroeg hij toen ze met hun drieën in de jeep zaten, 'dat Jacques hier zal zijn om Kerstmis te vieren?'

'Waar anders?'

'Hij kan nog altijd worden vervolgd.'

'Paul, iedereen weet intussen dat het glad was op de trap omdat die kater daar had gelegen. Dat is Jacques' schuld niet. Hij had Pipo niet zo hard moeten aanpakken, maar het was een ongeluk.'

Hij remde bruusk. Thierry en Selma vlogen tegen de voorruit. Ze wilden per se samen vooraan zitten en gespten zich niet in.

'Ik dacht dat ik een kind over straat zag rennen.'

'Paul ziet dingen die er niet zijn,' zong Selma. 'Hij ziet geesten!' bulderde de gorilla. De motor schokte. Gisteren had hij zijn boek eindelijk uitgelezen. Knappe plot, vond hij, alle stukken vielen keurig op hun plaats. De detective die de gegevens rationeel op een rijtje had gezet, had het raadsel opgelost. Het zou mooi zijn als hij die man kon inhuren om zich in het vraag-stuk van zijn leven te verdiepen.

Ze vonden een klein, schattig boompje. De man van het tuincentrum wilde het bij de wortels afzagen en er een kruis tegen slaan, maar Selma hield hem tegen.

'Niet doen. Paul, we laten de grafsteen pas na nieuwjaar leg-gen en zolang planten we er dit boompje.'

Ze straalde. Hij zou het maar aan haar Afrikaanse bloed wij-ten. Afrikanen leven met hun doden. Pipo zou die kerstboom zien, geloofde ze. Misschien moest hij dat ook proberen te ge-loven. Maar hij kon alleen maar denken: Toen hij leefde, stop-ten ze hem in een kelder.

Van de twee andere bomen lieten ze wel de wortels afzagen. Hij wilde de grootste samen met Thierry naar de jeep dragen maar de krachtpatser wuifde zijn hulp weg.

'Ik ga een cursus boekhouden volgen,' zei Selma zonder eni-ge overgang toen ze opnieuw aan het rijden waren. 'Jacques heeft gezegd dat, als ik het diploma behaal, hij de administratie aan mij overlaat. Hij zegt dat ik heb bewezen dat hij me kan vertrouwen.'

En wat zal de gorilla dan doen? De hele dag biertjes drinken? Als je een vrouw hebt die werkt, hoef je toch zelf geen poot meer uit te steken.

Op het kerkhof bleef Selma even vrolijk. Thierry plantte de boom en zij zong een liedje voor haar broertje.

'We moeten hem versieren,' zei ze. 'Morgen komen we hem versieren.'

Hij vroeg zich af wanneer ze zou gaan huilen. Maar ze had gehuild, in zijn armen. Ze hadden samen aan de deur van de operatiezaal gewacht en gehuild en gebeden. Nu kneep ze in zijn hand en fluisterde: 'Hij is gelukkig, Paul. Ik weet het. Er was geen leven voor hem hier. Probeer dat gewoon te gelo-ven.' Had ze misschien een beetje gelijk?

Ze duwden de glazen deur naar de gelagkamer open en zagen dat Pierre met Pipo's schoolhoofd aan het praten was. Er stond een kartonnen doos bij hen op tafel. Selma liet Thierry's hand los en zei op een toon die nieuw voor haar was: 'Haal de kerstbomen uit de jeep, Thierry.' Ze liep naar Jean-Luc Mauroy.

'Vruchtesap voor mij.'

'Ja, mevrouw,' zei Pierre.

Ze glimlachte naar Mauroy en nam zijn hand. Even dacht Paul dat ze hem in de hare zou houden, maar ze drukte hem gewoon. Mauroy schoof de doos naar haar toe.

'Ik heb alle spullen van Pipo verzameld: enkele tekeningen, een paar gymschoenen, het schortje dat hij droeg in de tekenles, zijn schriften.'

Hij stond op.

'Blijf nog even.'

De man schudde zijn hoofd.

'Hoe is het met uw zus?' vroeg Paul.

'Kent u haar?'

'Ja.'

'U was hier ook toen het is gebeurd.' Paul knikte. 'Komt er een onderzoek?'

'Dat is achter de rug. Jacques is aanvankelijk gearresteerd maar bijna meteen weer vrijgelaten. De trap was erg glad. Er had een dode kater gelegen. Het was een jammerlijke samenloop van omstandigheden.' Het verbijsterde hem dat hij Selma's versie als een papegaai herhaalde, maar hij wilde de vuile was niet buiten hangen. 'Wilt u mijn groeten overbrengen aan uw zus? Mijn naam is Paul. Paul Jordens.'

De man knikte en liep naar buiten. Paul legde zijn arm om Selma en drukte haar tegen zich aan. Thierry sleepte de grote kerstboom naar binnen. Paul liet Selma niet los.

'Wat doen we met de doos?'

Ze haalde haar schouders op.

'Zal ik hem bewaren?'

Ze knikte. Op de trap naar boven bleef hij staan en keek naar de tekeningen: een grote cirkel voor het hoofd, een eivormig lichaam, armen en benen als harken, en grassprietjes haar op de ballonvormige hoofden. Zo tekenden kleuters. Sommige figuren lagen in een hoek van het witte blad, anderen hurkten naast een veel grotere figuur, eentje was plat op zijn neus gevallen, een andere zat onder een tafel. Eerst leken het hem grappige tekeningen, maar bij nader inzien vond hij ze indroevig. 'Ik had Mauroy moeten vragen hoe het met zijn neefje was.' Hij dacht aan de pisvlekken op de lakentjes waarin hij de baby te slapen had gelegd, en toen aan het stuurse meisje met de sproeten dat er als oppas bij was gehaald. Zelfs Pipo was niet zo begonnen. Hij had genoeg over Yvette Perrin gehoord om te weten dat ze haar zoon niet in een vuil bed zou hebben gelegd.

'Ben je jaloers op Thierry?'

Ze zat op het aanrecht en lepelde de kom met pudding leeg die Fernand voor haar had klaargezet. Ze droeg een witte jurk met groene noppen. Hij had een diepe v-vormige halsuitsnijding, spande nauw in de taille en sprong dan wijd uit. Het was een authentieke jaren-vijftigjurk van Pipo's mama. Selma trok tegenwoordig om het uur iets anders aan. Laat haar nooit dik worden, dacht hij.

'Op Thierry?'

'Je werpt hem altijd woeste blikken toe. Alsof je jaloers bent.'

'Ik weet niet of ik jaloers ben op Thierry, maar ik weet wel dat jij een oogje hebt op Jean-Luc Mauroy.'

'En jij op zijn zus.'

'Niet waar.'

'Wel waar. Je bloost! Wanneer ga je nog eens naar Tardinghen fietsen? Kom mee naar het nazi-kot.' Ze sprong van het aanrecht. 'We hebben er gisteren licht gezien. Thierry was te lui om te gaan kijken.'

Hij dacht aan de keer dat hij er licht had zien branden en bloosde opnieuw. Hij kon zich absoluut niet meer voorstellen dat hij zich ooit door Thierry had laten zoenen. Hij begreep nu dat Thierry het had gedaan om hem uit te lachen. Eerst ging je gebukt onder een strenge opvoeding en daarna ging je gebukt onder de herinnering aan de dwaze dingen die je deed om je van die strenge opvoeding te bevrijden.

'Ben je niet bang?'

'Met Thierry erbij? Kom mee, maar je mag niet woedend naar Thierry staan gluren.'

'Selma, het is toch gewoon een stelletje dat rustig wil vrijen.'

'Dan verjagen we ze. Het is onze plek. Ik ga iets anders aantrekken. Ik bevries in deze jurk.'

Samen met Thierry ging hij in de gang op Selma staan wachten. Telkens als hun ogen elkaar kruisten, lachte de jongen. Het was een beetje een stupide, debiele lach. Selma kwam de trap af in haar bontjasje. Hij vroeg zich af of ze zich nog kon herinneren hoe ze er vroeger bij had gelopen, tien dagen geleden, zeg maar. Behaagziek gaf ze de twee mannen een arm. Aan de rand van de duinen duwde ze Thierry vooruit, dan kwam zij en Paul sloot de rij. Ze liepen snel. Het was een heldere nacht.

'Licht,' zei Thierry. Hij stond stil en wees. 'Minstens drie zaklantaarns. Als ik een teken geef, laten we ons vallen.'

'Hebben wij een zaklantaarn?' vroeg Paul.

'Thierry heeft er een.'

'Nu,' zei Thierry.

Ze kropen dicht bij elkaar in het vochtige zand. Selma's adem was warm in zijn nek. Ik moet vol adrenaline zitten, dacht hij, want ik voel de kou niet. Even hoorde hij stemmen. Hij dacht dat hij het zich had ingebeeld, maar ook Selma fluisterde dat ze stemmen had gehoord. Hij wist niet wat hij precies had verwacht, een stelletje wellicht, of kwajongens, maar toen de mannen eindelijk naar buiten kwamen, dacht hij dat hij hallucineerde. Ze droegen de lange legerjassen en laarzen die hij kende uit oorlogsfilms. Om een mouw zat een rode band met een swastika. Ze waren met zijn vijven. Selma kreunde. Hij durfde zelfs niet 'ssst' te sissen. Wat vreemd, had de vrouw van het immobiliënkantoor gezegd, u bent de tweede deze week die me dat vraagt. Waren dit de andere geïnteresseerde kopers? En hadden zij Jacques' bunker beklad, en het meisje dat was aangespoeld vermoord?

Lang nadat de mannen waren verdwenen, lagen ze roerloos in het zand.

'Kom,' zei Paul, 'of we verkleumen.'

Zonder iets te zeggen liepen ze naar het hotel terug. In de keuken begon Selma hysterisch te huilen. Thierry probeerde haar te troosten, maar ze duwde hem weg. Pas toen Paul zijn armen om haar heen sloeg, kwam ze tot bedaren.

'Als Pipo niet was gestorven, waren we erheen blijven gaan. Het was zijn dood of de onze!'

'Doe niet zo dramatisch, Selma. Die mensen lopen graag in oude legeruniformen rond, dat is alles. Daarom zouden ze ons nog niet hebben vermoord. Jouw vader is toch ook geïnteresseerd in de oorlog.'

'Maar mijn vader is geen moordenaar!'

'O nee, Selma? Het zijn gewoon mensen die een veilige plek zoeken om elkaar te ontmoeten, net als wij vroeger.'

Selma zette met een luide klap een pannetje op het vuur en goot er melk in.

'Ze zitten overal. Hoe dikwijls ben ik niet uitgescholden en geïntimideerd! Jou laten ze met rust omdat je groot en sterk bent!'

'Ik haal een biertje. Je bent onredelijk.'

'De bar is gesloten.'

'Ik dacht dat jij alle sleutels van je vader zou krijgen.'

'Zelfs als hij me de sleutel van de bar had gegeven, was het niet om jou 's nachts aan bier te helpen.'

Thierry sloeg de deur van de keuken dicht. Selma zette twee bekers op het aanrecht.

'Geloof jij in toeval?' vroeg Paul.

Ze haalde haar schouders op en nam de melk van het vuur. Was het toeval, dacht hij, dat die fascistische jongens pas nadat Selma en Thierry een andere plek hadden gevonden naar het nazi-kot waren getrokken? Of vergaderden ze er al langer en hadden ze toevallig altijd Thierry en Selma net gemist? En zouden zijn ouders, als ze nu leefden, iets te maken willen hebben met dit gespuis?

6

Ja, dacht Marius, dit was precies het hotel voor zijn moeder. In jaren geen lik verf en te oordelen naar de afgesleten traploper geen enkele aanzet tot renovatie. Maakte het haar dan niet uit waar ze was? Maar de gelagzaal zat behoorlijk vol. Misschien hechtte niemand veel belang aan comfort in deze streek. Hij legde een hand op de glazen deur maar bedacht zich. Hij liep naar buiten en stak het plein over. Met de mouw van zijn jas veegde hij een houten bank schoon en ging zitten. Er stonden zeventien auto's op het plein geparkeerd, waarvan de meeste eigenaars in het hotel logeerden, vermoedde hij. Nu pas zag hij dat *Le Bateau Guizzantois* ook in de vorm van een boot was gebouwd, wat betekende dat je aan de structuur van het gebouw niet kon komen. Maar je kon wel de gevel laten verven, en de dakgoot en de regenpijpen laten vernieuwen, want dat die niet deugden zag hij met het blote oog. En dan zou je in één moeite door ook de daken kunnen laten herstellen. Zou je hier een subsidie van de staat krijgen? Architectonisch gezien had het gebouw wel wat, en het dateerde wellicht van eind vorige eeuw. In België zou je het kunnen laten erkennen als monument, maar Paula zei dat dat eigenlijk niet voordelig was omdat je dan alleen door officieel erkende aannemers je huis kon laten restaureren en op alle rekeningen BTW moest betalen ook.

Hij had honger. De man die hem een lift tot Wissant had gegeven, had hem bij hem thuis voor een maaltijd uitgenodigd. Hij woonde in Boulogne en wilde hem zelfs achteraf naar

Wissant terugbrengen. Ouwe bok. Maar hij had zijn handen thuisgehouden. Marius nam zijn zakspiegeltje en inspecteerde zijn tanden. Het was verdomd moeilijk om er netjes te blijven uitzien als je geen vaste verblijfplaats had. Maar zijn gezicht was tenminste niet meer gezwollen, en hij zag nog maar een beetje gelig. Hij hoopte dat hij de draadjes niet te vroeg uit de hechtingen had geknipt. Daarmee kun je niet liften, had hij gedacht, maar de wondjes voelden rauw en ze hadden ook een beetje gebloed.

Hij stond op, duwde zijn haar uit zijn ogen, streek zijn kleren glad en liep opnieuw naar het hotel.

'Als het gewoon is om hier een nacht gratis te slapen, dan hebben we geen werk voor jou.'

De man die hem had afgesnauwd, nam zijn pen en ging verder met het invullen van de tabellen die voor hem lagen. Marius negeerde de opmerking en boog door zijn knieën om de modeltank op het metalen bureaublad te kunnen bestuderen zonder hem aan te raken.

'Prachtig werk. De vader van een vriend van me heeft een vitrine vol met tanks, legerjeeps, vliegtuigen, soldaten zelfs. Werd dit model hier in de streek gebruikt?'

De man keek op.

'Overal. Maar het evolueerde erg snel. Je kunt de tanks van veertig niet vergelijken met die van vierenveertig. Dit model was oorspronkelijk voor de woestijn ontworpen.'

'Weet u wat ik vreemd vind,' zei Marius, 'als u zegt: de woestijn, dan denk ik meteen aan Rommel, maar niet aan een generaal van de geallieerden. Napoleon is ook beroemder dan Wellington.'

'Montgomery, El Alamein, november 1942, Shermantanks. Wij leerden die dingen op school.'

'Wij ook. Maar ik heb blijkbaar de verkeerde dingen onthouden.'

De man legde zijn pen neer.

'Het is een vicieuze cirkel: de mensen hebben geen interesse voor de oorlog omdat ze er niets over weten. Er moet hier een educatief museum komen met duidelijke kaarten waarop mensen het allemaal kunnen zien. Ik ben in correspondentie met een Britse militair die zijn collectie aan het museum zou willen afstaan, en ik wil mensen in de streek vragen om al het oude legermateriaal dat op zolder of in de kelder rondslingert, hier te deponeren. Maar er moet vooral voor tekst en uitleg worden gezorgd.'

'Bedoelt u dat u dat museum gaat inrichten?'

'Wie anders? Het probleem is dat ik hier niet kan worden gemist. Mijn dochter gaat een cursus boekhouden volgen en dan kan zij tenminste dat van me overnemen. Ik ben een van de kelners aan het opleiden tot maître d'hotel, maar het is moeilijk om iemand te vinden die je kunt vertrouwen. Een hotel is als een vrouw. Het bindt je aan handen en voeten.'

Hij stak een sigaret op, bood Marius het pakje aan, knikte goedkeurend toen die zijn hoofd schudde.

'Drink je?'

Opnieuw schudde Marius zijn hoofd.

'Maar je vecht.'

Hij wees naar Marius' gehavende gezicht.

'Soms,' zei Marius, 'moet je als man bereid zijn iemands verdediging op je te nemen.'

'En drugs? Ook al niet. De gezonde generatie. Selma!' Hij trok gulzig aan zijn sigaret en hield Marius met kleine oogjes in de gaten. 'Waar zit ze? Selma!' Hij riep luid maar kwam niet van achter zijn bureau. 'Selma!' Hij brulde. Marius deed verschrikt een stap achteruit zodat het meisje tegen hem aan botste. De kleine man negeerde de verwarring. 'Vertel meneer over je plannen.'

'Welke plannen?'

De man stampte met zijn laars, het meisje wreef over haar neus, die ze tegen Marius' rug had gestoten.

'Je plannen. Onze plannen.'

'Wie is dat?'

Ze wees met haar kin naar Marius, die gauw zijn hand uitstak.

'Dubois. Marius Dubois. Ik had het met uw vader over toe-komstplannen voor het hotel.'

'Vanwaar kom je?'

'Brussel.'

'Waarom spreek je dan zo slecht Frans?'

'Selma!'

'Niet iedereen in Brussel is Franstalig.'

'Wat spreek je dan?'

'Deens,' zei hij. 'In de zeventiende eeuw is er een Deense sekte naar Brussel gevlucht. Hebt u hier nooit mensen uit de Brusselse Deense kolonie gehad? Ze houden van de zee.'

Ze haalde haar schouders op en draaide zich om.

'Selma! Ik zoek nog altijd schoonmaakhulp. Ik bedoel, je kunt altijd opnieuw je schort aantrekken.'

Abrupt keerde ze zich naar haar vader en zei ijzig kalm: 'Nee, dat kan ik niet. Laat meneer Dubois mijn schort aantrekken.' Ze liet haar ogen over zijn kleren dwalen. 'Of kwam hij geen werk vragen? Zie je niet dat hij honger heeft. Stuur hem naar de keuken. Fernand heeft soep voor hem. En afwas.'

Het gezicht van de man verstarde. Toen ontblootte hij zijn tanden en liet zijn schouders schudden. Marius begreep dat hij had besloten te lachen.

'Selma, vertel meneer Marius wat je vanmorgen hebt gedaan.'

Ze haalde haar schouders op.

'Toe, vertel hem hoe je je door de commissaris op een kop koffie hebt laten trakteren.'

'Ik heb niets gedaan. Hij bood me gewoon een kop koffie aan. Sorry, papa, Thierry wacht.'

'Zo groot was ze toen ze hier kwam. Een sloom kind waar-van ik nooit wist wat het dacht. Ik liet haar schoonmaken om-dat ik niet wist wat ze anders kon aanvangen. Op een dag wordt ze valselijk beschuldigd van diefstal en schiet ze wakker. Je had moeten zien hoe ze zich weerde. Dat kan hier jaren wo-nen maar dat temperament blijft anders. Dat heeft geen bloed maar kokende lava in de aders.'

'Wie is Thierry?'

'Die jongen daar, zie je hem? Werkt niet, kan niets, doet niets. Selma wil hem. Vrouwen kun je beter hun zin geven, dan gaat het voorbij. Heb jij een liefje?'

'Nee.'

'Toch niet...'

'Nee, nee.'

'Als je wilt, kun je in de keuken soep krijgen. Jammer dat je geen meisje bent, anders liet ik je schoonmaken. Nu heb ik echt geen werk voor je.'

'Ik kan schoonmaken. Echt waar. Voor Brusselse Deense mannen is het heel vanzelfsprekend om schoon te maken. Grapje. Ik kan het gewoon. U zult het zien.'

'Waar logeer je?'

'Hier.'

'Ik heb alleen een brits voor je op de overloop naar de derde verdieping. Heb je helemaal niets bij je?'

'Volsta ik niet?'

De man ontblootte zijn tanden zodat Marius opnieuw niet wist of hij geërgerd was of lachte.

'Ga soep eten. Selma! Neem meneer Marius mee naar de keuken. En toon hem wat hij moet doen en waar alles staat. En zeg aan Louise dat ze niet langer jouw kamers erbij moet nemen.' Hij wendde zich tot Marius. 'Een gouden raad: kijk uit met Louise. Als ze zich beledigd voelt, stapt ze op. Een paar dagen later komt ze huilend smeken of ze terug mag komen, maar intussen zeurt ze me de oren van het lijf.'

'Waarom kan Louise het hem niet uitleggen?'

'Omdat ik wil dat jij het doet. Selma, vertel meneer Marius wat je tegen de commissaris zei toen hij je koffie aanbood.'

'Dat ik van mijn vader geen koffie van vreemde mannen mocht aannemen.'

De kleine man sloeg op zijn billen van plezier.

'Zo ken ik mijn Selma.'

'Tussen haakjes, papa, ik heb in de Tabac slingers voor de kerstbomen gekocht. Je bent hun nog 85 francs verschuldigd.'

'Hoor je dat? Zo zijn vrouwen: zij maken zotte kosten en wij mogen betalen.'

Hij gaf Marius een knipoog.

'Waarom wil jij hier komen schoonmaken?'

'Ik heb werk nodig.'

'Je ziet er niet uit of je ooit in je leven een dweil hebt vastgehouden.'

Marius glimlachte.

'Je vader is erg trots op je.'

'Ja. Al twaalf dagen. Ben jij ooit bang geweest? Echt bang? Antwoord niet. Je zult toch niet eerlijk antwoorden. Hier is je bed. Ik zal Louise roepen om je de rest uit te leggen.'

'Je vader zei dat jij het moest doen.'

'Zij heeft de sleutels. Je moet om halfacht in de keuken zijn om te helpen met het ontbijt en vanaf halftien begin je met de kamers. Als ik jou was, zou ik een paar rubberhandschoenen kopen, anders gaan je handen kapot.'

'Krijg ik geen kamer?'

'Dit is een kamer. Een overloopkamer. Mijn vader slaapt ook op een brits. Kom je echt uit Brussel?'

'Ja.'

'Is Brussel zo groot als Parijs?'

'Nee. Waar is jouw kamer?'

'Wil je dat weten?'

'Ja.'

'Dat dacht ik al.'

Iemand blies zachtjes in zijn gezicht. Hij was bij de gedachte aan het werk dat hij morgen zou moeten doen, onder het ruwe laken gekropen en meteen in slaap gevallen.

'Mijn vader zoekt je.'

'Wat wil hij?'

'Dat moet je hem vragen. Hij wacht op je in zijn jeep aan de achterkant van het hotel.'

'Kom je mee?'

'Denk jij dat ik met je meekom?'

'Ik denk niets, ik vraag het. En nu moet ik me haasten. Ik denk niet dat jouw vader graag wacht.'

Op de trap liep hij een man tegen het lijf die hij beneden ook had gezien en van wie het gezicht hem opnieuw vertrouwd voorkwam. Hij hoorde stappen achter zich en wist dat ze hem volgde. In de jeep schoof ze naast hem. 'Sorry,' zei hij, en trok met een brede zwaai de veiligheidsgordel over hen beiden. 'Als een dekentje,' zei hij. Jacques nam een sigaret en bood Marius het pakje aan.

'Ik rook niet.'

'Dat is heel verstandig,' zei hij, alsof hij vergeten was dat Marius daarnet ook al een sigaret had geweigerd.

'Wordt het hier straks druk met Kerstmis?'

'Valt wel mee.'

Selma wendde haar hoofd af en keek door het zijraampje naar buiten.

'Zit het hotel nu vol?'

'Vol genoeg.'

'Als ik zo'n huis had zou ik het ook liever voor mezelf houden.'

De man lachte. Marius keek weg van zijn puntige gele tanden.

'Als ik zo'n huis had, verkocht ik het.'

'U bent niet de eigenaar?'

'Ik ben de gevangene. Selma, vertel meneer Marius wat de brandweer jou heeft gezegd.'

'Dat het wordt gesloten als we de brandveiligheid niet binnen een maand verbeteren.'

'Vroeger, meneer Marius, was de Gestapo hier heer en meester. Nu hebben ze het anders opgelost. Via de Europese Commissie mogen de Duitsers ons de les lezen. Als een hotel niet aan de Duitse normen van Gründlichkeit voldoet, moet het dicht. En dan zijn we ook nog eens opgezadeld met hun volgelingen, de neonazi's. Ken je die? De echte nazi's zouden hen met geen tang hebben willen aanraken. Selma, vertel meneer Marius...'

226

'Marius.'

'Vertel Marius wat ze hier hebben uitgehaald.'

'Hij ziet het toch zo.'

'Vertel het hem.'

'Ze hebben jouw bunker beklad.'

'Welke bunker, Selma?'

'Mijn vader wilde een bunker inrichten als museum.'

'Wilde? Zal! De commissaris heeft me het adres gegeven van het bedrijf dat graffiti verwijdert voor de gemeente. Volgens hem moet de gemeente de rekening betalen ook. Zo'n bunker maakt toch deel uit van het patrimonium. Zie je hem? Nee, stap niet uit, het stinkt er en we hebben nu geen tijd. Hebben jullie ze in Brussel ook?'

'Bunkers?'

'Fascisten.'

Hij dacht aan Philippe die lid was van de nationalistische studentenbeweging. Hij had er nooit veel aandacht aan besteed. Voor zover hij begreep, hielden ze zich vooral bezig met het verleden, met een Vlaanderen dat wat hem betrof de pot op kon.

'Ik denk,' zei hij, 'dat ze jaloers zijn. Het hotel draait goed, iedere dag zit het restaurant vol, begrijp ik, en nu nog een museum erbij.'

Jacques zuchtte.

'Wij, Perrins, zijn altijd te sterk geweest voor deze streek. Het is hier een streek van dwergen en mislukkelingen. Ze verdragen niet dat iemand daar boven uitsteekt. Het drama is dat je je op den duur verantwoordelijk gaat voelen. Je wilt niet wegtrekken omdat je tenslotte een belangrijke werkgever bent. Als ze nu te weten komen dat Selma bij mij in de zaak komt...' Hij stak een sigaret op en startte de jeep. 'We hebben hier nog iemand uit Brussel. Vreemde kerel. Somber. Gesloten. Maar hij helpt ons af en toe, en alle hulp is welkom.'

'Wat doen jullie hier 's avonds?'

Jacques lachte zijn vreemde lach.

'Selma, wat doen wij hier 's avonds?'

'Menu's opstellen, maaltijden opdienen, tafels afruimen, gasten helpen... Waar wil je beginnen? Papa, waar wil je Marius hebben vanavond?'

'Achter de bar?'

'Dat is Pierres plaats. Of Pauls.'

'Heb je ooit achter een bar gestaan?'

'Gisteren nog. In een café in Rijsel.'

'In een hotel,' zei Jacques, 'is altijd werk. Wie handen en ogen heeft, is er meteen thuis.'

'Uw hotel is terecht een boot,' zei Marius. 'U bent de kapitein die zorgt dat het de juiste koers vaart.'

'We hebben hier anders wel muiterijen gekend. Het gevaar met een schip is dat als een verrader zich aan boord heeft verschanst, je tot de volgende haven moet wachten om je van hem te ontdoen.'

'Of je moet hem overboord werpen.'

'Ja,' zuchtte de kleine man, 'soms heb je geen keuze.'

Thierry zat bij het raam toen ze binnenkwamen. Hij dronk een biertje. Selma wees naar de man die aan het tafeltje verderop zat en fluisterde: 'Brussel.' Toen ging ze bij haar vriend zitten. Natuurlijk kwam hij me vertrouwd voor, dacht Marius, de nieuwe vriend van mijn moeder. Was zij hier dan ook?

'Wij kennen elkaar.'

Het gezicht van de man lichtte op.

'Ik dacht het al. Marius, niet? Lag jij niet in het ziekenhuis?'

Marius wees naar de sporen van het ongeval op zijn gezicht.

'Weet je moeder dat je hier bent?'

'Weet ze dat u hier bent? Of is het uit?'

'Ik weet het niet. Ik wacht op een brief van haar, of een telefoontje. Ik denk dat ze overstuur is.'

'Mijn moeder is meestal overstuur.'

'Ik begrijp iets niet. Hoe kom jij hier?'

'Hoe komt u hier?'

'Via je moeder.'

'Dan hebben we blijkbaar iets met elkaar gemeen. Drink je

veel?' Hij wees naar het glas whisky dat voor Paul op tafel stond.

'Vroeger niet.'

Hij wilde iets zeggen over zijn moeder en drinken, maar Thierry klopte ongedurig met zijn lege bierglas op de houten tafel. Er stond niemand achter de bar. Paul stond op. Kon die zak niet zelf zijn gat oplichten en een biertje nemen? Marius had gelezen dat genetisch beschouwd er meer overeenkomsten konden bestaan tussen zwarten en blanken dan tussen zwarten onderling. Genetisch kon Selma dichter bij hem staan dan bij haar vriend. Hij zou het haar bij gelegenheid vertellen. Hij voelde de blik van de zwarte jongen en dwong zijn gezicht in een glimlach. Geen vijanden maken, Marius. Speel je kaarten handig. Vriendelijk, charmant, attent. En vooral niet over-haast.

'Ik ga slapen.'

'Nu al?' vroeg Selma. Ze fronste haar voorhoofd.

'Het is morgen vroeg dag.'

'Stoffer en blik geven goud in de mond.' Thierry bulderde. Marius beeldde zich in dat de frons in Selma's voorhoofd dieper werd. Die Paul van zijn moeder zou hem wel geld lenen en dan zou hij Selma laten zien hoe een man met stijl een vrouw mee uitnam. Het kon niet moeilijk zijn om een kind te imponeren dat niet wist dat Parijs groter was dan Brussel.

'Neem nog een biertje,' zei ze.

'Sorry,' zei hij, 'maar ik wil het vertrouwen van je vader niet beschamen.'

Hij maakte een diepe buiging. Een-nul, dacht hij. Hij moest zich beheersen om geen sprongetje te maken.

7

'Papa, Stella, Paul, ikzelf, mama, het meisje dat door Marius is doodgereden, het jongetje dat in Wissant voor Pauls ogen is gestorven.' Elizabeth telde op haar vingers. 'Met zeven aan tafel.'

Je moet hem gezien hebben, had Paul gezegd. Hij zat altijd ergens in een hoek te gluren of te spieden. Denk aan een personage uit een tekenfilm wiens schaduw autonoom handelt. Die schaduw was Pipo.

'Of Peter Pan,' had ze gezegd. 'Het jongetje dat niet wilde opgroeien. Geloof jij dat een mens beter jong kan sterven? Je verliest zoveel.'

'Je verliest, je wint.'

'Waarom hadden jullie geen kinderen?'

'Maja wilde er geen. Ze was bang voor een bevalling. Dus zeiden we dat we er geen konden krijgen. Iedereen had medelijden met ons. Ik ben vier keer peetvader, zij had vijf peetkinderen. Ons huis was nooit leeg op Sinterklaas. Als ik kinderen had gehad, Elizabeth, dan zou ik godverdomme van hen hebben gehouden. En ik zou ervoor hebben gezorgd dat ze wisten dat ik van hen hield. Ik wilde hem de kamer van zijn moeder laten zien. Ik was ervan overtuigd dat zijn vader zou bijdraaien. Zo'n ventje van tien kan je nog redden.'

Vier borden voor de levenden, twee borden voor kinderen die nooit volwassen zouden worden, en een bord voor een vrouw die nooit had leren spreken. Maja moest ook een bord krijgen.

Een bord voor een vrouw die geen kinderen had gewild.

'Mama, als al die dode mensen een bord krijgen, waarom zet je er dan geen neer voor Marius?'

'Omdat voor Marius elders een tafel staat gedekt. Daarom zet ik ook geen bord voor mijn halfbroer of voor zijn moeder.'

'Waarom zet je een kaars bij elk bord?'

'Dat is voor het geval dat de doden zich kenbaar willen maken.'

'Vind je het niet luguber, mama?'

'Liefje, weet je wat ik luguber vind: mensen die hun doden vergeten. In sommige landen brengt men eten naar het kerkhof, of legt men brieven op het graf van geliefden.'

'En zullen wij voortaan bij elk feest aan tafel zitten met lege borden erbij?'

'Zij krijgen ook eten, Stella, voor één keer. Laat je moeder dit één keer doen.'

'Maar waarom komt Marius niet naar huis?'

'Marius is eenentwintig, Stella. Als je eenentwintig bent, dan moet je hard van je ouders weghollen om twintig jaar later even hard naar ze terug te kunnen hollen. Als je een beetje geluk hebt, zijn ze er dan nog.'

'Ik zal nooit van je weghollen. Ik haat Marius. Het is zijn schuld dat wij met doden aan tafel moeten zitten. En het is niet waar wat je zegt. Marius wilde dat je naar het ziekenhuis kwam, maar jij verdomde het en daarom is hij midden in de nacht gevlucht!'

Gisteren op straat had een vrouw haar aangesproken. Of ze in de buurt woonde? Ja. Of ze hier altijd kwam winkelen? Ja. Dezelfde grote bruine boodschappentas, het soort hoedje dat haar moeder ook altijd had gedragen, smalle lippen. Elizabeth had naar haar gekeken, en wat meer was, de vrouw leek even ontroerd als zij, alsof ook zij haar aan iemand deed denken. Hebt u een dochter? had Elizabeth ten slotte gevraagd. Nee, nee, had de vrouw geantwoord, en ze was verdwenen in de mensenmassa.

'Ik zal jullie iets vertellen over mijn moeder dat echt is gebeurd. Ik kan het je rustig vertellen want ze is dood. Er staat hier ook geen bord voor haar. Nee, nee, Lizzie, zo bedoel ik het niet, blijf zitten, luister naar je vader. In die tijd droegen de vrouwen geen onderbroek. De vrouwen in de stad misschien wel, maar de vrouwen op het land niet. Op een zondagochtend liep ik met mijn ouders naar de kerk. Mijn moeder liep voorop, dat was zo in die tijd. Mannen en vrouwen liepen niet samen over straat en ook in de kerk zaten ze gescheiden. Ik was een kind en liep van mijn vader naar mijn moeder. Ineens begon het te regenen. Ik liep naar mijn vader die de grote zwarte paraplu bij zich had, en allebei zagen we hoe mijn moeder zoals de vrouwen dat toen deden, haar rok over haar hoofd sloeg om zich te beschermen, alleen vergiste ze zich en trok alle drie haar rokken over haar hoofd zodat wij, die enkele meters achter haar liepen, haar brede witte kont zagen. Ik wilde roepen, maar mijn vader zei dat ik moest zwijgen. Ze voelt het vast, zei hij, maar ze voelde helemaal niets. Ze liep op straat met haar gat bloot tot een vriendin het zag. Ze was razend op mijn vader maar die kon er alleen om lachen. Hij vertelde het aan wie het maar wilde horen tot ze op een dag weigerde om nog bij hem te slapen als hij er niet over ophield.'

'Mijn grootmoeder,' begon Paul, 'was een weduwe. Ik bedoel, ik heb haar nooit anders dan als weduwe gekend. In de beste plaats, zoals dat heette, hing het portret van haar man. Altijd als we daar kwamen, moesten we naar het portret gaan kijken en vertelde ze hoeveel ze van elkaar hadden gehouden. Op een dag kom ik daar en niemand doet open. Mijn moeder had me sla uit onze tuin voor haar meegegeven en omdat ik geen zin had om die mee terug naar huis te nemen, kroop ik door het keldergat naar binnen. Ik legde de sla op de keukentafel en gewoontegetrouw wilde ik naar het portret gaan kijken. Ik duwde de deur op een kiertje open en wat zag ik: mijn grootmoeder zat aan een tafeltje dat ze zo had geplaatst dat ze als het ware tegenover haar man zat, en at gebakjes. Ze was volledig in beslag genomen en merkte me niet op. Ik sloop naar buiten en holde zo snel als mijn benen me konden dragen naar mijn moeder, maar ik durfde haar niet te vertellen wat ik had gezien, en ook tegen mijn grootmoeder heb ik er nooit toespelingen op gemaakt. Bij ieder bezoek ging ik trouw het portret groeten en dacht: smakelijk.'

'Misschien mocht ze van hem geen gebakjes eten.'

'Of misschien was hij er juist dol op en wilde ze hem ook laten genieten.'

'Wil iemand nog kalkoen?' vroeg Elizabeth. 'Er zijn ook nog kroketjes. Nee? Dan vertel ik. De eerste zomer dat ik Stella had, had ik samen met mama een appartement aan zee gehuurd. Raf en papa moesten werken en kwamen ons tijdens het weekend bezoeken. Iedere dag regende het en zaten wij daar met twee kleine kinderen op een appartement van tien vierkante meter. Als Marius iets met zijn lego-blokken bouwde, kroop Stella ernaar toe en gooide het om. Zij kraaide van plezier, hij trapte op haar vingers. Het was een gegil en gebrul van 's morgens vroeg tot 's avonds laat. Op een dag gaat mama winkelen en komt terug met een grote tas die duidelijk volgepropt zit, maar ze wil niet zeggen waarmee. Ze doet vreselijk geheimzinnig en verdwijnt in de badkamer. Op slag houden die twee op met ruzie maken. Na een kwartier komt mijn moeder uit de badkamer in een lange zwarte jurk en een hoed met een witte pluim. Ze leunt op een wandelstok en draagt een lange halssnoer. Waar had ze die spullen vandaan? Ze wilde het niet zeggen, maar ze begon liedjes te zingen en danspasjes te maken. Marius moest meedoen. Ze haalde een strohoed uit haar tas en beloofde dat ze ergens een jasje voor hem zou opduikelen. Toen Raf en papa kwamen, gaven ze een voorstelling. Weet je nog, papa? De tweede week scheen de zon, maar ik kreeg Marius niet mee naar het strand. Hij was binnen met mijn moeder aan het dansen en zingen.'

'Mijn balletjuf,' zei Stella, 'kende dat meisje.'

Elizabeth zag dat ze kleurde.

'Vertel maar,' zei ze, en ze legde haar hand op Stella's hand. Ze keek naar de kaars bij het bord van het meisje, beeldde zich in dat hij flakkerde.

'Ze was verliefd geweest op mijn lerares.' Stella keek naar haar bord. 'Dat is alles.'

'En je lerares?'

'Die vond haar gewoon aardig. Maar dat meisje achtervolgde haar een beetje. Ze wachtte haar op na de les. Soms gaf ze haar een brief. Ze schreef ook gedichten.'

'Mijn vrouw, Maja,' zei Paul, 'heeft ook zo'n jeugdliefde gehad, ook voor haar lerares. Maar bij haar was het de lerares die gedichten schreef en zij mocht ze dan voordragen. Maja had een mooie, warme stem. Toen ze van school ging, nodigde de lerares haar uit om samen naar zee te gaan. Haar moeder zei: Wat wil die vrouw van jou? en dat was dat.'

'Gedichten moet je uiteraard aan zee declameren,' zei Elizabeth. 'Er is nog taart, een kerststronk.'

'Krijg ik het kindje Jezus?'

'En ik het marsepeinen hart?'

'Er is geen marsepeinen hart. Daarvoor moet je wachten tot met oud en nieuw.'

'Lizzie, wat vind je van je eierrek?'

'Prachtig, papa. Ik zal Stella vragen het te schilderen en dan hang ik het in de keuken bij de andere twee.'

'Jouw moeder wilde ze nooit gebruiken. Ze bewaarde haar eieren in de koelkast.'

'Dat weet ik.'

'Maar eieren moeten op kamertemperatuur worden bewaard.'

'Mama, ik denk dat het gaat sneeuwen.'

'Echt waar?'

Ze duwde het raam open, voelde ijskoude lucht naar binnen stromen.

'Stella, liefje, zie je die sterren? Uit welke wolken zou de sneeuw moeten vallen?'

'Maar het zou kunnen sneeuwen, later, als er wolken overdrijven.'

'Wie zegt dat het gaat sneeuwen?'

'Ik!'

'Ik ook!'
'Ik ook!'
Ze sloot het raam. De kaarsen flakkerden wild.

'Mag ik blijven?'
  'Als je je haast, ben je vóór de sneeuw thuis.'
  'Dan heb je morgen geen auto.'
  'Op kerstdag heb ik geen auto nodig.'
  'Ik zou in Marius' bed kunnen slapen.'
  'Daar slaapt mijn vader.'
  'Of hier op de bank.'
  'Er zijn geen extra dekens.'
  'Je hebt toch een slaapzak.'
  'Denk jij dat het gaat sneeuwen?'
  'Het sneeuwt nooit op kerstdag.'
  'Vroeger sneeuwde het altijd met Kerstmis. Ik weet nog heel goed dat mijn vader een slee had gemaakt en dat hij mij en Karel door de sneeuw naar de middernachtmis trok. Gingen jullie naar de middernachtmis?'
  'Tuurlijk.'
  'Je zou uiteraard ook bij mij kunnen slapen. Mijn borsten zijn wel niet als appeltjes, en mijn billen zeker niet, maar ik heet Appelmans.'
  Hij sloeg zijn handen voor zijn gezicht. 'Plaag me niet of ik zink door de grond. Was je erg boos?'
  'Boos? Ik begreep je niet. Ik begreep dat je met dat meisje sliep, maar ik begreep niet dat je die brief schreef. Je wist hoe overstuur ik al was.'
  'Maar jij was weggereden. Jij hebt achteraf zelfs niet gevraagd hoe ik thuis ben gekomen.'
  'Hoe ben je thuis gekomen?'
  'Met mijn duim.'
  'Jij liften?'
  'En waarom zou ik niet liften, mevrouw Appelmans?'
  'Het is niets voor jou.'
  'O nee? Beken, Elizabeth, jij vindt mij een beetje braaf en

saai, maar als ik je een brief schrijf die niet saai en braaf is, dan ben je boos!'

'Dat komt omdat ik een vrouw ben. Wij vrouwen weten niet wat we willen.'

'Ik wel. Ik wil bij je slapen.'

'Slapen?'

'Nee, niet slapen.'

'In een appeltje bijten?'

'Bijt, vooruit, bijt!'

'Ssst, we moeten de kaarsen nog uitblazen.'

'Laat ze branden, anders is het of we ze vermoorden.'

'We kunnen het huis niet in de fik laten vliegen. En zij moeten ook gaan slapen.'

'Ik blaas die van Pipo uit.'

'En ik die van mijn moeder.'

'Maja.'

'Het meisje.'

'Een zoen.'

'Je slaapt niet.'

'Jij ook niet.'

'Waar denk je aan?'

Ze opende haar mond om alles over Jakob te vertellen, maar ze vond geen woorden, wilde ook geen woorden vinden. Jakob had er aan de telefoon niet over gesproken, ze hadden elkaar niet geschreven, ze had er geen enkele vriendin over in vertrouwen genomen, het kon net zo goed niet zijn gebeurd. Terwijl je in Wissant was heb ik... En dan? Ik heb bij Jakob geslapen. Ik heb met Jakob geslapen. Ik heb met Jakob gevrijd. Ik heb met Jakob geneukt. Drie, hooguit vier woorden bestonden er voor zoiets complex. Ik heb Jakob liefgehad. Ja. Nee. Die nacht had ze hem mateloos liefgehad. Welk werkwoord was er voor: iemand een nacht liefhebben en dan beseffen dat hij die liefde niet waard is? Ze mocht vooral niet aan hem denken. Als ze aan hem dacht, haatte ze hem. 'Ik haat die ik bemin omdat hij ziet dat ik hem bemin.' Zoiets zou Paul

haar nooit doen denken. Geen pieken of dalen. Geen verscheu-
rende tegenstrijdigheden. Op een avond was ze naar Jakobs
huis gereden. Er brandde geen licht en toen ze aanbelde, was
niemand komen opendoen. Toch had ze gedacht stemmen te
horen. Hoge, kirrende stemmen. Onderweg naar huis was het
angstzweet haar uitgebroken. Ze was aan de kant gaan staan,
durfde niet verder te rijden uit angst dat haar huis er niet meer
zou zijn en ook zij zou blijken niet te bestaan.

Ze zei: 'Ik denk aan mijn vader. Hij wil niet weg uit zijn
huis.'

'Waarom zou hij daar weg moeten?'

'Omdat hij het niet kan onderhouden. Ik wist niet wat ik zag
toen ik er onlangs kwam.'

'Kwam je er vroeger nooit?'

'Hij stond om de haverklap hier.'

'En je broer?'

'Mannen hebben daar geen oog voor.'

'Mannen zijn blind.'

'Dat zeg ik niet, Paul, maar...'

'Je hebt gelijk. Wij zijn blind. Het is zelfs wetenschappelijk
bewezen dat het vrouwelijke oog veel meer kleurschakeringen
waarneemt dan het mannelijke. Vandaar alle misverstanden bij
het winkelen. De vrouw wil van de man vernemen of hij dit
stofje dan wel dat stofje mooier vindt, maar de man ziet geen
verschil.'

'Vroeger geloofde ik dat hij kon toveren.'

'Dat kon hij ook. Hij heeft jou getoverd. Ga je je halfbroer
zoeken?'

'Karel is bang dat hij zijn deel van onze erfenis zal opeisen.'

'Je vader heeft hem nooit erkend.'

'Nee, maar wat zeg je tegen elkaar?'

'Isabelle is een ongehuwde moeder. Een echte, bedoel ik.
Une fille mère, zoals de Fransen zeggen. Ze zorgt niet goed
voor haar baby. Haar broer heeft nog iets voor Pipo proberen
te doen, misschien doet hij ook iets voor zijn neefje.'

'Jij kon het niet helpen dat Pipo stierf.'

'Ik stond erbij, Elizabeth. Ik heb het voor mijn ogen laten gebeuren. En nu ben ik bang voor de baby van Isabelle. Zou je met me meekomen naar Wissant?'

'Waarom?'

'Misschien had ze toen gewoon een slechte dag. Maar ik wil zekerheid. Ik zou met haar broer kunnen praten.'

'Marius zal denken dat ik voor hem kom.'

'Je bent zijn moeder.'

'Hebben zonen van eenentwintig jaar moeders?'

'Elizabeth.'

'Kun jij je voorstellen wat voor Kerstmis haar ouders hebben gehad?'

'Ja, ik hoef me maar te herinneren hoe het was na Maja's dood. Of ik hoef me maar voor te stellen hoe het zou zijn geweest als jij me nu niet had uitgenodigd.'

8

'Ik ben mijn pakje voor Marius vergeten.'

'Wil je terug?'

'Nee, dan heeft hij het nog te goed. Ik had het klaargelegd, maar Lucia was aan het tateren en Stella kwam er voortdurend tussen, ze wilde absoluut met ons mee, maar haar vader heeft haar de hele vakantie nog niet gezien, dus liep ze te pruilen en Lucia was aan het zeuren omdat er kaarsvet op het kleed was gemorst...'

'Door de geesten?

'Ja, vast door mijn moeder, en toen belde Ida, die wilde nog voor nieuwjaar met me praten... Paul, ik had een pan met stoofvlees voor mijn vader gemaakt, kun je bij een benzinesta-tion stoppen, dan bel ik hem en zeg dat hij het moet ophalen terwijl Lucia er is.'

Ze moest het hem drie keer uitleggen eer hij begreep wat ze bedoelde. Voor alle zekerheid belde ze ook Lucia, die meteen over de rommel op Stella's kamer begon. Ik zal een cadeautje voor haar meebrengen uit Wissant, dacht Elizabeth, anders stapt ze op. Ze legde neer en liep naar het toilet om haar handen te wassen, maar alle wastafels waren bezet. Ze keek naar de acht vrouwen op een rij die alle acht alleen oog voor hun spie-gelbeeld hadden. Een vrouw ging weg, ze nam haar plaats in en verfde haar lippen bij. Seconden later plantte ze een rode afdruk op Pauls wang.

'In het toilet was het net als in het ziekenhuis waar ik ben gesteriliseerd. Stel je voor: twintig gezonde vrouwen in bed in een relatief kleine ruimte, maar geen enkele vrouw zegt een woord tegen een andere. Iedereen is alleen met zichzelf bezig, denkt aan haar kinderen en bevallingen. Een voor een krijgen ze een prik, een voor een worden ze weggerold. Als we met elkaar hadden gepraat, was het niet zo droevig geweest.'

'Ik heb me ook laten steriliseren.'

'Wanneer?'

'Jaren geleden. Ik dacht dat ik nooit meer zou vrijen. De gedachte dat iemand nog maar naar mijn ballen zou kijken, deed al pijn. Kleed u maar aan, meneer Jordens, u mag naar huis, maar in het verkleedhokje ging ik tegen de grond.'

Ze lachte.

'Om de een of andere reden vindt iedereen mannelijke sterilisatie grappig. Ik lachte toch niet om jouw verhaal.'

'Arme Paul. Ik denk dat jij erg mooie kinderen zou hebben gemaakt.'

'De dokter zei dat als ik veel oefende, mijn sperma toch nog een kans zou maken.'

'Zelfs bij een vrouw met klemmetjes?'

'Vooral bij een vrouw met klemmetjes.'

'Hou je handen op het stuur!'

Hij lachte. Merkte dat ze huilde.

'Elizabeth?'

'Het is niets. Ik was bang. Rij voorzichtig, toe.'

Hij remde. Parkeerde langs de kant. Veegde onhandig haar tranen weg. Zei: 'Misschien moet je proberen iemand te vertrouwen die niet je vader is.'

'Hebt u nog kamers, meneer?'

Marius draaide zich om.

'Mama! Je bent gekomen!'

'We waren toch in de buurt. Je ziet er goed uit. Laten ze je hard werken?'

'In het begin moest ik schoonmaken en dat vond ik vreselijk. De amuse-gueulers komen hier oud en nieuw vieren. Waar is Stella?'

'Bij papa. Ik had een pakje voor je, maar ik heb het thuis vergeten. En er was ook post voor je.' Ze glimlachte. 'Onbewust wil ik blijkbaar dat je naar huis komt, alles is daar blijven liggen.'

'Thierry is weg,' zei hij tegen Paul. 'Op een middag zijn we allemaal samen de bunker gaan schoonmaken, Louise, Pierre, Jacques, twee van de obers, Selma en ik, zelfs de commissaris was erbij. Pierre en ik werkten binnen, de anderen schuurden met een produkt dat Jacques via de commissaris gratis had gekregen, de graffiti weg, en op een gegeven moment was hij verdwenen. Pierre en ik dachten dat hij buiten was, en buiten dachten ze dat hij bij ons was. Selma weet zelfs niet waar hij woont. Ze zegt dat ze met hem is gegaan omdat hij de enige zwarte jongen was die ze kende, maar nu beseft ze dat ze een blanke vader heeft.'

'Ik dacht dat Jacques haar had geadopteerd.'

'Ze is zijn dochter.'

'Geadopteerde dochter.'

'Geadopteerd of niet, je ziet dat ze blank bloed heeft, en ze is in een blank milieu opgevoed. Zij wil iets bereiken, maar in die Thierry zat geen werken. Ze zegt dat hij een ordinaire dief was. Handtassen afrukken, dat niveau. Ze wilde hem een kans geven, hij heeft een moeilijke jeugd gehad, zegt ze, nooit een moeder gehad.'

'Zonder mij zou jij dus ook handtassen gaan afrukken?'

Hij lachte. 'Ik dacht dat je nooit zou komen. Paul had gezegd dat hij zou proberen je om te praten, maar de dagen gingen voorbij zonder mama. Zeg dat je hier voor mij bent. De bunker wordt echt knap, Paul. We gaan er een bunkertje naast bouwen dat als cafetaria wordt ingericht en waar ramen en isolatiemateriaal worden ingestopt, want in de echte bunker houdt niemand het lang uit. De mensen die hier logeren krijgen één gratis toegangskaartje om zo het museum én het hotel meer bekendheid te geven, en we krijgen waarschijnlijk een tank die we als blikvanger bij de weg zetten. En volgens mij moet Jacques bij de EEG een subsidie kunnen krijgen om zijn hotel op te knappen, want eigenlijk is dit een achtergebleven streek.'

'Marius,' zei Elizabeth, 'maar hoe is het met dat jongetje?'

'Welk jongetje?'

'Dat jongetje dat Jacques van de trap heeft gegooid. Komt er een proces?'

'Mama, hij heeft die jongen niet van de trap gegooid. Selma heeft me precies verteld hoe het is gegaan. Hij is gevallen. Hij zat altijd in die kelder. Die jongen was niet normaal. Veel mensen hebben tot het laatste moment iets voor hem proberen te doen: Paul, zijn schoolhoofd, Pierre, Selma zelf... Iedereen zegt dat het eigenlijk beter is zo. Wat was er van hem geworden?'

'Sommige mensen vallen van trappen,' zei Paul, 'anderen rijden onder een auto.'

'Mama, waarom ben je niet gekomen met Kerstmis?'

'Ik heb thuis een feestje gegeven voor Paul en opa en Stella en nog een paar vrienden die jij niet kent. Oma van papa was van plan om naar Wissant te komen, maar haar dokter heeft het haar afgeraden. Ze heeft een cadeautje voor je. Marius, jij gaat je studie toch afmaken?'

'Ja, ja, alles is onder controle. Philippe heeft ervoor gezorgd dat alle scripties die ik moest maken zijn ingediend. Die amuse-gueulers vormen een ongelooflijke ploeg. Ze hebben het werk onder elkaar verdeeld. Daarom ben ik blij dat ik nu iets voor hen kan doen. Ze komen allemaal.'

'Marius, maar die hotelbaas is toch een vreselijke man.'

'Mama, die man heeft veel tegenslag gehad. Voor de eerste keer in zijn leven is er iemand die met hem meedenkt over de toekomst van het hotel.'

Ze betastte met haar vingertoppen het litteken boven zijn neus.

'Volgend jaar zie je daar niets meer van. En je been? Geneest dat?'

Hij knikte.

'Ik ben naar de begrafenis geweest,' zei ze.

'Welke begrafenis?'

'Van het meisje. Het was een balllerina, Marius, net als je zus.'

'Mama, ben je daarom naar Wissant gekomen? Je hebt me verjaagd, je wilde me niet meer zien, het was te veel om mij een pyjama te brengen. Ik ben hier een nieuw leven aan het opbouwen, het zit me mee, de mensen waarderen me hier, maar jij ziet het als je plicht om me te komen herinneren aan wat ik probeer te vergeten. Het spijt me dat dat meisje dood is. Er gaat geen dag voorbij of ik denk aan haar. Voel ik me schuldig? Ja. Maar het is gebeurd. Met al het schuldgevoel van de wereld komt ze niet terug. Dus zou je me veel plezier doen als je erover zweeg. Kan ik jullie iets te drinken aanbieden? Of wil je met dingen gaan gooien?'

'Soms zou ik willen dat ik dat kon.'

'Ik herinner me situaties waarin je het met overgave deed. Een whisky, mama? En nog een whisky? En nog één? En voor jou ook, Paul?'

'Marius, zijn er nog kamers in het hotel? Als veertien vrij is, nemen je moeder en ik die.'

'Veertien is vrij. De sleutel hangt achter je. Als het museum er is, dan gaan die kogels eraf en komen er kleine bunkertjes voor in de plaats. Mama, heb je iets van Paula gehoord?'

'Ze heeft gebeld.'

'En?'

'Ze vroeg hoe het met je was.'

'En verder?'

'Ze vroeg wanneer je terugkwam. En of je haar dan kon bellen. Draag je onze tassen naar boven, Marius, aangezien je hier toch werkt?'

'Wacht,' zei Paul. 'Ga maar, Marius, we komen zo, ik wil je moeder eerst iets laten zien. Je moet niet zo kijken. Ik ken dit hotel langer dan jij.'

'Marius.'

'Wat is er, mama?'

'Weet je nog toen de politie bij ons kwam om je kamer te

doorzoeken. Wat had jij toen uitgespookt?'

'Heb je al die jaren gewacht om me dit te vragen?'

'Wat, Marius?'

Hij zette de tassen op de grond.

'Herinner jij je Thoby van de garage?'

'Dat jongetje met die wijnvlek op zijn voorhoofd?'

'Die. Hij stal autoradio's van zijn vader en soms hield ik er eentje bij me voor hem tot hij een koper had. Die middag had ik gelukkig niets.'

'En hij was gepakt?'

'Zijn vader had het ontdekt en had de politie op hem afgestuurd. Daarvoor moet je ouders hebben.'

'Waarom hielp jij hem?'

'Ik kreeg tien procent.'

'Wat deed je met het geld?'

'Soms, lieve mama, kocht ik er bloemen van voor jou. Soms kocht ik een ijsje voor mijn zus. Soms een nieuwe trui voor mezelf. In dit leven, mama, heeft alles zijn prijs. Ook bloemen voor je moeder.' Hij pakte opnieuw de tassen. 'Als er wordt gebeld, Paul, neem jij dan op?'

'Marius, maar als jij thuis geld vroeg, dan kreeg je dat toch?'

'Als ik het vroeg, ja. Vraag jij graag geld? Kijk niet zo, mama. Het is erg lang geleden. Thoby is verhuisd. Je was toch blij met die bloemen?'

Hij duwde de glazen deur open.

'Paul,' zei ze, 'mijn zoon werkte voor mijn ogen samen met een dief en ik wist het niet. Zou Stella ook zulke bijverdiensten hebben?'

Hij nam haar hand.

'Ik wilde je laten zien waar hij is gestorven. Wacht, ik haal een zaklantaarn.'

Elizabeth stond op de bovenste trede van de keldertrap en rilde.

'Kijk,' zei Paul, 'zie je die stenen? Als je daar met je hoofd tegen smakt... Hij zat altijd in een hok achter die metalen deur. Er stonden twee tuinstoelen, maar die hebben ze weggehaald.

Hij moet hier zijn komen roken, de vloer lag vol peukjes, en hij verzamelde hier wat hij boven gapte.' Hij zuchtte. 'Wil je iets voor me doen? Wil je hier samen met me staan terwijl de deur dicht is?'

'Is er geen licht?'

'Hij gebruikte kaarsen. Ook toen wij hier vorige keer sliepen, moet hij hier hebben gezeten.'

'Geef me je hand.'

Hij sloot de deur.

'Je hoort absoluut niets.'

'Het is ongelooflijk vochtig.'

'We tellen tot twintig.'

'Ik zou dit nooit langer uithouden.'

'Ik ook niet.'

Op hun kamer vroeg ze hem wat hij van haar zoon dacht.

'Wat kan ik van hem vinden? Herinner je je nog wat het eerste was dat je me over hem vroeg? Ik denk dat je nu zeker kunt zijn dat hij geen homo is.'

'Paul, waarom heb je opnieuw deze kamer genomen met die irritante druppende kraan en die vieze groene vlek?'

'Raad eens.'

'Ik heb te veel verdriet om te vrijen.'

'Dan moet je juist vrijen.'

'Ik ben te verward.'

'Laat me gewoon mijn armen om je slaan en dicht bij je liggen. Niets moet.'

'Dat zeggen mannen altijd tot ze bij je liggen.'

'Beeld je in dat jij en ik de laatste mensen op aarde zijn.'

'Dat zijn we ook. Paul, we zouden proberen iets voor Isabelles baby te doen.'

'Ga je mee naar Isabelle?'

'Natuurlijk, daarom zijn we toch hier.'

'Dan moet je je nu eerst ontspannen en doen wat ik zeg. Morgen rijden we meteen na het ontbijt naar Tardinghen.'

Hij maakte een voor een de knoopjes van haar bloesje los.

'Zet niet een gezicht alsof ik je ga verkrachten. Ik wil gewoon naar je kijken, ik weet zelfs niet of ik je wil aanraken.'

'En wat ga je hiermee doen?'

Ze legde haar hand op zijn kruis, ritste zijn broek open, zei: 'Op jouw leeftijd, je zou je moeten schamen.' Ze begon met het puntje van haar tong zijn tepels te likken.

De baby sliep, zei Isabelle, maar als hij wilde kon hij naar hem gaan kijken in het aangrenzende kamertje. Ze sprak toonloos en zonder hem aan te kijken. Misschien voelde ze zich beledigd door Elizabeths aanwezigheid.

'Moet je vanavond werken?' vroeg hij.

'Ja,' zei ze. 'Ik heb het liever zo, anders zit ik alleen thuis met de baby.'

'Je moeder zorgt toch ook voor hem.'

'Mijn ouders zijn bij mijn tante in Nancy.'

'En het meisje met de sproeten?'

Ze fronste boos haar wenkbrauwen.

'Wie wil vandaag nou babysitten?'

'Ben je uitgenodigd voor een feest?'

'Ze weten dat ik toch niet kan komen.'

'En kan je broer niet voor de baby zorgen?'

Ze haalde haar schouders op.

'Isabelle, wij kunnen voor de baby zorgen, als je wilt.'

Haar gezicht lichtte op. 'Meen je dat? Ik zou zo graag uitgaan met een vriend van me.' Ze wierp een vluchtige blik in de spiegel. 'Hij heeft een motor. Maar vinden jullie het niet vervelend? Waren jullie niet van plan om zelf te vieren?'

Paul keek vragend naar Elizabeth, die knikte.

'Wij hadden geen plannen,' zei hij.

'Neem je hem nu al mee? Over anderhalf uur moet hij eten. Ik zal je zijn eten meegeven, het staat klaar in de koelkast. En dit is zijn balletje, als hij wakker is, zet je hem maar op een dekentje en geef je hem zijn balletje, dan is hij tevreden. En 's morgens en 's avonds krijgt hij een fles. Ik ga alles halen, ik ben zo terug.'

Paul en Elizabeth bleven in het café met de baby. Voor een van beiden een passende opmerking had gemaakt, was Isabelle terug met een tas vol spullen.

'Jullie hebben je niet bedacht? Dag lieve jongen, braaf zijn bij Paul. Morgenmiddag komt mama je halen. Waar logeren jullie?'

'In *Le Bateau Guizzantois*, zoals vorige keer.'

'Bij dat zwarte meisje dat beweert dat ze mijn broer kent?'

'Wat heb je toch tegen haar?'

'Niets,' zei ze, maar ze keek erg boos.

In de auto zei Elizabeth: 'Ze kon hem niet gauw genoeg het huis uit hebben.' Ze zat achterin met de baby en dacht aan hoe ze tot jaren nadat Stella was geboren, stuwing had gevoeld in haar borsten zodra ze nog maar een baby zag. Nu voelde ze niets. Het was gewoon een wezentje waarvoor ze een paar dagen zouden zorgen.

Ze keek in de tas die Isabelle had meegegeven en trok haar neus op.

'Ik zal voor hem zorgen,' zei Paul. 'Het was mijn idee.'

'Tuurlijk,' zei ze. 'Is er een wasserette in Wissant?'

'Ik geloof het niet.'

'Ik zal Marius vragen of we de wasmachine van het hotel mogen gebruiken.'

'Zullen we nieuwe spulletjes voor hem kopen?'

'Ik weet het niet, Paul. Het is niet alsof we dit kind schaken. En let op de weg, ik zie wel dat je de hele tijd in je achteruit-kijkspiegel loert.'

'Dan moet jij maar niet zo mooi zijn.'

'Paul, ik wil niet vadertje en moedertje gaan spelen.'

'Dat kan nochtans erg prettig zijn,' zei hij.

Om twee uur belde hij Isabelle.

'Hij slaapt. Er staat een bedje voor hem in onze kamer en ik heb blokken voor hem gekocht. Hij kan er twee op elkaar zet-ten. Hij heeft niet veel gegeten maar Elizabeth zegt dat dat normaal is in een nieuwe omgeving. Hoe is het met jou?'

'Goed. Mijn vrienden zijn hier. Ik moet neerleggen, Paul. Geef een kusje aan de baby van me.'

Rond drie uur kwamen de eerste amuse-gueulers aan. Marius riep telkens zijn moeder erbij om haar voor te stellen. Ze glimlachte toen ze al die dure auto's op het plein zag staan fonkelen in de winterzon, maar hield haar mond. Marius toonde haar welke tafel hij voor haar en Paul had gereserveerd. Hij had bij de Tabac een babyfoon geleend. 'Je hebt geen enkel excuus om op je kamer te blijven.'

Even na vier uur kwam Paul de trap af met de baby warm ingepakt in zijn armen. Hij vroeg of ze mee ging wandelen. Isabelle had gelijk gehad. Het was een ontzettend makkelijk kind. Om acht uur gaven ze hem de fles en stopten hem in zijn bedje. Ze gingen naar beneden en stelden de babyfoon in werking. Kort na middernacht zouden ze gaan slapen, spraken ze af, want de baby moest om zeven uur zijn eerste flesje krijgen. Marius had een lange tafel opgesteld voor alle amuse-gueulers, maar zelf had hij geen tijd om te vieren. Elizabeth zag hem praten met Pierre, Jacques, Louise en Selma, en kon zich niet van de indruk ontdoen dat hij hun instructies gaf. Zweet parelde op zijn voorhoofd. Rond kwart over elf werden de lichten gedimd. Een vriend van Marius legde 'Nights in White Satin' op en voor Elizabeth het goed besefte werd ze door haar zoon naar de dansvloer geleid. 'Was het lekker?' 'Heel lekker.' 'Amuseer je je?' Ze glimlachte. Andere paartjes kwamen dansen en ze wilde net Paul uitnodigen toen ze Isabelle zag binnenkomen. Paul had haar ook gezien en liep verrast naar haar toe, maar hij verstarde toen hij haar gezelschap zag.

Ze waren met z'n zevenen: Isabelle, vijf jongens in lange legerjassen, en tot hun stomme verbazing ook Thierry, die met grote passen naar de draaitafel liep en de naald van de plaat nam. Paul keek naar de gezichten van de vijf: het waren de jongens die ze die nacht uit het spookhotel hadden zien komen. Iemand knipte de centrale lichten aan. Niemand at of dronk of danste nog. Het was muisstil. Een van de jongens vroeg iets aan Isabelle, die naar Paul wees.

'Waar is de baby?'

'Hij slaapt.'

'Isabelle wil haar baby.'

Paul keek naar haar. Ze knikte.

'Wil je niet meer uitgaan?' vroeg hij.

'Ze wil haar baby.'

'Isabelle, je kunt hem toch niet in het midden van zo'n koude nacht op een motor...'

De jongen rukte een tafelkleed weg. Borden en glazen spatten op de grond uit elkaar.

'Sorry,' zei Paul en haastte zich de trap op. Hij stopte alle spullen van de baby in de tas, nam hem uit zijn bedje, wikkelde hem in een dekentje en droeg hem voorzichtig naar beneden. Hij legde hem in de armen van Isabelle.

'Ik dacht dat je hem pas morgen in de namiddag zou komen halen.'

Ze zweeg.

'Isabelle had zich vergist,' zei de jongen die de baby had opgeëist. 'Ze besefte niet in welk hotel haar kind was terechtgekomen. Jacques Perrin, wat sta je daar achter het aquarium te doen? Kom hier, man. Het spijt ons dat we je oudejaarsfeest verstoren zoals het ons spijt dat we je bunker hebben beklad. Om het goed te maken hebben we een cadeautje voor je bij ons. Speciaal voor jou, die zo van kogels houdt, het pistool waarmee je vader is neergeschoten. Alsjeblieft, het is al die jaren liefdevol bewaard. Geen vragen, Jacques Perrin, of wij gaan vragen stellen over je zoon. Perrins vermoorden al generaties lang hun eigen familie. Je weet toch wie je vader heeft verraden? Kom, Jacques, dat hoeven wij je niet te vertellen. Ja, grol nog een keer, dat kon je grootvader ook zo goed, heb ik me laten vertellen. Wind je niet op. Je kunt je wreken, je hebt een pistool. Maar wie zal je moeten neerschieten? Jezelf, Jacques. Bang!' De jongen hield zijn wijsvinger tegen zijn voorhoofd. 'Wees verstandig, Jacques, bouw er een mooie vitrine voor en tik op een kaartje: Met dit pistool werd een groot verzetsstrijder laf neergeknald nadat zijn schuilplaats door de vader van zijn minnares, de grootvader van zijn zoon, was verraden. Grol, Jacques, kom op.'

'Wacht,' zei Paul. 'Thierry, die avond toen jij en Selma en ik naar het nazi-kot zijn geslopen, hebben we deze jongens in dezelfde legerjassen gezien. Wist jij toen dat ze er zouden zijn?'

Hij lachte. 'Opwindend tochtje, toch.'

'Hoe lang ben je al bij hen? Selma, wil jij het niet weten?'

'Selma wil niets weten. Selma is een paar weken geleden herboren. Van al wat er vroeger is gebeurd, herinnert ze zich niets. Al die nachten dat je naar me kwam, Selma, daar wil jij toch niets meer van weten? Vertel je nieuwe vrienden wat we deden. Kom, Selma, vertel het hun.'

Hij duwde zijn duimen onder de rand van zijn broek en ging voor zijn vroegere vriendin staan. Ze wendde haar gezicht af maar hij liet zijn vinger glijden over haar hals en de gouden ketting die daar sinds kort hing. Toen richtte hij zich tot Paul.

'Ik ken het nazi-kot zolang als ik leef. Nergens was er plaats voor mij, behalve daar. Niemand wilde me, maar daar was ik vreemd genoeg zelden alleen. Deze dame bezocht me er, en deze heren. Zelfs jij.'

Hij nam Pauls gezicht tussen zijn handen en drukte een zoen op zijn lippen. Hij liet los en lachte luid.

'Spuw,' zei hij.

Paul zoog het speeksel uit zijn kaken om in het gezicht van de mislukte zwarte Rambo te spuwen, maar Marius klapte in zijn handen en riep luid: Muziek! De baby begon te huilen, de jongens spuwden op de grond en maakten rechtsomkeert. Ze trokken Thierry met zich mee. Paul slikte zijn speeksel in en wreef met de achterkant van zijn hand zijn lippen schoon. Hij stond te trillen op zijn benen. Geen toeval, dacht hij, niets geen toeval.

Elizabeth legde een hand op zijn schouder, Marius keek op zijn uurwerk. 'Kwart voor twaalf,' zei hij, 'over een kwartier moet dit incident zijn vergeten. Ze was je hulp niet waard, Paul. Sommige mensen willen niet worden geholpen.' Hij liep met Selma naar de dansvloer. Jacques sloot zijn hand om het pistool en liet zich op een stoel zakken. En nu zag Elizabeth wat Paul had bedoeld toen hij zei dat Marius geen homo was. Een afschuwelijke gedachte kwam bij haar op. Maakte Marius het meisje het hof om via haar in het familiebedrijf te stappen? Marius was nooit racistisch geweest maar het verbaasde haar toch dat hij met een gekleurd meisje aanpapte, en dan nog eentje dat nauwelijks naar school was geweest.

Iedereen begon opnieuw te praten, te dansen, te drinken, alleen Jacques liet zijn hoofd hangen. Moest ze hem zeggen: Mijn zoon wil het hotel, niet je dochter? Als zij het adres van *Le Bateau* niet had achtergelaten, had hij nooit een stap in Wissant gezet. Ze moest ophouden met zo te denken. Zo was ze voor alles verantwoordelijk, want als zij hem niet op de wereld had gezet, had hij dat meisje niet doodgereden. Misschien was hij echt verliefd. Misschien moest ze proberen trots te zijn op de manier waarop hij de zaken hier aanpakte. Al die amuse-gueulers waren van goeden huize. Ze zouden hier niet zijn als ze op Marius neerkeken.

Ze keek naar Paul.

'Kom,' zei hij.

In kamer veertien lag op het bed een truitje van de baby dat Paul in zijn haast was vergeten. Ze vouwde het op en legde het in de kast. Hij trok het raam open. 'Het zal niet sneeuwen, het vriest niet meer.' Hij gleed met zijn hand onder haar blouse, liet hem rusten op haar buik. Hij zoende haar voorhoofd, haar ogen, haar lippen, haar hals. Ver weg schoot een vuurpijl door de donkere nacht. Hij fluisterde: 'Ooit zal wit zand zich over ons sluiten, zoals het zich heeft gesloten over Pipo die stierf op een trap, en over het meisje dat werd verpletterd tussen een auto en een boom, en over Maja die ik nooit echt heb gekend. Het zal onze neus en mondholte vullen, onze oren en onze ogen.' Zijn hand streelde haar buik, en hij dacht aan het witte zand waarmee hij kastelen had gebouwd en waarin zijn voeten waren weggezakt, het witte zand van waarop zijn moeder naar hem had gewuifd en waarin hij door wrede jongens was ingegraven. Wit zand vulde de bunkers op het strand en de buiken van drenkelingen. Het dekte al wie hier ooit gesneuveld was toe.

Van Kristien Hemmerechts verschenen: